U0923710

那些缠绵悱恻、**妖娆神秘**的传奇故事啊……

是**离奇诡异**，却也是动人心扉……

图书在版编目（CIP）数据

悬疑志·聊下斋 / 鱼悠若主编. -- 长沙 : 湖南文艺出版社,
2011.2
ISBN 978-7-5404-4795-3
Ⅰ. ①悬… Ⅱ. ①鱼… Ⅲ. ①推理小说 – 作品集 – 中国 – 当代 Ⅳ. ①I247.7

中国版本图书馆CIP数据核字(2011)第010881号
上架建议：悬疑推理

悬疑志 · 聊下斋

出 版 人：刘清华
责任编辑：薛　健　丁丽丹
策划编辑：鱼悠若
特约编辑：蔡芹芹
封面设计：利　锐
出版发行：湖南文艺出版社
（长沙市雨花区东二环一段508号 邮编：410014）
网 址：www.hnwy.net
印　　刷：三河市鑫金马印刷有限公司
经　　销：新华书店
开　　本：787×1092　1/16
字　　数：180千
印　　张：14
版　　次：2011年2月第1版
印　　次：2011年2月第1次印刷
书　　号：ISBN 978-7-5404-4795-3
定　　价：15.00元

CONTENTS·目录

谜小说
MI READING

幸福罐
XINGFUGUAN
文\秒杀 图\苍狼野兽

贝贝将喝完的酸奶罐放在桌子上，满意地打了一个饱嗝，玩味地看着正在吃水果的孔九，“老师，你真的不信吗？”

孔九张了张嘴巴，最终什么也没能说出来。

闹钟准时地响了，孔九抓起随身的背包，轻轻地拍了拍贝贝的头，“小孩子不应该相信那些不存在的事。”

初冬的天气已经冷得惊人，从贝贝家出来的孔九裹紧了外衣仍然冷得直哆嗦。回想起刚才贝贝说过的话，孔九笑着晃了晃脑袋，那样的事怎么可能存在？

贝贝今年九岁，脾气很古怪。几乎没有人肯做他的家庭教师，除了孔九。孔九很缺钱，确切点说，他十分缺钱。学校的学费他拖欠了很久，不久前，班主任下了最后通牒，如果他在一星期内交不上学费就要被勒令退学。

做完最后一份酒吧的兼职，已经临近午夜。孔九从末班大巴上下来，急匆匆地向学校的方向走去。公交站距离学校还有两站地，衣衫单薄的孔九早已经被冻得脸色惨白。

昏黄的路灯像鬼火一样，忽明忽暗，路两旁的枯枝阴影像鬼爪一样跃跃欲试。

终于走到了学校，孔九深深地吸了一口气。从校门到男生寝室还有一段不长不短的距离，孔九依旧走得很快。莫名的，他觉得今天有些不对劲儿。具体哪儿不对劲又说不出来，一切不对劲都好像从贝贝讲完那段话开始。

似乎，有什么东西跟来了。

恐惧像蜘蛛一样不紧不慢地在孔九的心头织起了网，密密麻麻，一圈又一圈。

一阵电子音乐声响起，循声望去，孔九惊讶地张大了嘴巴，他紧走几步来到那个东西的跟前，学校里什么时候弄了自动贩售机？

猩红的外壳，明亮的橱窗，四周皆是彩灯的自动贩售机，大概有两米左右高，红色的背景很是刺眼，一股神秘的力量吸引着孔九在那里看了很久。

咖啡、奶茶、碳酸饮料、酸奶，各式各样的饮品一应俱全，孔九呆呆地看着。

突然，物品出口处响了一下，一罐猩红色金属包装的酸奶滚了出来。孔九并没有放钱进去，怎么会有饮料出来？莫非贩售机是坏的？

正想着，贩售机的彩灯突然灭了，整个机器陷入了黑暗之中。孔九笑了笑，得意地拾起酸奶罐。这就是传说中的好运气吧！

一股寒意顺着孔九的裤管爬了上来，孔九打了个哆嗦，转身向寝室的方向走去。刚走出几步远，贩售机突然尖叫起来，发出魔鬼一般的笑声，声声刺耳。孔九忍不住回头看了一眼，黑暗中，四四方方的贩售机看起来就像是一具棺材。

或许，里面装的就是一具腐烂多时的尸体，它不时地散发着臭气，无知的路人好奇地凑了过去，一下子成为了它的食物。

想到这，孔九不由自主地加快了脚步。路灯下，他身后的影子乱成一团。

推开寝室门，一股热气扑面而来，寝室里只有莫言一个人。

孔九一边脱外衣一边和莫言闲谈，“哎，咱们学校什么时候弄了一个自动贩售机啊？挺有意思。”

正在床上看书的莫言愣住了，一脸不解。

孔九发现了莫言的异常，凑到他的跟前问：“你怎么了？”

“咱们学校根本就没有自动贩售机，你看错了吧？”莫言肯定地说。

“怎么可能，那机器好像坏了，还自己掉出来一罐酸奶呢，不信你看。”孔九指了指寝室门口的桌子，桌子上空空如也。

“不对啊，我刚刚放在那里的，怎么不见了？”孔九诧异不已。

“哥们，你一定是太累了。幻觉，一定是幻觉。”莫言说，“你应该好好休息一下了。”

孔九的眉头拧成一团，寝室里只有他和莫言两个人。莫言一直没动，那罐酸奶不可能是他拿的。可孔九分明记得清楚，自己亲手把酸奶放在桌子上。如今，怎么会凭空消失了?

寝室里的其他男生直到熄灯一直没有回来，莫言说他们去和其他学校的女生联谊，今晚不回来了。

洗漱完毕后，孔九钻进了被窝。

不多时，耳边传来了莫言的呼吸声，他睡着了。疲惫不堪的孔九在床上翻来覆去地折腾，始终睡不着。

也不知过了多久，迷迷糊糊的孔九听到了开门的声音，难道那帮小子回来了?孔九睁开双眼，寝室门并没有打开。孔九翻了个身，床板“吱呀”一声之后又“吱呀”了一声。孔九猛地睁开双眼，床上只有他一个人，他只动了一下，为什么床板会连续响了两下?

孔九拿出手电四处照了照，并没有发现什么异常。当他再次躺下的时候，身子被硌了一下，竟然是那罐酸奶，它竟然自己跑到床上来了。

孔九拿着手电仔细照了照，酸奶罐上印着猩红的三个字——“幸福罐”，这是酸奶的牌子。虽然孔九并不经常喝酸奶，但是他记得贝贝总是喝这个牌子的酸奶。而且，刚刚贝贝讲的那个传说就是关于幸福罐。贝贝说：幸运的人可以从幸福罐里得到前所未有的幸福。

奇怪的是，酸奶罐子是空的，里面一滴液体都没有，就好像从来没有装过酸奶一样干净。

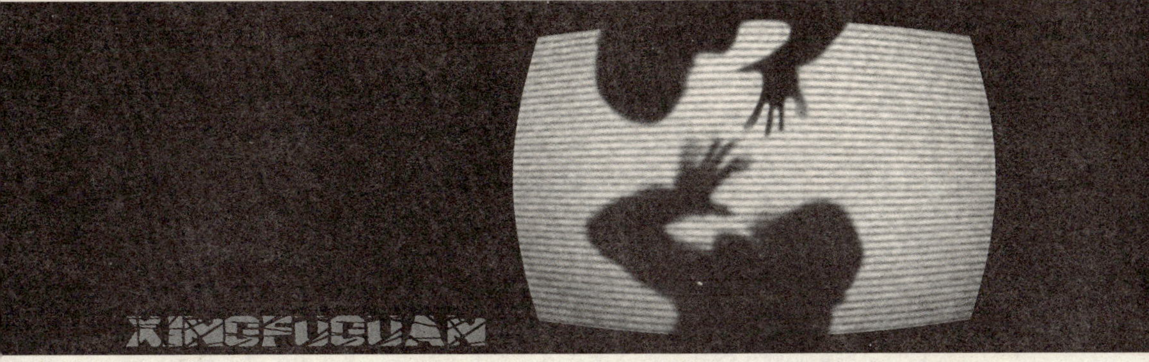

困意袭来，孔九顺手将酸奶罐子扔到床底下。一转身的功夫，他就睡着了。

那天晚上，孔九做了一个梦，梦里他成为了一艘豪华游艇“幸福号”的主人，游艇上到处都是钱，粉色的海洋将他包围，他乐得直不起腰来。

醒来时，孔九的腰很疼。

莫言笑得前仰后合，“你什么时候掉地上的？我怎么没听到声音？睡了多久？腰是不是凉到了？”

孔九没有说话，站起身拿着洗漱工具向水房的方向走去。他看着墙壁镜子里的自己，脸色铁青，眼白处布满了红血丝，俨然一夜未睡的样子。

再次回到寝室时，莫言已经没了踪影。孔九想起昨晚的空罐，打算把它拿出去丢掉。在孔九弯下腰的那一刻，他愣住了，床底下空空如也。

难道，昨晚只是一个梦而已？

满怀心事地吃过早饭，孔九在校园里晃荡起来，他想找到昨晚遇到的那个贩售机。兜兜转转一大圈，始终也没能找到印象中的那个铁皮贩售机。或许，它根本就不存在。

蓦然间，孔九又想起贝贝的话，难道那个传说真的存在？

孔九看了看时间，今天是周日，马上要去给贝贝补课，他正好借机问个清楚。孔九一方面认为自己的想法和行为很幼稚，只不过是一个罐子而已。另一方面，强大的好奇心又驱使着他不得不问个清楚。

贝贝受伤住院了。

当贝贝妈肿着眼睛告诉孔九这个消息时，孔九竟然有一点儿的失落，幸福罐的问题由谁来解答呢?

问清楚了贝贝住院的地址，孔九决定去医院看看他。

四号病房门前，孔九止住了脚步，他轻轻地推开病房门，一张漂亮的脸映入他的眼帘。

“你是？”女生问。

“我是贝贝的家庭教师，听说他病了来看看。”孔九不好意思地挠了挠头，他还从来没有和这么漂亮的女生说过话。

“哦，这样啊。我是贝贝的表姐，我叫琥珀。”琥珀轻声说道，“医生说贝贝的头部受的伤很严重，暂时会昏迷不醒。”

“贝贝是怎么受伤的？”孔九问。

“他一个人在家，舅妈回去的时候发现他躺在地上不省人事，暂时还不知道他为什么会受伤。”琥珀递给孔九一个橘子，孔九点头致谢。

从医院离开的孔九兴奋不已，没想到贝贝受伤竟然让他有这么大的收获，不光认识了一个大美女，还互相交换了电话号码。而且，看起来琥珀对他很有意思，搞不好以后还有发展的机会。

孔九如沐春风，哼着流行歌曲回到学校，今天有重要的课。

半路上，班主任拦住了孔九的去路。

“孔九，明天是你交学费的最后日子，我希望你不要让我难做。我知道你有困难，可是我能为你争取的时间只有这么多，校长那边一直也在为难我，我希望你能理解。”班主任推了推鼻梁上的眼镜，又说了几句。

整个过程中，孔九一直低着头。

班主任离开后，孔九叹了一口气，家里那方面根本指不上，自己打工的地方也借不到钱，难道他真的要休学了吗?

孔九回到寝室时，莫言正在和另一个男生聊天。

“孔九，昨晚你没去可惜了，我们玩了一整个通宵啊。”莫言兴奋地说。

“什么？”孔九一副失魂落魄的样子，他根本不懂莫言在说什么。

“联谊会啊。”莫言补充道，“之前一直拉着你去，你老是在忙，我还认识了一个美女呢。”

“昨晚你不是在寝室吗？”孔九问。

“什么啊，我们一起出去玩的，我怎么可能自己回来。”莫言笑着说。

孔九跌坐在床头，头上满是冷汗。如果真的像莫言说的那样，那昨晚在寝室出现的那个莫言又是谁？胡思乱想的孔九左脚无意中踢倒了床下的金属罐，罐子倒下发出清脆的声响。

莫言皱着眉看着他，“寝室长一会儿回来检查卫生，你还不快把垃圾罐子弄出去？一会儿他回来又该磨唧了。”

孔九机械地点点头，弯下腰准备将床下的幸福罐捡起来扔出去。手中的空罐子沉甸甸的，里面好像塞满了东西一样。孔九呆呆地看着，他的眼睛瞪得越来越大，白的多，黑的少，嘴巴也成了奇怪的“O”型。

“怎么了？还想攒空罐子卖废品挣钱啊？”莫言嘟嘟囔囔地说着。

“没，没什么。”孔九迅速将手中的罐子塞到枕头底下，脸上硬挤出僵硬的笑容。

“怪胎。”莫言扔下一句话，和另一个男生双双离开。

孔九摸了摸自己的心脏，跳得很快。他轻轻地挪开枕头，小心翼翼地拿出那个罐子，里面是满满一罐子百元大钞。孔九查了三遍，里面的钱加上他银行卡里的钱刚好凑够学费。

天呐，这简直就是幸运罐。

可是，里面的钱到底是谁放进去的呢?

一星期后，孔九再次来到贝贝所在的医院。多日不见，他很想念琥珀。意料之外的是，孔九见到了另一个熟人，莫言。

医院的长椅上，莫言和琥珀并肩而坐，琥珀的脸上挂着幸福的微笑，不管怎么看，他们都像是幸福的一对儿。孔九的心里突然难受起来，他从来没有听说莫言有女朋友，他们怎么会迅速地走到一起?

当孔九不由自主地走到琥珀的跟前时，倒在莫言怀里的琥珀一下子脸红起来。

“孔九，你怎么来了? ”莫言问。

“哦，来看一个人。”孔九想说自己是来看琥珀的，他最终还是把那句话忍了回去。

“这是琥珀，我们在联谊会上认识的，她是师大的学生，和我们同届。”莫言并没有看出孔九的异常，他很大方地介绍着身边的琥珀。

“你们聊，我先回去看贝贝。”琥珀扭头离开，她并没有道出自己和孔九认识的事实。孔九想，琥珀可能还没有和莫言确定交往，他还有机会。

“孔九，你最近的脸色很难看，要不要我陪你去看看医生啊? ”莫言问。

“不用，谢谢。”孔九冷冷地说，此时他正在心里盘算着如何能将琥珀抢回来。

时间过得飞快。下午四点，孔九一个人回到寝室，在他迈进寝室的一刻，电话响了。

挂断电话，孔九的脸色越发难看起来。爷爷病了，需要一大笔手术费，爸爸让他办理休学，将刚刚攒够的学费邮寄回去给爷爷看病。孔九在电话里拒绝了，谎称自己已经把学费交给了学校。可是，固执的爸爸坚决让他把学费要回来，要不然他就会来学校大闹。

孔九茫然不知所措，只是呆呆地坐在那里，直到天黑。

那一夜，孔九失眠了，他想了很久，最后决定按照爸爸的意思去做。

第二天早上醒来，孔九觉得自己的眼睛很难受，对着镜子一照，发现眼睛已经完全肿了，只露出一个小缝，整个脑袋看起来就像是一个罐子。

趁着室友去吃早饭的空隙，孔九将银行卡拿了出来，准备去银行汇款。临出门时忽然想起自己还没有洗脸的孔九将床底下的脸盆拿了出来，那个被他扔掉的空罐子再次滚出来。它慢悠悠地滚到孔九的脚下，好像在告诉孔九：看我。

孔九犹豫了一下，弯腰将那个诡异的红罐子拾起，里面竟然又是满满的一罐子钱。

为什么这个罐子总在他需要的时候出现？为什么它总会变出满满的钱？孔九诧异不已，想了很久，他突然大笑起来。

孔九肆无忌惮地笑着，面部竟然有些扭曲起来。人倒霉久了真的会变得幸运，这个罐子就是他的幸运之罐。

兴奋之余，孔九又开始害怕起来。世界上真的存在幸运罐吗？罐子里的钱会不会像突然出现后又神秘消失的贩售机一样消失？一切会不会是幻觉呢？

五

孔九将罐子里的钱和自己剩余的生活费全部邮寄给家乡的爷爷治病之后，囊空如洗的他只好饿着肚子去给刚刚病愈出院的贝贝补课。

从公交车上下来时，孔九莫名其妙地产生一种不祥的感觉，似乎有什么东西一直在跟着他。下意识的，他转过身四处看了看，什么也没有发现。当他抬起脚再次向前迈进的时候，一个奇怪的声音响起：哐当，哐当。

孔九再次扭头看了看身后，天呐，跟着他的竟然是那个红色罐子。罐子像是被看不见的绳子拴在了孔九身后一样，孔九行走时罐子就跟着他滚动，孔九停下时罐子紧跟着立刻停下。孔九害怕极了，他伸手想要捡起那个罐子，奇怪的是，罐子好像被黏在地上一样，一动不动。

凛冽的寒风肆无忌惮地吹过，寒意顺着孔九的每个毛孔蔓延开来。他不顾一切地向前跑了起来，希望可以摆脱罐子的"跟踪"。突然，熟悉的电子音乐声慢慢响起在他的耳畔，声音越来越大，像是来自魔鬼的召唤，孔九放慢了脚步，脑袋不由自主地望向声音的的方向，他又看到了那个曾经出现在校园里的自动贩售机。猩红的外壳，明亮的橱窗，红色的背景灯，一切的一切都是那么的熟悉。

贩售机前站着一个瘦小的男人，他穿着黑色的校服，背影看起来很是单薄。

莫言？孔九试探着喊了一声。

男人回头看了一眼孔九，嘴角扬起邪恶的微笑，没错，那个人的确是莫言。他的手里拿着一个红色的空罐子，正努力地想要将空罐子塞进贩售机内。

孔九被眼前的一幕惊呆了，他清楚地看到，莫言连同红色的罐子像纸一样被吸进了贩售机内。一眨眼的功夫，莫言的半个身子已经被吸了进去，他裸露在外的身子不停地挣扎着，嘴里发出呜呜的呼救声，孔九想冲上前去帮助莫言，可是两条腿一点儿也不听使唤，直到莫言被完全吸进了贩售机内，孔九始终站在原地。

一切像恐怖电影一样结束后，孔九的嘴角竟然不自然地扬起一丝满足的微笑，这不正是他想要的结局吗？莫言消失了，琥珀就是他的女人，难道还有比这更好的事吗？魔鬼的笑声回荡在寒冷的夜里，孔九哼着小曲向贝贝家的方向走去。现在，他已经很确定，那个罐子对于他来说就是天使，它只会帮他完成他的心愿，它就是他的幸福所在。

几分钟后，孔九来到贝贝家的门前。不知道为什么，贝贝家的门竟然虚掩着，孔九猜想，女主人可能刚刚出去倒垃圾忘记关门。孔九推门而入，径直走向贝贝的房间。

“老师好。”一直等候在书桌旁的贝贝礼貌地问好，他的身旁放着平时经常喝的酸奶。孔九贪婪地盯着酸奶罐，此刻，他迫不及待地想要尝尝那个牌子酸奶的味道。

“你想喝吗？”贝贝似乎看透了孔九的内心，他将酸奶递给孔九，“老师，你请用吧。”

孔九没有推辞，接过酸奶之后一口气喝了精光，最后满意地打了个饱嗝。酸奶的味道很奇怪，有一种淡淡的血腥味，因为喝得太急，他没有注意酸奶罐里面液体的颜色。

“老师，你现在相信贩售机的传说吗？”贝贝舔了舔嘴唇，意味深长地看着孔九。

“什么？”孔九反问道。

“上次，我不是跟你讲了关于贩售机贩售幸福的传说吗？”贝贝一脸认真地说，“每个人都有属于他的幸福，贩售机的作用就是在短时间内将一个人的幸福全部贩售给他。但是，这个过程需要代价。”

“啊，这个啊，我想起来了。小孩子不要相信这些根本不存在的传说，世界上根本没有那种东西存在。”孔九说，“老师我是绝对不相信有那种东西存在的。”

“老师，撒谎的孩子会被恶魔吃掉哦！”贝贝狡黠地笑着，“你还有什么其他愿望没达成吗？”

孔九愣住了，贝贝的话让他有些莫名其妙，不过他并没有太在意，小孩子的话总是这样离谱。

“咦，你妈妈呢？怎么今天都没有看见她？”孔九不解地问，每次他来给贝贝补课，贝贝妈妈都会在补课途中端出水果等食物招待他，今天却很意外地没有出现。

“一直爱撒谎的妈妈刚刚被吸进了酸奶里，就是你刚刚喝的那罐。怎么样？味道是不是很美味？”贝贝仰着头天真地看着孔九，从他的表情里看不出任何玩笑的意思。

“呃，今天的补课时间到了，你自己要努力学习哦，老师先走了。”孔九站起身，逃也似的走出房门。从贝贝家出来时，天上突然飘起雪花，白色的雪花在路灯的映照下发出诡异的光彩，一种不安的感觉在他的心底涌了上来……

六

如果不是莫言的尸体被发现在一个巨大的罐子里，孔九几乎忘记了自己昨晚的所见所闻。警察局里，耐心的警察一遍又一遍地询问着孔九，关于他的巨额资金的来源，关于他和莫言的一切。似乎，他已经被认定就是凶手一样。

警察局门口，孔九很意外地遇到了琥珀，琥珀一袭红衣站在那里，脸上没有任何表情。见孔九出来，她急匆匆地冲了过去扑进他的怀里，好像孔九是她多日未见的男朋友一样。

“亲爱的，我想你。”琥珀喃喃自语。

孔九愣住了，这到底是怎么回事?

“你怎么会在这里？”孔九问。

“我在等你呀，知道你出事我担心得不得了。”琥珀的脸微微红了，她拉过孔九的手一字一顿地说，“其实，我一直都很喜欢你。”

孔九的世界燃放起无数的烟花爆竹，他没有听错，琥珀在说她喜欢他。一切都来得那么突然，他幸福得快要死掉。孔九用力地抱住琥珀，从这一刻起，她就是他的女朋友。以后，他们要一起过幸福的生活。

两个人手牵着手在街上走着，时间在指缝溜走，这一天过得似乎特别的快。孔九依依不舍地和琥珀分手后，匆匆赶往贝贝的家，他今天迟到了。

贝贝家的门依旧虚掩着，门口放着还未取进门的牛奶和报纸，这到底是怎么回事？孔九迈步走进房子，贝贝安静地坐在沙发上，手里捧着一个红色的酸奶罐子。在孔九进门后，房门迅速地被关上。

“老师，你来了。”贝贝微笑着说，他的眼睛看起来有些红。

“贝贝，你怎么在这儿？妈妈呢？家里出了什么意外的事情吗？”孔九一边脱外套一边问。

“老师，你好健忘哟。我昨天不是告诉你了吗，妈妈消失了。”贝贝站起身慢慢靠近孔九，“老师，你知道吗？下一个就是你呢。”

孔九下意识地后退几步，心底的声音告诉他：贝贝只是在开玩笑，他只是个爱开玩笑的小孩子。

“老师，你得到了你想要得到的一切幸福，你所有的心愿都已达成。现在，你要为自己得到的那些付出代价。嘻嘻，代价就是你的生命哦。”贝贝的笑声从孔九的毛孔渗透进血液，一股无形的力量开始攻击他的心脏。

整个房间被一片红色的光笼罩着，孔九想起了自动贩售机，他觉得自己此刻就置身在一个巨大的贩售机内，无路可逃。孔九瘫在地上，他能听见自己骨头破碎的声音。与此同时，他惊恐地发现自己被一点点、慢慢地吸进一个罐子里，罐子里真的很挤。那里似乎不止一个人，他又听到了熟悉的声音，有男有女……

一星期后，午夜打工归来的眼镜男惊奇地发现校园里多了一个自动贩售机，他凑到机器跟前时，一个猩红色的幸福罐酸奶自动掉了出来，他欣喜地捡了起来。真是幸运啊，他说。

千万不要对突然出现的新奇食物感兴趣，它可能会让你万劫不复。

怪谈酒吧系列之

YOULİNG BASHİ

幽灵巴士

文\沈醉天　图\玉烟先生

凄冷的夜晚，星月无光。

天空里漂浮着淡淡的灰雾，仿佛池塘里的污水，散发着一股腐烂的腥味，缓缓弥漫，笼罩了城市里的所有空间。空气似乎凝滞了，显得有些坚硬。偶尔有晨风袭来，绝望的阴冷如千年寒冰一样直往骨缝里钻，寒意直透心窝。

我茫然地站在寂寥的城市里，不知所措。

“姐姐！”

我竭尽全力叫了一声，却没一点儿回应。声音在空旷的城市中反复回响，渐渐消失在灰雾的深处。

城市里没有人。不但是人，连一个活物也没有。整个城市死一般寂静，仿佛失去了脉搏的死人。而我，只是游离在死尸里面的一粒尘埃。

“姐姐……”我喃喃自语，温热的泪水轻轻滑落脸颊。此时我很想念姐姐。虽然她仅仅比我大四岁，却一直是我心中的偶像。从小我就是她的跟屁虫，跟着她一起成长。她的眼神总是那么坚毅，无论遇到什么困难都不会轻易放弃。

天已经亮了很久，可眼前的灰雾却丝毫没有散去的意思，甚至比刚才更浓了。我小心翼翼地往前走，东张西望，观察身边的环境，生怕在某个看不到的角落里冒出让我心悸的东西出来。

摄像馆、书屋、鲜花摊、时装店……一个个看过去，干净明亮的店铺，仿佛童话中的布景，一个个收拾得整整齐齐、美轮美奂，却看不到一个人影。

寒风阵阵，冷得我直打哆嗦，裸露在外面的肌肤都起了鸡皮疙瘩。我裹紧身上单薄的吊带裙，双手抱在胸前，竭力保持身体的温度，背对着寒风慢慢前行。

比寒冷更让人无法忍受的是饥饿。我清楚地感觉到自己的头颅越来越沉重，以至于我费尽力气才能把它挺起来。肚子早就“咕咕”叫了，精神也变得有些恍惚，嗅觉也越来越敏锐，闻到的腥味越来越浓。

但只有腥味，找不到半点儿可以吃的食物。我走进一家蛋糕店，看着玻璃柜里五彩纷呈的各种蛋糕，口水都流了出来。

我颤巍巍地伸出手，激动地抓住一个小蛋糕，扔进嘴里，用力咬下去，牙齿却被咯出血来。

小蛋糕和石头一样坚硬。事实上，它已经石化了。

不仅仅是小蛋糕，衣服、玻璃、灯具……这个城市所有的东西都被石化了，仿佛遭遇了恶毒的诅咒。

我失望地扔掉小蛋糕，对着那些花花绿绿的蛋糕吞了吞口水，恨恨地走了出来。抬起头，依然看不到一丝阳光，雾茫茫一片，仿佛不似在人间。

“姐姐——”我用尽全身力气，大叫着。

回声滚滚，仿佛十几个人同时在叫“姐姐”。可是，还是没有人回应。

就在我闭上眼睛昏昏欲睡时，身体被什么东西剧烈摇晃，有人在重重地拍打我的脸。

“芊芊！醒一醒！”

睁开眼一看，姐姐正用她的发夹扎我的手指，指尖都被扎出血来。

“你总算醒了！”姐姐很生气，一巴掌重重地扇在我脸上，厉声喝道：“清醒点，别再睡了！”

姐姐搀扶着我，继续寻找出路。

“姐姐，我们这是在哪？”

“我也不知道。”

“我们是怎么到这里的？”

姐姐停下脚步，看了我一眼，眼神里也是一片迷惘。像她这么精明的人，居然也记不起在这之前的事。

“我一直在叫你，你听到了没有？”

“没有。”

“可你是怎么找到我的？”

“凭感觉。”

也许，这就是所谓的心灵感应吧。只是为什么她能感应到我，而我感应不到她？难道是因为我的身体和意志都比较弱吗？

“现在我们怎么办？”

从小，姐姐就是我的主心骨。遇到困难时我总是第一个想起她，征询她的意见，按她说的去做。

“我们一直朝东走。”

“为什么要朝东走呢？”

“因为东边是太阳升起的地方。”

有阳光的地方，就有生命存在。

就这样，我们一直往东走，走了很久很久。最后，我实在坚持不住，软软地躺到了地上。

“起来啊！”姐姐焦虑地说，“千万别放弃！”姐姐咬着牙，把我背到了身上。就在我们快要坚持不住的时候，姐姐突然大叫一声，声音里流露出掩饰不住的欣喜。

“阳光！我看到阳光了！”

果然，有阳光出现，穿透了重重的灰雾，轻轻地投射到姐姐的手心里。

紧接着，原本石化的城市被阳光孵化了，仿佛破茧的蝴蝶般，重新焕发出生命的活力。道路上开始出现行人，越来越多，很快就拥挤不堪。没多久，机动车辆的喇叭声、店铺音箱广告声、流动小贩吆喝声都响亮起来，空气中开始弥漫着淡淡的香樟树香气。

我深情地呼吸着，也不知哪来的力气，从姐姐身上爬下来，冲到卖包子的小摊上，抓起一个包子就往嘴里塞。

又香又甜的肉包子，热烫烫的油汁顺着我的舌头流入肠胃中，真好吃啊。我兴冲冲地拿起几个，递给筋疲力尽的姐姐。

姐姐笑了笑，似乎想说些什么。可是，她什么也没说出来，笑容凝固了。她的身体，仿佛一张褪色的相片，正在慢慢变淡，很快就像灰雾一样消失在我面前，一点儿痕迹都没有留下。

“姐姐！”我终于清醒过来，撕心裂肺地大叫道。

我打了个哆嗦，睁开眼睛，直愣愣地望着对面雪白的墙壁。

“你瞎叫什么啊！”身后，传来姐姐不满的声音。

我使劲地摇摇头，揉了揉太阳穴。原来，我竟然在婚纱店的沙发上睡着了。

“傻站在那里做什么，过来帮我看看，这件婚纱好不好看？”

我懒洋洋地走过去，无精打采地打量着眼前的姐姐。

姐姐正在试一件白色复古式的婚纱，层层塔裙让她显得更加高贵典雅，仿佛一只轻盈灵动的蝴蝶，散发着迷人的魅力，连我都看得有些痴醉。

“真漂亮。”

“是吗，我也觉得这件不错。”姐姐反复转了几个圈，自我感觉良好。

我看了眼价钱，贵得离谱，足够在市中心买一套不错的房子。

“姐姐，你真打算买？”

“嗯，如果选定了，当然要买下来。”

“可是，你买了，也只能穿一次啊。”

“是啊。那又怎么样？一个女孩一辈子只能穿一次婚纱，当然要买最好最完美的。”姐姐突然转过脸，笑着说：“傻丫头，又不要你花钱，你心疼什么。”

“嗯，反正你和诚哥都有钱。”

想起诚，我心里就隐隐作痛。

诚是一个受过良好教育的英俊男孩，脸上总是露着淡淡的笑容。虽然有着显赫的身世，为人却很谦和，从不对外炫耀自己的家世背景。而且，他和那些只懂得吃喝玩乐的纨绔子弟截然不同，海外深造后从公司底层做起，凭借优异的业绩取得公司绝大多数股东和员工的支持，年仅三十就成为了集团的掌舵人。

两年前，在一次朋友生日聚会上，我认识了诚，并把他介绍给了姐姐。谁想到，一度对我表示好感的他，却和姐姐更加投缘，现在竟然要成为我的姐夫。

“芊芊，你怎么了？不开心？”姐姐注意到我的异常。

说实话，她真的很聪明。有时候，聪明得让我害怕。

过了一会儿，她突然拉着我的手，坐到了沙发上，眼睛直直地盯着我。

“芊芊，我问你，我对你好不好？”

“姐姐对我当然好了。好端端的，你说这个干什么？”

虽然我猜到姐姐要说什么，但我还是表明了自己的态度。确实，我和姐姐的感情一直很好。我内向，她外向；我懦弱胆小，她精明强干；我得过且过，随波逐流；她事事争先，从不甘落人后。小时候，父母忙于创业，陪伴我时间最多的是姐姐。六年前，父母移居海外，我的身边只剩下姐姐这一个亲人。

“你记得吗，小时候，母亲给我买了个芭比娃娃，你也喜欢，我二话不说就让给了你。”

“我记得。”

“从小，凡是我有的，只要你喜欢，我都愿意让给你。”

我想了想，好像是这么回事。姐姐买的漂亮衣服、名牌化妆品，只要我喜欢，她都会送给我。

“可是，阿诚是我的丈夫，我想厮守一生一世的男人。感情的事，是没办法勉强的。”

“我知道。姐姐，你不用说了。”我笑了，“姐姐，我今年二十了，不是小孩子了。”说完，我逃也似的跑出婚纱店。

我记得，巴士站在婚纱店右侧的三百多米处，可我一走出来，就看到一辆巴士停在门口。

黑色的巴士，静静地停在那里，和周围浓厚的商业气息明显格格不入。

我看了一眼，是辆空巴士，上面一个乘客也没有。

车门是开着的，司机笔直地坐在那里，似乎察觉到我的到来，扭过头，面对着我，冷冷地问："要上车吗？"

仿佛有种特别的吸引力，我的脚步竟然不由自主地慢慢走向车门。

司机是个很特别的人。说他特别，是因为他的长相身材衣着都像年轻人，可他的眼睛，深邃而神秘，泛着浅蓝色的光芒，仿佛能看穿人心般。

我的心悬了起来，不由自主地狂跳。

我舔了舔干涩的喉咙，艰难地说出个"不"字。

司机仿佛有些失望，却没有进一步的举动，不紧不慢地关上了车门，发动了巴士。

一个手掌拍在我肩头上，吓了我一跳。

"芊芊，你傻站在这里做什么？"姐姐戴着蝴蝶形墨镜，拎着名牌包包，站在我身后。

"我……"我喘了口气，继续说下去，"我看到一辆奇怪的巴士。"

姐姐问："奇怪的巴士？"

我吞吞吐吐地说："是的，车身是黑色的，司机怪怪的，上面一个乘客也没有。"

姐姐的身体战栗了一下："在哪？"

"就在那边。"我转过身，用手指过去，然后整个人愣住了。

黑色的巴士不见了，仿佛凭空消失一般。

"没有啊。"姐姐摘下墨镜，疑惑地看着我，"芊芊，你是不是最近没休息好，出现幻觉？"

"不是，司机还和我说话，问我要不要上车。"我急忙向姐姐解释。

姐姐却不想听了："算了，别想那么多了。感觉不好的话，就去看医生，吃点药回家休息。我还要去看家具。"

看着姐姐匆匆离去的背影，不知怎的，我心里突然升起一阵寒意。

天气很好，阳光温暖灿烂，走到哪都能闻到香樟树的香气。

我打了个电话给好友小梅："小梅，今天有什么节目？"

小梅在电话里怪叫："哟，芊芊小姐，你还记得我啊，我还以为你跑国外逍遥去了，几个月没给我打电话。"

"切，才一个星期吧，你别太夸张了。我姐姐要结婚，天天拉着我陪她买东西。你又不是不知道，我对逛街一向没太多兴趣。"

"去滚石迪吧，听说新来了一个领舞的，长得好帅啊，一身古铜色肌肉……"

隔着电话，我都能听到小梅流口水的声音。

不过，她说得倒没错，滚石迪吧的新领舞倒真是个不折不扣的帅哥，虽然没有诚哥那种绅士气质，却另有一种狂野的味道。尤其是他在舞台上的时候，全身心地投入到舞蹈中，全身脱得只剩下一条短裤，极大地煽动了迪吧里男男女女的情绪。

跳了一会儿，出了一身的汗，我回到座位上，静静地坐在那儿喝饮料。

小梅喘着气坐下来："我没说错吧，这个新领舞真带劲。要不要我介绍给你认识？"

我摆摆手："不用了，这么好的货色，还是留给你自己用吧。"

"我倒想啊，可也要别人肯。"小梅叫服务生拿来几瓶啤酒。

"我去别人就肯了？"我没好气地说。

"你去当然肯。你和我不同啊，不但长得漂亮，家境也不错，还有个有钱的姐夫。"小梅越说越难过，一杯接一杯地喝啤酒。

"下次再说吧，我今天没心情。"

"心情不好？"小梅侧着脑袋看了我一眼，"你还在想着诚哥？我劝你，别自作多情了，他都要成为你姐夫了，还是早点放下吧。"

"去，你瞎说什么啊。"我从她手上夺过啤酒，一口喝干，接着说："我今天遇到一件怪事。"

"什么怪事？"

"我遇到一辆奇怪的巴士，车身是黑色的。"

小梅脸色立马变了："你在哪遇到的？"

"梦莱雅婚纱店，我打电话给你的前十分钟遇到的。"

"那个司机是不是很年轻，眼睛是浅蓝色的，叫你上车？"

"是啊，你也遇到过？"

"没有。"小梅的回答有些犹豫，不知道在想什么。

"不过，我听说过。"

"哦，说来听听。"

"听说，这是辆幽灵巴士，开往地狱。上车的人，从来没回来过。"小梅猛喝了一口啤酒，似乎在压抑内心的恐惧。

我不以为然："幽灵巴士？只是个传说吧。也许，是哪个无聊的人捉弄人的。不过就是一辆黑色的巴士，一个有点特别的司机，至于嘛，吓成这样。"

"不是传说，"小梅突然揪住了我的衣服，恶狠狠地说，"芊芊，我告诉你，幽灵巴士绝不是传说，我亲眼看到一个朋友上了车，再也没回来，就这样人间蒸发了。"

这时我才注意到，小梅的脸像纸一样惨白。

从迪吧出来，被冷风一吹，我的头脑也清醒了许多。

小梅不像在说谎，难道，幽灵巴士真的存在？

"芊芊，看到幽灵巴士，千万别上车。记住，上车了，就再也回不来了。"到后来，小梅的声音与其说忠告，不如说是警告。相交了这么久，我还没见过她如此严肃过。

回到家，在楼下我意外地遇到了诚哥。

"芊芊，这么晚才回来？"诚哥看上去很疲惫。

"诚哥。"我低低地应了声，却不知说什么好。

直到现在，我见到他，依然有股说不清道不明的情愫，让我难以自持。

“怎么了，你脸色不太好。”诚哥用手摸了摸我额头，喃喃自语般，“没发烧啊，你最近是不是睡眠不好？”

他的手，还和以前一样，温暖宽厚。

“我没事。”我抬起头，怔怔地看着诚哥，眼泪却情不自禁地流了下来。

这个男人，即将成为我的姐夫。可是，他却是我心中的白马王子啊。

我清楚地记得，那个朋友聚会的晚上，他搂着我，在舞池中翩翩起舞的场景。我闻到他的气息，感受到他的体温。那时，我仿佛有种错觉，身体已经和他融为一体。

可现在，我却只能这样怔怔地望着他，纵有千言万语，一句也说不出来。

“傻丫头，怎么哭了？是不是被人欺负了？”诚哥掏出手绢，帮我抹去眼泪，“很晚了，回去休息吧，你姐姐还在家里等你。”

“嗯。”我含糊地应了声，接过他的手绢，疾步走上楼。

姐姐果然还没睡，敷了面膜一个人坐在客厅里看书。

“这么晚才回来？刚才阿诚下去了，有没有遇到他？”

“遇到了。”

“哦。”

姐姐并没有问下去。她是个聪明人，知道适可而止。

我走进浴室，冲了个热水澡，精神也好了许多。

然后，我开始护理我的脸蛋。和姐姐不一样，我并不喜欢面膜，只是擦一些护肤露。

擦着擦着，我的手上开始感觉到温热的液体。

难道，擦出眼泪来了？

我睁开眼睛，看着自己的双手，竟然有一些红斑。仔细一看，却是殷红的鲜血！

我惊叫一声，看到镜子里的自己，我的眼眶在缓慢地渗出鲜血，慢慢的，就连鼻孔、嘴角都开始渗出血来。

我引以自傲的脸蛋，很快就变成了让人心悸的血脸！

不仅如此，我的身体也以一种不可思议的速度开始溃烂。膝盖、手肘、手掌都开始疼痛起来，仿佛有无数个伤口突然发作。

我闻到自己身体的臭味。不是汗臭，而是尸臭，尸体腐烂的臭味！

“姐姐！”

不知为什么，危急时分，我第一个想起的就是她。

姐姐从客厅急忙跑过来，紧紧抓住我的手，叫道：“芊芊，我是姐姐！发生了什么事？”

我都要哭出来了：“我的脸……”

“你的脸？”姐姐伸手在我的脸蛋上揉了揉，“你的脸，没事啊。”

“不是啊，我的脸……”

姐姐没等我说完，就把镜子拿过来了。

镜子中，我的脸不过是涂了点护肤露，稍微有些油腻，哪还有半点血迹？而且，我自以为的那些伤痛，也一并消失了。当然，更别提什么尸臭了。

“怎么回事？我真的看到……”看着姐姐一副狐疑的样子，我突然说不出话来。

“芊芊，听姐姐的话，早点休息。明天，我带你去看医生。”

“好吧。”

事到如今，只能如此了。何况，我一向都听姐姐的安排。

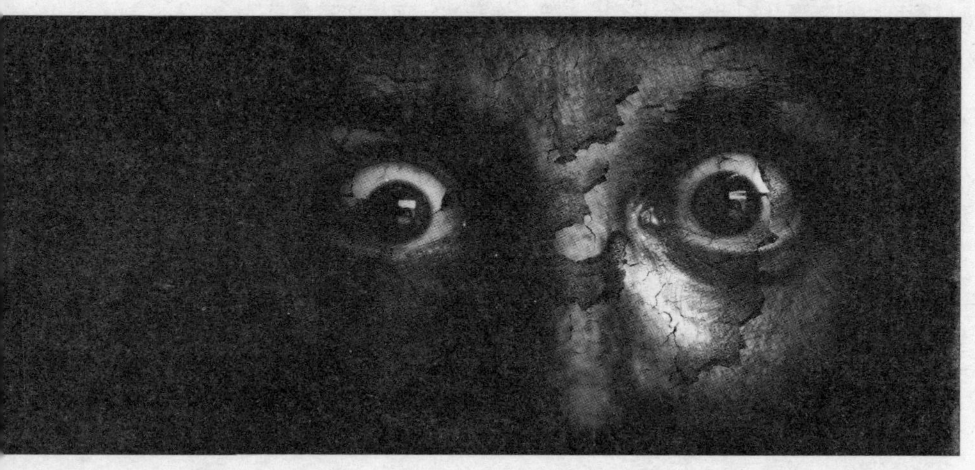

夜已深，我坐在床上，怔怔地发呆。

不知为什么，我总觉得自己的生活出了问题。

可是，想来想去，也不知道问题出在哪里。

“还没睡？”姐姐推开卧室的门，轻轻地走进来。

“睡不着。”我叹了口气，抬起头，凝视着姐姐。

也许是太亲近的缘故，我已经很久没这样认真观察姐姐了。现在才发觉，姐姐比以前漂亮多了。

虽然比我大四岁，她的皮肤保养得却比我好多了，白白嫩嫩的，还透着些许醉人的酡红，显得特别妩媚。

“别想太多了。”姐姐坐到我身边，伸出手帮我拢了拢有些零乱的长发，“时间过得真快啊，一眨眼的功夫，我的小芊芊都变成大美女了。爸爸妈妈回来，说不定还会认不出你呢。”

“不可能。真要认不出，会认不出你吧，你和六年前相比完全变了一个人。”突然间，我有点想念爸爸妈妈。他们移居海外时，我才十四岁。当初，爸爸妈妈劝我们一起过去，姐姐坚决要求留在这个城市，还让我也留下来。

才六年的功夫，姐姐就从一个小文员拼搏到了某大公司的高层，而我，依然只是一个毫无心机的小女孩，在姐姐的照顾下做着一份轻闲的差事。

“还记得吗，那一年，你六岁的时候，我们在深山里迷了路。我带着你，走了三天三夜，终于走了出来。”

“当然记得。那次把爸爸妈妈都吓坏了，还报警组织人员到处找我们。后来，我走不动了，是你背着我走出来的。”

那件事，我永远不会忘记。直到现在，我还记得当时又冷又饿的感觉。

自从经历那件事后，姐姐就益发自信坚强了，做起事来风风火火，仿佛世间没什么事能难倒她。

“芊芊，无论发生什么事，姐姐都会在你身边，永远不会放弃你。”姐姐一脸凝重地对我说。

我有点感动，心情略微好了一些：“姐姐，我知道你对我好。”

“傻丫头，你是我亲妹妹，我不对你好，对谁好？”她亲了亲我的额头，起身离去，“早点睡吧，别想太多了，一切都会好起来的。明天又是新的一天。”

姐姐离去后，我躺在床上，辗转反侧，睡得很不舒服。

我老是做一些奇怪的梦，梦中的自己，仿佛成了世界上最可怜的孤儿，一个人流浪在繁华的城市里，连我最亲密的姐姐都不理我。

第二天醒来时，我的眼睛有些浮肿，甚至长出了几条血丝。姐姐扔下婚礼的事，带着我一起去看医生。

医生给我做了次详细的全身检查。

“程小姐，你妹妹可能是神经衰弱，心理压力大，睡眠不好。”

“我也是这么认为。”

“不碍事的，我给她开点药，平时注意点，很快就会好起来的。”医生给我开了些白色的药丸，让我按时服用。

“我的身体真的没事？”我还是有些担心，“有时候，我感觉到身体很痛，很多地方都在流血。”

“是吗？”医生又看了一遍检查报告，抬起头看着我说，“程芊芊，你的身体报告很正常。有时候，人的心理压力过大，会和幻肢痛一样产生疼痛的幻觉。其实，这种疼痛原本是不存在的。”

“幻肢痛？”

“就是有的病人被截肢了，仍然会感觉到已截除的肢体还健在，并且伴随着剧烈的疼痛。我只是举个例子，有时候，疼痛并不一定是真实的。”

好吧，我承认，我相信医生的话。

回到家后，我独自一人在院子里无聊地荡秋千。

春意正浓，院子里香樟树的香气缓缓流动，一些不知名的野花争奇斗艳，在生命的最后一刻尽情展示它们的娇丽。

真寂寞啊。

我的身体随着秋千轻轻荡起来，整个世界都开始变得不真实起来，仿佛一个活物般摇摇晃晃。有那么一瞬间，我仿佛感觉自己不似在人间，而是在一个光怪陆离的空间里。

有风吹过，带着些许寒意，轻轻拨弄着我的长发。我的眼睛被自己的长发遮住了，眼前一片黑暗。

等长发飘散开，视力恢复正常时，我又看到那辆黑色的幽灵巴士。

它悄无声息地出现在我的面前，停在院子门口。车门是开着的，司机还是我上次见到的那个，有着浅蓝色的眼睛，瞳孔散发着一种蛊惑人心的妖力。

和上次不同的是，这次幽灵巴士上面有不少乘客。男的、女的、老的、少的、有钱的、没钱的、穿西装的、农民装的……黑压压一大片，坐了十几个人。

他们都清一色地坐在座位上，精神委顿，表情僵硬，仿佛失去灵魂的僵尸，特别呆滞。

我惊奇地发现，昨晚见过的迪吧领舞者居然也坐在上面，完全失去了印象中的狂野。就连他身边的两个六七岁的女童也都默默地坐在那里。

没有人说话，幽灵巴士里死一般的寂静。

空气陡然间沉重起来，压得我喘不过气。

我突然有种奇怪的感觉，幽灵巴士上的大部分乘客，我似乎都眼熟，好像在什么地方见到过。

可是，无论我怎么想，也想不起来。

司机看着我，浅蓝色的眼睛闪烁着无法捉摸的光彩，还是用那种冷酷无情的语气说：“要上车吗？”

我很想拒绝，可是脚步却不由自主地往前走。

他的声音似乎很有磁性，让我无法抗拒。

一步，两步，三步……眼看着就要走上去。

“不要，芊芊！”身后传来姐姐的叫声。

我打了个战栗，如梦方醒，停下了脚步，躲开司机的眼神，转身望向身后。

楼上的窗户里，姐姐正焦虑地望着我。

她看到幽灵巴士了！

司机的眼神缓缓抬了起来，投向姐姐。两个人的目光在空气中交锋，虽然没一点儿声音，却仿佛有千军万马在厮杀。

天色渐黑，我看不清姐姐的眼神，只知道司机最终还是败下阵来，收回了目光，关上车门，开动了幽灵巴士。

然后，我亲眼看到，幽灵巴士发动了，并不是驶向前方，而是车身的颜色越来越淡薄，仿佛梦中的灰雾一般，在我面前慢慢消失。

车上的乘客，自然也跟着幽灵巴士一起消失了。

回到家，我发觉姐姐的脸色很差，惨白惨白的，没有一点儿血色。

“你看到了幽灵巴士，对不对？”

姐姐大口大口地呼吸，胸脯一鼓一鼓的，似乎比我还紧张。

好半天，她才镇定下来，说：“是的，我看到幽灵巴士了。”

我痛苦地呻吟了一声：“这么说，幽灵巴士真的存在？它是特意来接我的？”

我的眼眶里又开始流出温热的液体，不是眼泪，是殷红的鲜血。不仅仅是眼眶、鼻孔、嘴角、耳朵，以及膝盖、手肘、全身各个地方，都开始在流血。

鲜血淋淋。

触目惊心。

我望着沾满鲜血的双手，不敢置信，一步步后退，直到靠住冰冷墙壁。

“姐姐，我是个死人，幽灵巴士是来接我去地狱的！”我悲伤地哭泣着。

“不！芊芊，你看着我，看着我！”姐姐冲上来，抓住我的手，面对着我一字一顿地说，“世界上没有幽灵巴士，它只是我们幻想出来的。看着我，和我一样，在心里默默念，我是个正常人，我没有死，我活着，我的生活很美好……”

可是，无论姐姐如何努力，我都做不到和她一样镇定冷静。

“去他妈的幽灵巴士！”姐姐发怒了，打开窗户对着幽灵巴士消失的地点破口大骂。

我以前从来没看到姐姐这样失态。她仿佛一个暴怒的泼妇，用我所想象不到的恶毒语言，咒骂起幽灵巴士和司机。

到后来，我都不知道她在骂什么，只知道她终于平复了下来，颓然地坐到我面前。

“芊芊，你看，什么事都没有。幽灵巴士和幻肢痛一样，都只是我们想象出来的。坚强点，一切都会过去的。”

我点点头。

“你所看到的恐怖场景，都只是你心里的幻想。来，和姐姐一起念，我是个正常人，我没有死，我活着，我的生活很美好……”

“我是个正常人，我没有死，我活着，我的生活很美好……”

我惊奇地看到，手上的鲜血消失了，就连身上的疼痛也感觉不到了。拿镜子照了照，我还是我，一切都没有改变，还是那个风华正茂的妙龄女孩。

难道这些真的都只是幻觉?

深夜，睡得迷迷糊糊的我，手机收到一个短消息。

“芊芊，我走了，上了幽灵巴士。你好好保重。小梅。”

我的睡意一下子就驱散了，一股凉意从脚底直冲脑门。

小梅上了幽灵巴士?

我连忙拨打小梅的手机，响了半天都没人接听。

她为什么会上幽灵巴士?

难道，她被幽灵巴士的司机当成我的替死鬼?

我再也睡不着，连夜去小梅住处找她。

小梅果然失踪了。

她的房间很整洁，所有的东西都摆得妥妥当当的，什么东西都没带走。

问她身边的朋友，没一个知道她的下落。邻居说，直到今天晚上，小梅的表现都很正常，看到了他们甚至友善地打招呼，没有异常举止。

我问他们："你们有没有看到一辆黑色的巴士?"

所有的人都不说话，脸色怪怪的，直愣愣地看着我。

我急了："到底有没有见过? 你们倒是说话啊，我怀疑她被黑色巴士带走了。"

"没有。"

不知是谁说了一声，跟着众人一个个散去，把我一个人扔在那里。

"撒谎，你们全在撒谎！"我怒了。是的，我不是聪明人，可我也看出来，他们全都知道幽灵巴士。

所有的事情，都只瞒着我一个人。

但无论我怎么喊叫，他们都不理我。有一个人甚至打电话报警，说我是疯了，是精神病。

后来是姐姐来接走我的。

"他们知道的，就是不肯告诉我。"坐在姐姐的红色宝马车上，我还在喋喋不休。

"够了！"姐姐大喝一声，停下来，直视着我，郑重地说，"芊芊，听姐姐说，没有什么幽灵巴士！一切都过去了！"

"可是……"

"没有可是！你应该把幽灵巴士忘掉，把它从你生活中抹去，就像黑板上的粉笔字一样，擦掉后，就没有了。如果你念念不忘，那它还会在你生活中不断反复出现。"

我怔怔地望着姐姐，无助地点了点头。

"相信姐姐，一切都会好起来的。姐姐是过来人……"

过来人？我不懂。难道，幽灵巴士也接过姐姐？

算了，还是别想了。姐姐说得对，我应该彻底忘记幽灵巴士。无论它是否真实，带给我的只有噩运。

几天后，姐姐和诚哥的婚礼如期举行。

婚礼设在城市里最好的大教堂里，邀请的贵宾几乎囊括了这个城市所有的名流显贵，起码有几百人。爸爸妈妈也特意从海外回来参加姐姐的婚礼。

教堂内外，摆满了各种色彩缤纷的鲜花，到处弥漫着浓浓的花香。洁白的立柱被清洗得熠熠发光，高耸的钟鼓楼傲然屹立，尖塔、拱门、玫瑰花窗，塑造出端庄而绮丽的立面，在青松翠柏环绕之中越发显得洁白挺拔。

姐姐从花车中走下来。精心修饰的波浪型卷发配着那件白色复古婚纱，仿佛不食人间烟火的仙子般，美丽得让人痴醉。

姐姐的手臂挽到诚哥的臂弯里，两人幸福地站在了一起。婚礼进行曲响起来，牧师按惯例开始征询新郎和新娘的意见。

"庄裕诚先生，你愿意接受程楚楚小姐作为你的合法妻子吗？无论贫困、饥饿或是疾病、灾难，都不离开她？"

"我愿意。"

"程楚楚小姐，你愿意接受庄裕诚先生作为你的合法丈夫吗？无论贫困、饥饿或是疾病、灾难，都不离开他？"

"我愿意。"

"请交换结婚戒指。"

婚礼还在继续，我却听到冥冥中有声音在呼唤我的名字，似乎颇为急切。

我的精神恍惚起来，脚步不由自主地往前走。

"芊芊！"姐姐低声叫了我一声，没来得及阻止我。

教堂里几百人的目光都注视在我身上。庄严神圣的婚礼，我却沿着婚礼通道一个人往门外走去。

我走得很慢，小心翼翼地，生怕踩碎了那些美丽的花瓣。

走到教堂门口，果然看到那辆黑色的幽灵巴士。

门开了，我又看到司机那张冷酷的脸，嘴角有丝若有若无的笑意，似乎有些不屑。

这次，幽灵巴士上坐得满满的，起码坐了二十几个人，似乎只剩下两三个座位。

小梅也坐在车上，而且就坐在前排。

上次见到的领舞者和孪生姐妹还坐在原来的位置，维持原来的坐姿。

“小梅！”我朝她挥了挥手，她浑然未觉。

“最后一次问你，要上车吗？”司机冷冷地说。

我迟疑着，站在车门犹豫不决。

我知道，上了幽灵巴士就再也回不来了，可是，不知为什么，我却想上去。

以前我还以为是司机搞的鬼，现在我真真切切体会到，是我内心深处的意念，和任何人都没有关系。

“不要！芊芊！”穿着白色婚纱的姐姐竟然也走出了教堂，就站在我身后，对着我摇头，眼神里充满了哀求。

不仅仅是她，教堂里所有的人，全出来了，一排排地站在她身后，凝视着我。

“对不起，我真的要走了。我知道，我已经死了，我是个死人。我很痛，我忍得很辛苦。”我不想哭，可眼泪还是不争气地流了下来。

我闻得到自己身体所散发出来的臭味，那是身体腐烂的味道。我不想让诚哥和爸爸妈妈看到我满身血污的样子。

该来的，还是要来的。既然已经死了，就应该安心接受命运的安排。花开花落，生生死死，不过是永不停止的循环罢了。

“没时间了。”司机催促着。

这次，不但是教堂的人，连幽灵巴士上的人，也一个个扭过头来，望向我。他们的动作缓慢而僵硬，目光呆滞，却依然隐隐透露出不满和焦急。

是地狱，是天堂，还是投胎轮回？

我终于还是上了幽灵巴士，坐到了小梅身旁的座位。

“还有两个位置，还有人上车吗？”

司机虽然朝众人说，眼睛却望着姐姐和诚哥。

诚哥似乎有些心动，挪了一小步，却被姐姐死死地拉住了。

诚哥看了眼美丽动人的姐姐，又望了望身后的人群。除了他，没有人想上车。

司机冷哼了一声，关上车门。

姐姐流出了眼泪，伤心得连站都站不住。

我已经很久没看到姐姐流泪了。像她这么要强的人，有再大的苦，也会吞进肚子里，绝不会在外人面前示弱。

可她，居然为我流泪了。

对不起，姐姐，从小我就听你的安排，这一次，要让你失望了。

我拨打姐姐的手机号码，透过灰色的车窗看到她接听手机。

“姐姐，谢谢你，这么多年对我的关心照顾。我长大了，会自己照顾自己的。”

“芊芊！你好狠，就这样丢下姐姐！你下来啊，快下来啊。”

我微微笑着说：“我祝你和诚哥白头偕老，永结同心，一生一世都幸福如意。姐姐，我走了，你保重。”

手机的声音越来越微弱，司机开始发动了幽灵巴士。

姐姐手上的手机无声地滑落在地上。

这时，我突然发现，姐姐洁白的婚纱上，竟然开始在滴血！

殷红的鲜血，迅速蔓延了她的婚纱。不，不仅仅是婚纱，她的眼睛、鼻孔、嘴巴、耳朵，都开始在滴血，她裸露在外面的皮肤，全部被鲜血浸透。

“姐姐！”我失声尖叫。

可是，我很快发现，不仅仅是姐姐，诚哥，我的爸爸妈妈，婚礼来庆贺的所有宾客，甚至连粉嫩的花童，都变得和姐姐一样，鲜血淋淋，面目可憎。

原本端庄绮丽的大教堂，也失去了光泽，变得陈旧腐朽，仿佛几百年前的古建筑般。车窗外的城市变成了废墟，房子、路灯、车辆……所有的东西，都仿佛被抽走精魂般，迅速衰败了。

我想冲下去，可我的脚不听使唤。

幽灵巴士开动了，眼前的世界越来越黑，意识慢慢地飘散，最后晕了过去。

醒过来的时候，眼睛受到强光刺激，瞳孔陡然间放大了许多。

“醒了，这个人是活的！”有人兴奋地喊起来。

我睁开眼睛，迷惘地看着周围的环境。

身边，围了好几个人，其中一个还穿着白大褂，看情形像是医生。

“哪里不舒服？”

“膝盖，手肘，手掌，脸也有点疼。”

“呼吸困难吗？”

我试着呼吸了几下，摇摇头：“不。”

“腹部痛不痛？”

“不是很痛。”

“还好，并不是很严重。”医生手脚麻利地用绷带和夹板帮我把膝盖和肘部缠绕起来，“你算是命大，一车的人，活下来的不到一半。”

“你说什么？”我的意识这才渐渐清醒起来。

原来，我和姐姐、小梅一起乘坐一辆巴士去旅游，在上盘山路时发生了意外。旅游巴士摔下了山崖，掉进了山谷，很多人在这场意外中丢掉了性命。

“我姐姐呢？”我急忙问道。

“在那边。”医生朝旁边指了一下，那儿放着二十几副担架，每副担架上都放着一具尸体。

我挣扎着爬起来，步履蹒跚地查看尸体。

姐姐静静地躺在担架上，身上伤痕累累，眼睛睁得大大的，仿佛很不甘心。

“芊芊……”我听到身后有人低声叫我。

转身一看，却是小梅。她的身上也缠满了白绷带，躺在担架里。

“小梅！我……我姐姐她……”我的眼眶被滚烫的泪水湮没。

“芊芊，坚强点。你姐姐在天之灵会保佑我们的。”小梅握了握我的手，然后示意别人抬着她的担架往山坡上爬。

现场一片忙碌，到处是救死扶伤的医生和志愿者。香樟树的香气和尸体的臭气混淆在一起。

我站在人群中，茫然地望着这一切。

天空还是那么湛蓝，阳光依旧灿烂，可我却孤零零地站在这儿，仿佛被整个世界所遗弃。

意外身亡的尸体中，有不少是我在那个奇怪的梦境所看到过的，有几个人甚至是参加姐姐和诚哥婚礼的贵宾。怪不得，我在梦境中觉得他们有些眼熟。

但是，真的是梦境吗？

我有些恍惚。一些和我同时乘坐幽灵巴士的乘客，现在都活得好好的。

迪吧的领舞者、双胞胎小姐妹、小梅……他们虽然受伤了，曾经昏迷了许久，现在却都醒过来了。

然后，我看到了诚哥。

他也没逃过这一劫，身体被摔得支离破碎，原本英俊潇洒的他，现在看起来只是一堆腐烂的臭肉。

诚哥的身边，一个年轻女孩哭得死去活来。

我悄悄地走过去，问女孩身边的人："她为什么哭得这么伤心？"

那个人翻了下白眼，说："死的是她的丈夫，刚结婚出来度蜜月。"

我默然。

此时，我的意识才完全清醒过来。

姐姐、我、小梅，都是城市里的打工妹。我的爸爸妈妈，都是生活在农村的农民。诚哥也不是姐姐的恋人，更不是什么富豪子弟，只是我和姐姐共同欣赏的一个城市男孩，而且，他已经结了婚。

也许，那不是梦境，而是一个我所不知道的虚幻世界。

在我所梦到的那个虚幻世界里，所有的一切都是我们自己想象出来的。也许，意念越强，对自身的改变就越大。姐姐是那种特别偏执的人，所以在那个虚幻世界中活得最好。

幽灵巴士接的虽然是游魂，却并不是驶向地狱或天堂，而是重返人间。

所以，司机一而再、再而三地来接我，其实是为了救我。其实，司机还曾接过姐姐，但被她无情地拒绝了。

姐姐太眷恋那个虚幻的世界。在那里，她有自己的事业，有自己的爱人，过着比神仙还幸福的生活。为此，她宁肯错过接我们回来的幽灵巴士。

我双手合十，凝神闭目，虔诚为姐姐祈祷：但愿乾坤有心时序有情，呵护她在另一个世界中幸福如意。

黑暗中，我仿佛看到那辆黑色的幽灵巴士停靠在不远的前方，有着浅蓝色眼瞳的司机对着我微微露出笑容，关上车门，渐渐消失在更远的黑暗中。

他去接其他的乘客了。

我知道，这不是幻觉。悬疑志

死亡直播

SiWangZhiBo

文\司凡

中波104.4频道，有一档栏目叫做“午夜惊魂”，每天午夜时分，主持人易扬会用他那低沉且略带沙哑的嗓音讲述一个个惊悚恐怖的故事。这档节目，胆小的人是万万不能听的。不知有多少听众在听了易扬的故事后，整晚睡不着觉，但到了第二天午夜，却又忍不住要继续听。

这个栏目一直办了近三年，听众的胆量被易扬“折磨”得越来越强大，以至于在这座城市，恐怖惊悚类杂志全面滞销，街边书摊报亭中，常见这样的情景——一名看上去文文弱弱的小女生，拿着一本印满人体零部件分割图的杂志，用挑剔的眼光翻阅半晌，然后失望地说：“一点儿都不吓人，还是易扬讲的恐怖故事有感觉。”

为此，易扬接到许多家惊悚杂志的恐吓电话，但易扬怕什么，套用一句时下流行的话来说：他不是被吓大，他是吓别人长大的。

转眼，“午夜惊魂”第九百期直播的日子到了，零点钟声敲响，伴随着阴森的鬼笑声，易扬又一次用他那低沉且略带沙哑的嗓音缓缓讲述着恐怖故事，跟往常一样，听不出有什么特别之处。但就在第一个故事刚刚讲完的时候，不知是谁惊叫道：“不好了，着火了！”

直播间内顿时一片混乱。

“快，灭火器！”

“不好，门打不开！”

“救命呀！”

“哐、哐、哐！”

“啊……”

据说，直播间的大火是由于一位工作人员不慎将水洒在电源插排上造成的，火势蔓延很快，浓烟很快充满狭小的空间。火灾发生时，不知何故，直播间唯一的一扇门无论从里面或外面都无法打开，最终造成直播间内五名工作人员全部丧生。

最无法理解、也最恐怖的是，整个火灾过程中，电台的直播设备居然一直神奇地运转着，劈里啪啦的火焰燃烧声伴随着工作人员的呼救声、惨叫声，全部通过电波分毫不差地传入听众耳中。

这个午夜，上万名听众“亲历”了一场惨烈的火灾。

这个午夜，城市各家医院收治的心脏病人数量骤然增加。

“午夜惊魂”栏目从此退出历史舞台，后来电台尝试在那个时间段播一些不咸不淡的谈话类节目，收听率一直不高，再后来干脆不再安排节目，转而播放音乐。奇怪的是，自那夜之后，总有观众反应这个频道有杂音，电台的技术人员检查了所有设备，都找不出问题所在，后来索性换了波段，杂音便神奇地消失了。

一年，又一年，直播间的火灾渐渐被人遗忘。五年之后，只有些许老听众偶尔还会想起易扬，想起“午夜惊魂”这档节目。而很多人的收音机里，也依然储存着中波104.4这个频道。

二

张可很久没有在午夜时分听广播了，孩子上学，要早睡早起，他也只能陪着。这天，哄孩子睡下后，张可也上了床，却翻来覆去睡不着，身旁的老婆已经发出微微的鼾声。张可索性爬起来，披上件衣服，趿拉着拖鞋来到门厅，将两间卧室的门轻轻关好，随后半仰在沙发上，摸起收音机，打开，将音量调低，独自倾听，听着听着便迷迷糊糊地睡着了。

不知过了多久，遥远的地方传来缥缈的钟声，随后是阴森森的鬼笑。张可被吓

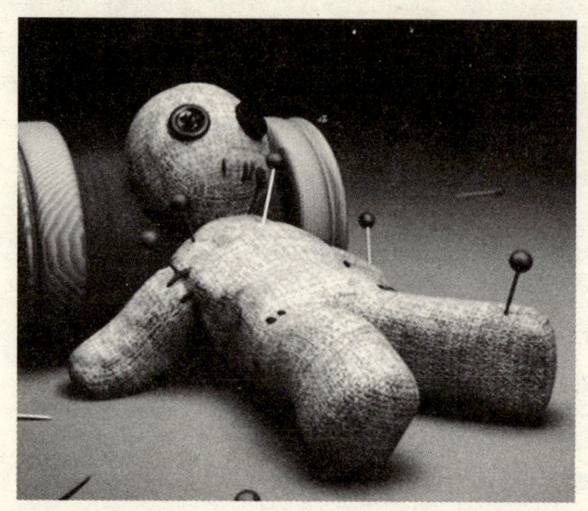

醒，愣了好一会儿才意识到声音是从收音机里发出的，借着窗户里透进的月光，张可发现调台的指针在104.4的位置上。

“听众朋友们，欢迎收听‘午夜惊魂’第九百零一期，我是主持人易扬。”收音机里低沉又略有些沙哑的声音在空旷的客厅里回荡。

张可曾是“午夜惊魂”的忠实听众，第九百期火灾直播他也亲历了，从那之后大半年的时间，他还常常在梦中“回忆”起当时的场景，他仿佛可以清楚地看到，烈火之中，人们怎样徒劳地挣扎，最终被活活地烧成焦炭。也就是从那时起，张可再也不去接触恐怖故事和恐怖电影。他万万没有想到，就在今夜，“午夜惊魂”栏目会重新开播，依然在原来的频率，新的主持人也依然叫易扬！

不祥的预感令张可全身上下每一根寒毛都竖立起来，冷汗很快湿透了披在身上的衣服，他试图伸手去关闭收音机，却发现自己甚至连一根手指头也抬不起。只能在心中默默期望节目能尽快结束。

今天的“午夜惊魂”似乎格外漫长，易扬喋喋不休地讲着故事，仿佛要将五年里没有说出的故事全部讲完，张可充满恐惧的双眼盯着墙上的电子表，发现读数固定在11点59分59秒，始终没有变化。厨房窗户似乎没有关好，嗖嗖的风声更是给本已骇人到极点的气氛增加了一丝恐怖。

张可感觉头痛欲裂，呼吸越来越急促，脖子一歪，停止了呼吸。

广播声戛然而止，电子表跳过一秒钟，悠扬的整点报时音乐响起。

第二天早上，张可的妻子被浓重的煤气味熏醒，发现张可死在沙发上。警察和医务人员很快赶到，很快查明，张可死于煤气中毒，死亡时间大概在午夜，因为两间卧室的门都关着，张可的老婆孩子侥幸逃过一劫。

一块白布将尸体遮盖，也永远遮蔽了刚刚过去的午夜时分所发生的那些匪夷所思的事情。

同样被掩盖的，还有一件不起眼的小事情——午夜惊魂九百期的时候，张可是最后一个将电话打进直播间的听众，工作人员就是在接他的电话时碰倒了杯子，从而引发了火灾。

所以，张可当日听到的现场直播，并不是来自广播，而是来自电话听筒。

三

卧谈会结束，八个大男生各自调整好睡姿，震耳的鼾声很快此起彼伏地响起。

孙超惦记着快要开考的英语四级，从枕头底下摸出随身听，带上耳机听磁带。今天孙超的精神特别好，一盘磁带听完，依然没有困意，孙超想换到B面接着听，却在无意中碰了功能切换键，耳机里传出音乐声。

“今晚也学不少了，听听广播放松一下吧。”孙超这样想着。

没有任何征兆，音乐声骤停，随之而来的是缥缈的钟声和阴森的笑声，“午夜惊魂”准时上演。

孙超不是个胆小的人，平日里就喜欢看恐怖故事，所以也没有换台。

主持人易扬讲了一个故事：故事里，主角被人用金属线勒住脖子，主角奋力挣扎，双腿乱蹬，但都无济于事，几分钟后，主角停止了呼吸。

听着听着，孙超感觉这个故事有些耳熟，又一时想不起在哪儿听过。有只蚊子嗡嗡地叫，孙超随手抓了一把，没有抓到，手指却被什么东西缠住了，他甩了甩手，却又感觉脖子怪怪的，似乎有什么东西勒着，于是翻了个身，却被勒得更紧了。

孙超的理智在一瞬间丧失，他奋力挣扎，双腿乱蹬，但都无济于事。下铺的哥们被孙超折腾醒，嘟囔着骂了一句："大半夜的，扑腾什么，挺尸呀。"随后继续打起呼噜。几乎是同时，孙超停止了挣扎，很配合地挺尸了。

宿管老大爷房中的那座古老的座钟当当响起，十二点的钟声传遍宿舍楼的每个角落。

天亮的时候，舍友发现孙超双目圆睁，直挺挺地躺在床上，耳机接线乱七八糟地缠住他的脖子，勒出深深的印记。

人们想不明白一根细细的耳机线怎么能把一个身强力壮的大男生勒死，也同样永远无法得知孙超在死去之前，究竟经历了什么。

午夜惊魂九百期，孙超是倒数第二个打进电话的听众，当时还在上初中的他，非要缠着导播听自己讲那个勒死人的恐怖故事，导播费尽口舌解释了半天才应付完孙超的电话，刚打算喝口水润润嗓子，电话铃再次响起，导播的手中途改道去接电话，这才碰倒了杯子，引发火灾。

警察局最近收到的意外死亡报告数量大大超过平时，死者的死因各不相同，但有个奇怪的现象——很多死者的死亡时间都在午夜前后，他们身边都有一只收音机。因为看不出这些死亡事件之间有什么明显的联系，警察们便将所有案子都当作普通事件来处理，没有对外界公布太多细节。

但有一个说法渐渐在城市中流传开来：主持人易扬阴魂不散，现身继续主持"午夜惊魂"节目，凡是听到这个节目的人，都会死去。

很多人因为这个传说而不敢在午夜时分听广播，也有一些人为了验证或者推翻这个传说，特意在午夜时分打开收音机，但他们将频率调到104.4时，却只能听到沙沙的忙音。

也许，真的有人听到了“午夜惊魂”这档节目，但却没有人公开声称自己听了节目，只是神秘的意外死亡事件依然在不断发生。

五年前。电台，易扬办公室。

易扬盯着手里近一个月的听众调查表发愁。

调查显示，百分之六十的听众认为“午夜惊魂”栏目还不够吓人。

电台里各档节目之间竞争很激烈，台长曾多次暗示易扬说，要是“午夜惊魂”的听众里，有百分之七十的人认为节目不够吓人，那就要将其撤换掉了。

所以易扬很发愁，这个比例在一个月前还只有百分之五十五的。恐怖故事听多了，听众都有了免疫力，想吓到他们越来越难了。想节目刚开播那会儿，易扬讲到“一只僵尸从松软的泥土中爬出来，迈着缓慢的步子向前移动，泥土和蛆虫撒落一地”时，他甚至能感觉到电波那头听众们发出的带着恐惧的干呕声，如今呢，几岁的小孩子都能一边吃着盐霜青豆（那惨绿的颜色跟僵尸很接近），一边玩《植物大战僵尸》。

易扬知道，要想重新吓到听众，就必须玩些非同一般的花样。“午夜惊魂”九百期播出的日子马上就要到了，届时如果他还没有好点子，那就将会是他的最后一期节目。

也许是上天眷顾易扬，非同一般的花样果然被易扬找到了，灵感来自电视里一条火灾现场的新闻。易扬设想，如果来一场死亡直播，当事人那种绝望的感觉一定能深深震撼听众。

有了创意，其他问题都好说，易扬跟自己团队的几位核心人物一起制订了详细计划，在九百期直播时，搞一场假火灾。为了效果更震撼，导播等人都不知道消息。

直播当日，直播间的门被锁死，烟雾由暗藏在角落里的制烟机发出，四处乱窜的火焰也都是特制的冷焰火，不会伤人，不会烧坏机器。虽然一切都是假的，但在毫不知情的工作人员眼中，浓烟滚滚的火灾现场却相当的真实。易扬的目的达到了，不用看调查表，只听那天晚上不间断的急救车呼啸声便能知道。

易扬玩得太大了，激怒了台长。第二天，台长便撤掉了“午夜惊魂”这档节目，易扬不再做主持，发配到后台打杂，这样一晃就是五年。

九百期开播时，易扬曾许诺说，当期打进电话的热心听众，都可以获得来电台与他合影留念的机会，所以那一晚，打电话的人很多。但紧跟着，易扬便被打入冷宫，拍合影的承诺便一直没有兑现。

就在易扬认为自己再无出头之日的时候，台长忽然找到易扬，让他重开“午夜惊魂”栏目。易扬很激动，从那以后，更加认真地准备每期节目，他还有一个心愿，那就是在一千期节目之前，将九百期打进电话的热心听众找齐，等一千期节目结束后，拍一张合影，也算是完成五年前他的承诺。

就这样太平无事地过了几个月，台长没有拿调查表来烦过易扬，易扬也不知道观众对重新开播的“午夜惊魂”有何反响。

五

“午夜惊魂”第一千期。

易扬带着精心准备的一千期特别策划稿走进直播间，却发现今天直播间里的气氛有些奇怪，屋里到处弥漫着烧胶皮的味道，似乎还有些烟气。

一名工作人员见易扬进来，抬手跟他打招呼，却险些将桌上的杯子碰倒，一滴

水洒出，滴在电源插排上，打了个火花。那人扶住杯子，长吁一口气。

就是这小小的动作，一下子打开了易扬深埋的记忆：五年前，九百期直播现场，一名工作人员打翻杯子，水洒在电源插排上，引发大火。当时易扬感觉有些别扭，预演时，火不是这样着起来的，但他当时无暇多想，便全身心地投入演出了。直到今天，他才猛然醒悟，原来当日，火真的烧起来了，而他跟他的同事，也真的葬身于那场大火之中。

那次火灾，易扬始终认为是演戏，所以根本没有意识到自己真的死去了，这五年来，他的魂还一直保持着正常的上下班状态。

直播间的门没开，但台长却穿门而过，进来之后，他冲易扬点点头，低声道："说起来，我生前还真不喜欢听鬼故事，不过死了之后，却忽然发现你讲的那些故事还真有意思。第一千期，好好做！对了，九百期打进电话的观众都已经到了电台，就在直播间外等着你呢，一会做完节目，别忘了拍合影。"

这时，代表直播开始的红灯亮起，缥缈的钟声和阴森的鬼笑在狭小的直播间里回荡，易扬扔掉准备好的手稿，用低沉而沙哑的嗓音缓缓说道："听众朋友们，欢迎收听'午夜惊魂'第一千期特别节目，今天，我要给大家讲一个真实的故事，故事是从五年前，'午夜惊魂'直播间那场大火开始的……" 悬疑志

黑暗中的
肆虐者
HEİANZHONG
DE SİNUEZHE
文\王稼骏 图\苍狼野兽

HEIANZHONG DE SINUEZHE　黑暗中的肆虐者

HEIANZHONG DE SINUEZHE

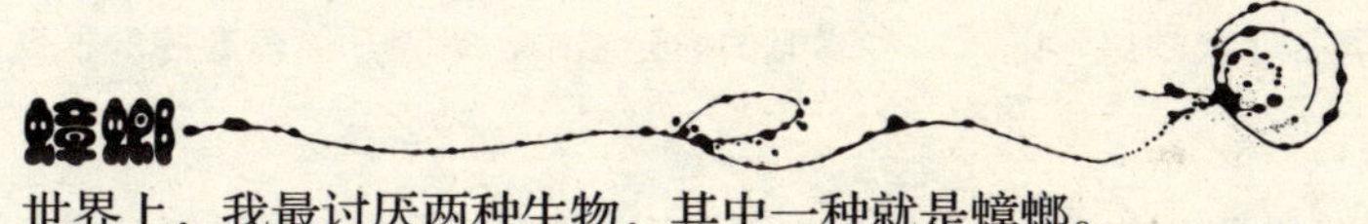

蟑螂

世界上，我最讨厌两种生物，其中一种就是蟑螂。

“截稿日到啦！赶快交稿！否则拉你去山上挖煤。”

“上次你答应的稿子呢？给我留言。”

“新的稿子还要努力，保质保量啊！”

面对QQ上编辑们一个个闪烁的头像，我揉了揉通红的双眼，看来今天挑灯夜战是在所难免了。

我起身去厨房泡了杯咖啡，左眼旁忽然闪过一个小黑影。

我手起掌落，黏糊糊的内脏就从它坚硬的外壳中迸裂出来，恶心的黏液弄了我一手。

不知是不是因为最近垃圾站移到了楼下，家里的蟑螂变得越来越多了。它们无孔不入，无所不吃，最让人作呕的就是那种会飞的蟑螂，连我这样一个二十出头的小伙子，面对这种小动物，心里都会发毛。

深夜，我对着电脑屏幕，一个人看着泰国恐怖片，感觉泰国这个国家就是为恐怖片而生的，泰国人的模样以及讲泰语时的神态，总透着让人不寒而栗的诡异。电影放到高潮处，女主角正慢慢接近洗手间最后一个隔间，我的小腿处一阵瘙痒，我下意识地用手捋了一把，瘙痒感一路往我的裤管里而来，我急忙将手伸进口袋，果不其然，我的手明显感觉到了金属质感般的硬度，以及让人不舒服的毛绒触须。

该死的蟑螂，真是胆大妄为！

我毫不留情地结果了它的生命，而它也结果了我的一条内裤。

蟑螂的尸体被我丢进了书桌旁的垃圾桶。父母不在家，我只能自己在洗手间里搓洗着衣服上残留的肮脏体液，家里新装的浴缸内，漂浮起几缕黏稠的液体，像鼻涕一样，我实在不愿再多看一眼，急忙离开了让我周身不适的洗手间。

为了培养写作情绪，我总会在写作前看上一部恐怖片。十二点，我打开word文档，白晃晃的屏幕让我眩晕，陷入一种缥缈的虚无感中，笔下一篇篇血腥的推理小说开始幻化成文。

可蟑螂对我的骚扰却变本加厉起来，它们从抽屉的缝隙里钻进钻出，弄出不大不小的声响，还在我的打印文稿上排泄，啃咬一切能吃的东西。

整个晚上，我都忙着赶杀这些小甲虫，都快被它们逼疯了，我做了个决定：要将它们统统都杀死。

第二天，我买了专杀蟑螂的喷雾剂，在房间的各个角落里都喷了一遍，屋子里弥漫着刺鼻的气味。我心想，下了如此猛的药，这回总该灭绝这些讨厌的虫子了吧！

中午，胖子来找我，一进门他就捂着鼻子嚷了起来，“阿元，你在搞什么啊？家里好大的味道啊！”

胖子是我的中学同学，大学毕业后，成为了一名刑警，有时我写作的素材都是从他嘴里道听途说来的。

“在杀虫呢。”我把胖子带到了我的房间，问他今天怎么有空来找我。

“这事你可千万别泄漏出去，队里不让外传。”胖子神神秘秘地说道，“前两天，在你家的这个小区里，发现了两具尸体，一男一女，两个人都被分尸了，凶手总共把他们分成了32块，尸块上爬满了蟑螂，看得我都快吐了。”

又是蟑螂，真让人恶心。

“死者身份确认了吗？”我不禁好奇。

胖子摇摇头，“尸体的手掌和脚掌都没有找到，两个死者的头，也还没有找到。不过，尸检结果表明，两位死者都是中年人，从胃里的残留物分析，他们死前一起吃了晚饭。”

“凶手有人选了吗？”我又问道。

“这种抛尸手法，明摆着就是熟人作案，我告诉你啊……哎哟，肚子痛，先上个厕所！”胖子捂着肚子一溜烟跑进了洗手间。

突然，一只蟑螂出现在了墙角，像是被药迷失了方向，一动不动地趴在原地。

我抓起一只拖鞋，用力拍了下去。

“啪——”正中目标。

这时，胖子正好从洗手间回来，看到我奇怪的姿势，问道：“你干吗呢？”

“我找拖鞋呢。你肚子怎么样？轻松了吧！”我调侃道。

胖子拍拍他圆鼓鼓的肚子，“肚子舒坦了。我还有事，先走了。”

我真怀疑他是不是为了上厕所，才来找我的。死胖子，真狡猾。

“有空再来和我讲讲分尸案。”关门前，我笑着对胖子说。

回到房间，我捡起拖鞋，想清理一下蟑螂的尸体，吃惊的一幕发生了……

那只蟑螂的尸体居然不见了。可我明明将它拍死了啊！

我心里一沉，跑到隔壁书房的垃圾桶旁翻了起来，真不可思议，昨天被我打死的蟑螂尸体也不见了。

是不是连续熬夜，我出现了幻觉？我掐了一把自己的大腿，下手太重，疼得自己眼泪都下来了。不是在做梦，死蟑螂还能跑到哪里去呢？

莫非……在那里？

我偷偷瞥了眼洗手间的门，不敢再想下去。

白天满脑子的蟑螂，晚上我开始做噩梦了。我梦见家里涌出了许多只黑红黑红的大蟑螂，它们并不怕我。它们列成长队，将我团团包围，好似要将我一口一口吞噬似的。

我越是驱赶，数量越是变多，它们就像通人性似的，瞪着一双双黑漆漆的小眼睛，怒气冲冲地爬向我。爬满我的身体，爬进我的耳窝，我的嘴，从鼻子中钻进钻出，我的每一寸皮肤都被它们如同铁钳般的嘴啃咬着，千千万万个声音在耳窝里叫唤着：你杀了我们！你杀了我们！是你杀了我们！

我痛不欲生，大叫一声。

从床上弹了起来，大汗淋漓。抹了抹一头的冷汗，我在嘴角边摸到一件异物，定睛一看，竟是只断了的蟑螂腿，却找不见它剩余的残躯。

胃里顿时一阵翻腾，我冲进洗手间，趴在马桶上呕吐起来。

一定是他们，一定是他们在搞鬼，这些蟑螂一定是来为他们复仇的。

我生气地望向新装的浴缸，浴缸和墙面的连接处，发现了一个拇指大小的孔洞。黑暗的孔洞中，许多根触角慢慢摇曳着，这里应该就是蟑螂的栖息地。

猛然一个念头闪过，胖子在上厕所时，会不会发现了这个孔洞呢？

我闻到了一股难以名状的恶臭，孔洞中的蟑螂争先恐后地往外爬着，后面的踏着前面的身体，就像浴缸底下有只天敌在追赶它们一样。

有好几只蟑螂已经爬上了我的腿，我用力甩掉它们，不顾一切地逃出洗手间。

我拖出工具箱，陈旧的工具箱上沾染着一团团暗红色的污渍，打开它，整个铁皮箱里漫出一股令人窒息的血的味道。

我找出一周前才使用过的一把榔头，返回洗手间。我拼命地砸着浴缸边的孔洞，孔洞周围的蟑螂全都被我砸成了肉饼，白色的浆液弄得我满手都是。有些没死透的蟑螂躺在地上，痉挛着毛茸茸的腿；有些拖着扁平的身子和被砸出体外的内脏，仍在移动。

浴缸被我砸掉了一半，我丢掉榔头，用手扒开浴缸的碎片。我的手被锋利的碎片划开，滴在地上的鲜血瞬间吸引了几只贪婪的蟑螂，我一脚踏在了血滴上，又狠狠地碾了碾。

终于，我找到了一切的根源。

浴缸底端的空隙中，两只被我用透明胶布重重包裹的塑胶袋里，放着我父母的头颅和残肢，血已经被我放干，比透明胶布更白的肤色透出塑胶袋，那惨白黯淡的瞳孔无神地望向洗手间外的夜空。

塑胶袋破了个小洞，蟑螂从头颅的五官中穿出，精准地从塑胶袋上的小洞里钻出来。

父母的头颅竟是蟑螂的巢穴，一定是我分尸的时候，无所不在的蟑螂从鼻孔或者耳朵钻进了头颅，被我封在了塑胶袋中。可我明明记得，当时周围的蟑螂都已经被我拍死了。

这些蟑螂如同复仇者般，一波波地侵袭着我和我的生活，就如同我的父母，总是以他们的想法来指挥我该如何生活。进重点中学，上重点高中，考名牌大学，然后每天过着朝九晚五的白领生活，像一部计算机，跟着他们的命令走完整个人生。这对我来说，是一种煎熬，我的存在本身只对他们有意义，而真实的我则慢慢消失在他们成竹于胸的规划大计之中。

我正视着父母空洞的目光，挥起锤头，一下接一下地摧毁他们的控制欲，我仿佛看见自己的人生如飞溅的液体般解脱。

我从来没有告诉过别人，自己最讨厌的另一种生物，就是我的父母。

这个夜静寂得过分，死蟑螂的每一次折翅都格外刺耳。

“丁咚——”

一声门铃，如小石子投入静如止水的湖面，激起我心中的一阵涟漪。

门外是胖子的声音，我缓了口气，锁上洗手间的门。我发现身上的睡衣有点脏，于是披上了一件睡袍。

我还刻意装出嘶哑的声音，喊了一嗓子，“谁呀？”

门口的胖子带着两位同事，对我高举着逮捕令，胖子没有顾及我们的兄弟情面，狠狠地把我压在了地板上。

我不明白胖子到底是如何发现了我杀人的事情。他跪在地上，训斥着我弑父弑母的罪行，他说他内心挣扎了很久，才会在今天一个人跑来我家偷偷调查。

我父母的突然外出不归，让他将尸块的体貌特征和我父母联系了起来，为了探我虚实，他借着去洗手间的机会，从我的垃圾桶里找到了一只蟑螂的尸体，偷偷包起来带回去化验。

检测结果是，尸块旁的所有蟑螂都是这只蟑螂繁殖的后代。

这就证明了，尸体曾经在我家里，是被移到了抛尸处。那么，这间房子里唯一存活着的居住者——我，就是最大的嫌疑人。

我相信，很快胖子的两位同事就会找到沾满我指纹和我父母血迹的工具箱，以及证据确凿到足以起诉我十次谋杀罪名的洗手间。

我始终弄不明白死蟑螂是如何钻进尸体里去的。直到我看见胖子膝盖下磕着的一只死蟑螂，它的肚子如心脏跳动般一鼓一鼓，而后，两只幼小的蟑螂破肚而出，朝黑暗的角落爬去。

我早就该知道，蟑螂即使死了，也是可以繁殖的。

一个谋害自己亲生父母的人，才真正有资格说蟑螂这种动物是罪大恶极的“四害”。

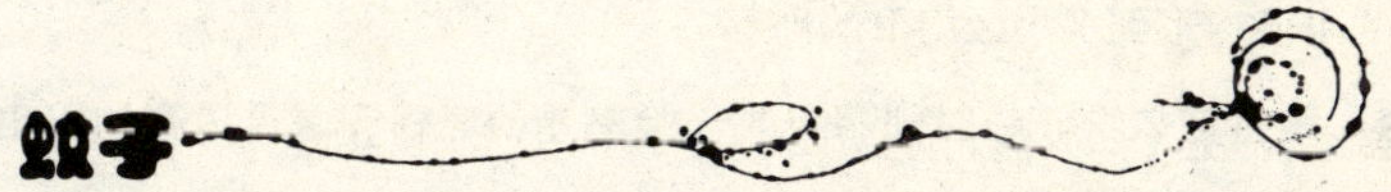

90年代，曾发生过一件让所有上海人闻之色变的恐怖事件。

传说，当时上海的大街小巷出现了一位爱吸人血的老太太，她专拣穿红色衣服的女孩，尾随到无人处，从后面突然扑向受害者，一口咬住后脖颈，吸饱血后，抛下一具干尸，消失得无影无踪。一时间整个上海人心惶惶，女孩子们全都不敢再穿红色的衣服了，媒体都称这个老太太为“吸血老太太”。整个事件被越传越神，就像有很多人都见过吸血老太太似的。后来，听说警察出动了装甲车才将她团团围住，最后，解放军烧死了她。

事情过去了好几年，当好友Vivian将这则消息在网上转发给优优时，优优只是嗤之以鼻地笑了笑。

优优是个漂亮的女孩，比起这个吸血老太太，那些老是围着她打转的男孩更让她感觉恐怖。

刚大学毕业的优优，独自一人在上海的老居民区里借了套一居室，每天顶着酷暑，忙着奔波在各个招聘会上。

又渡过了一个忙碌的星期天，优优有气无力地走在回家的路上。傍晚的天气还算凉爽，优优敞开着职业女装的领子，露出红色的紧身T恤，不知从哪儿吹来一阵冷风，优优突然感觉身后有人在跟着自己。她加紧脚步，走过自己单元楼的时候故意没有进去，在拐弯的时候她回头瞧了一眼，顿时吓得魂飞魄散。

后面跟着个一袭黑衣的怪人。之所以说他怪，不单单是因为大热天他把自己从头到脚捂了个严实，整张脸被覆盖在了阴影之下，一只异于常人的大鼻子冒出头罩外，看起来就像《西游记》中化成人形的大象精。

优优想起了自己住的这片地区，正是当年吸血鬼老太太案件频发的地块，难道是她的后人又来作恶了吗？

优优忙拉紧外套，把红色的T恤包了起来。眼看怪人就要逼近，优优一路狂奔，绕着绿化带中的小径，来到了小区门卫的岗亭。

“小姑娘，跑得这么快，赶时间啊！”一脸憨厚的老保安看见漂亮姑娘也忍不住调侃几句。

“伯伯，小区里有个怪人在跟踪我。”优优后怕地频频回首。

“怪人？”

“一个穿黑衣服，鼻子很长的男人。”

“你住几号？我陪你一起去看看。”

保安将甩棍插在了皮带上，一直护送优优到了楼上，可连只野猫都没看见。

“小姑娘，你不会是在开我玩笑吧，我们这里可是文明小区，平时我连个小偷小摸的贼都没放进来过，更别说你说的那样的怪人了。”

安全到家，优优也不愿多费口舌和保安争论，她搪塞了两句，说是自己看错了。她道谢后，保安正要转身离开，却突然来了句：

“小姑娘，你家是不是没装纱窗啊，你身上怎么会有那么多蚊子块？”

优优低头一看，裙子下自己两条白腿，密密麻麻布满了蚊子块，被咬得地方肿出了一圈。

记得在招聘会回来的公交车上，还没有这些蚊子块，到底什么时候被咬成这样的呢？为什么自己会没有丝毫的感觉呢？

关上门后，优优变得无比惊恐，她把门窗都检查了一遍，死死地上了锁。

她刚松了口气，两条腿上的蚊子块开始变得奇痒无比。刚开始她还是慢慢小心地挠，渐渐痒得让她受不了了，她开始用尖尖的指甲狂乱地抓挠起来，瞬间，两条美腿变得血肉模糊起来，可她仍不解痒地继续加大力度。

手机在包里闹个不停，优优腾出一只手接了电话，咬着牙回道："喂？"

"优优，我是Vivian，我跟你说呀，前几天给你看的那个吸血老太太的事情，我查了一下，她以前就住在你现在的小区里，可能和你还是同一幢楼。"

"你别吓我啊！"优优感觉背后一阵寒意升腾。

"是真的。当时吸血老太太总共有八个，在围剿的时候，跑了一个，至今下落不明。"

优优脑海中猛然浮现出方才小区里，黑衣男人那张阴影之中的脸。

黑衣男人和吸血老太太之间，会不会有着什么关系？

"问你呀，吸血老太太有没有儿子之类的亲戚？"优优问。

"好像没有。"

"哦。"优优刚以为想到条线索，就断了。

"你今天晚上小心点哦。"Vivian嘿嘿一笑，诡异地说道："今天是吸血老太太被烧死十周年的忌日。"

挂上电话，优优再看自己的脚，已是鲜血淋漓，可她丝毫没有疼痛感。

她望着自己的鲜血，突然萌发出舔上一口的想法。她弓起背，轻轻俯下身子，舌尖轻轻舔舐了一道血痕。

甘甜的液体令她精神为之一振，心脏像被打了强心针一样，有力地跳动起来，肾上腺素神经变得兴奋起来，就像女孩看见了巧克力，毫无抵抗力。望着自己腿上一个个小小的血疙瘩，就仿佛看见了美味，她情不自禁地又把嘴贴了上去。

猛然间，优优将自己从无尽的幻想中拉回了现实，她发现有人将她家的房门拍得砰砰作响。

优优看了看时间，暗忖：这么晚了，会是谁呢？

她想起了刚才Vivian在电话里和她说的事情，恐惧从内心徒然而生。

"快开门！快开门！"敲门声越来越响，门口的人等得有些不耐烦了。

优优凑进猫眼，只看见一个表皮毛糙的大鼻子，她吓得尖叫了起来。

是他，是那个黑衣男人！

"你快走，否则我报警了。"优优搬起一把椅子抵在了门上，大声喊道。

门外的人不为所动，劝说着她，"你快离开房间，跟我走，否则你很快就要死了。"

优优想起吸血老太太在杀人前，也都是一副慈眉善目的表情。

她将手机调到免提，拨打着报警电话。

"你不开门，会后悔的。"

黑衣男人丢下这句话后，优优听见了他气汹汹的下楼声，嘴里还说着"死"之类的字眼。优优很担心，立刻就给Vivian挂了个电话，说要是自己第二天早晨没有给她打电话，就赶快替她报警。

第二天，警察破门而入，看见了令人毛骨悚然的一幕景象。

失血过多已经死亡的优优平躺在床上，全身上下一滴血也没有了，除了腿上抓破皮的蚊子块，全身再无其他伤痕。现场也没有打斗、破门而入的痕迹，她家看起来完全就是一间密室。可她被撑爆的胃里，盛满了她自己的血。

排除他杀和意外的可能性，警察起初只能怀疑是自杀，可Vivian坚持昨晚优优给她打过电话，提到了跟踪她的黑衣男人。有手机通话记录做证据，警察只得再度开辟调查的新方向。

直到一个老刑警偶然看到了这个案件的材料，真相才水落石出。

这位老刑警曾经参与了吸血老太太案件的调查，当时的吸血老太太确实就住在优优的这个小区里。曾经与吸血老太太有过接触的几位刑警，在吸血老太太死后，其中几位一夜暴毙，验尸结果与优优如出一辙。只剩下了一位幸存者，这位刑警却变成了“象人”。

引发这种所谓“象人”疾病的原因，是有蚊子叮咬了这位刑警，引发他全身神经纤维肿瘤，导致头部、面部乃至全身肿大。

顺着这条线索追查下去，优优的死因极有可能是她居住的小区中，有蚊子曾经叮咬过吸血老太太，导致该蚊子携带了病毒，经过反复不断地传播，导致优优也与吸血老太太一样，嗜血成性，面对自己的鲜血也不能自持，将自己的血吸了个精光。

至于她们是如何在失血过多的情况下，依然能吸食自己鲜血的事情，依然是个谜团。

那位变成“象人”的刑警，依然在追查此案。无奈他样貌丑陋，只敢暗中行动，他好心想提醒优优，却被误以为是坏人，以至于优优惨死在家。

所以，今后要是发现有蚊子叮在你的皮肤上，记得，一定要拍死这些吸血狂魔。否则，没准下一个吸血老太太，就会出现在你的身边。

苍蝇

一只苍蝇飞进新装修好的办公室，嗡嗡地围着我打了个转，大胆地停在了我的鼻尖。

十九楼的办公室，怎么会有苍蝇飞进来呢?

我心慌意乱起来，必须要干掉它，就像我干掉经理女儿一样，否则……我环顾坐在一个个办公隔间中的同事们，他们脸上呆滞的表情和他们办公桌上的电脑屏幕一样，总是一成不变，我才小心地说出心里话:

“否则，我藏在办公室里的尸体，一定会被他们发现的。”

尸体的气味总是会引来苍蝇，苍蝇会在尸体上产下数以千计的幼崽，散发着恶臭的蛆虫，会让整个办公室的人都知道我把经理女儿的尸体藏在了哪里。

“许凡！许凡！”

喊我的人是经理助理刘美美，她成天跟在经理后面到处乱晃，今天怎么有空到我们市场部来了?

“找我什么事？”我不怎么爱搭理这种马屁精，眼睛只顾留意着四处转悠的苍蝇。

“魏经理最近请假，总部发来了传真，让你暂时接管他的所有工作，这是传真，你看看吧！”说完，她将一杯热腾腾的咖啡放在了我的桌子上，还不忘提醒一句“小心烫”。

我杀了老魏的女儿，并不是为了经理这个位置，而是我在他女儿身上发现了一样东西。

一种让人疯狂的特质，那种理所当然的高姿态，颐指气使指挥他人的傲慢。一个老魏不够，难道他还要让他女儿来折磨我吗？

就在昨天，我把她骗到了十九楼的楼梯间，对准她矮小的后背狠狠一脚，她都来不及喊出声，就折断了脖子，咽了气。

之后，我藏起了她的尸体，装作没见过她，和平常一样给每个客户打电话。繁忙的工作确实可以让人变成一部机器，一部不带任何感情的机器，杀人对我来说，并没有太大的触动。

只是我不希望自己因为杀人而被捕，这会耽误我的工作，影响我每天井井有条的生活，仅此而已。

我不希望和前几天的邻居一样，他杀害父母的事情，被几只蟑螂搅了局，败露了。

而我却没有让任何人能够找到尸体。

我再度将目光聚焦在那只绿荧荧的昆虫身上，它迎着空调的风口盘旋，似乎在空气中捕捉到了它最爱的气味。

生怕它钻进无所不通的管道，我装出对新装修办公室气味的不满，挥舞文件夹驱赶着它。也许它是飞累了，竟停在了落地玻璃窗上。如此一来，我就拿它一点儿办法也没了。可恶的苍蝇还在玻璃上，悠闲地爬来爬去，不时搓着它两条极细的前肢。

只要过了今晚，尸体就能够顺利离开办公楼了，绝不能让苍蝇飞到我藏尸体的地方。

“美美，找清洁工来，把这只苍蝇赶一赶。”有人也发现了这只苍蝇，顿生厌恶之情。

“苍蝇？”刘美美惊恐地大叫起来。

“你至于吗你？一只苍蝇而已。”正打着电话的男职员抱怨道。

我发现刘美美直愣愣地望着空调风口，仿佛那里头藏着只怪物一般，她是不是已经察觉到了什么？

我们四目相对，刘美美好像憋着什么话想对我说，却又碍于在场的人多，咽了下去。

她开始招呼同事们，“大家都来帮忙把苍蝇赶出去，千万别让它飞到空调风口里，否则到时候这个办公室全是苍蝇崽了。”

说完后，她对我诡异地笑了笑。

这是威胁？还是单纯的马屁呢？

一帮西装笔挺的人手忙脚乱地追逐着一只苍蝇，我和刘美美冷眼旁观着，心里却狂躁不已。

苍蝇仿佛在嬉戏似的，每一次被逼入死角，都能够轻松脱身，并恶作剧般在众人头上盘旋一番。

终于，想尽办法的人们将苍蝇赶进了会议室，一间装修一新的玻璃隔间。同事们用胶带纸把玻璃门的缝隙都封了起来，看来这只苍蝇是在劫难逃了。

松了一口气，我这才端起咖啡杯，抿上一口。

忽然我意识到，我喝的杯子竟是老魏办公室里从不让人碰的收藏品。

刘美美怎么敢用这个杯子给我泡咖啡呢？

我偷偷盯着她看了一眼，她搓揉着双手，眉头紧皱地看着会议室，像是很担心那只苍蝇似的。

会议室里有人咋呼了一句，“这里怎么有股怪味啊！”

我的心一下被提到了嗓子眼。我正踌躇着该如何行事，刘美美的脸色突然一变，大步走了过去，她显得比我还激动。

又有几个人闻到了气味，一个个像条猎犬似的，死命抽吸着鼻孔，想追溯这气味的根源。

刘美美麻利地操起一叠报纸，不顾刚粉刷好的白色墙壁，将那只绿头苍蝇拍扁在墙上。

她捋起挂下的刘海，又露出迷人的微笑，对众人说："没事了，大家去忙吧！估计哪个家伙又把过期的午饭带来公司了。"

收拾完苍蝇，刘美美径直朝我走来，"我帮你把苍蝇搞定了。"

"那我替大家谢谢你了。"我笑着说，但我知道我的笑容很假。

刘美美脸一沉，"难道你不应该谢谢我吗？我可是帮你解决了大麻烦。"

"什么麻烦？我有什么麻烦？"我虽然语气很重，可底气不足。

"你应该知道，苍蝇最爱叮什么东西？"

我一下子明白了过来，她一定发现了我藏尸的地方。

"你想怎么样！"我用力攥着手中的杯子，克制自己不发作。

"你的咖啡喝光了，我帮你再去倒一杯。"

她想从我手里接过杯子，见我不愿松手，给了我一个厉色的眼神，趁我愣神，她用力夺过了杯子。

她一定知道了我杀人的事情，是想勒索？还是对我另有企图？

她转身的时候，我发现有一滴不显眼的污迹，在她粉色上装的肩膀处。

我慢慢走向会议室，头顶上是一块块新装的方形天花板，白晃晃的有点刺眼，我的嗅觉能捕捉到淡淡的令人作呕的气味，眯起眼睛寻找着我想要的东西。

终于，在天花板的接缝处，我发现了问题。那块天花板微微下垂，形成一个略拱的弧度。在接缝的下方摆着一株茂密的盆栽，我用手指一捻叶子，是湿的。

尸体就在顶上。

"你在干什么？"

不知什么时候，刘美美出现在我的身后，她土灰的脸就跟她手里的咖啡颜色一样。

"你知道她死了吧。"我冷静地问。

"我不知道你在说什么，你呆在这里做什么？"刘美美几近咆哮着说。

"我想，毁尸灭迹。"我刻意加重了最后四个字的语调。

刘美美一个踉跄，几乎端不稳手里的咖啡杯，滚烫的咖啡洒了一地，她对自己被烫红的手毫无知觉。

我已经掌握了主动权。

"从现在开始，你必须都听我的，否则只有死路一条。"

刘美美方寸大乱，唯唯诺诺地点着头。

又一只苍蝇不知从哪儿冒了出来，撞在玻璃门上嗡嗡直响。

我对刘美美说："快去找罐杀虫剂来，我们先要把苍蝇都消灭了。"

她唯命是从，跑着去找了。

我撑着会议桌边，爬了上去，尸臭味变得浓烈起来。我捂着鼻子，轻轻地掀开一块天花板，几只苍蝇擦着我的脸颊飞了出来。

而黑暗深处，则静躺着老魏的尸体。他腹部涨成了气球状，皮肤上包裹着苍蝇般肮脏的绿色，整张脸上密密麻麻爬满了白色的蛆。

看来他的臭脾气，让他的助理也终于无法忍受了。

这些苍蝇必须要消除，老魏的尸体藏在这里，今后必定会被发现。刘美美只能自求多福了。

而我，只需多等一天，待堆在走廊里的一袋袋装修垃圾被拉走，就不必担心藏匿其中的老魏女儿的尸体会被发现了。

我得意地微笑着，重新盖上天花板，和老魏轻声道别。

跟那只讨厌的苍蝇一样，他将永远不会再与我见面了。

老鼠

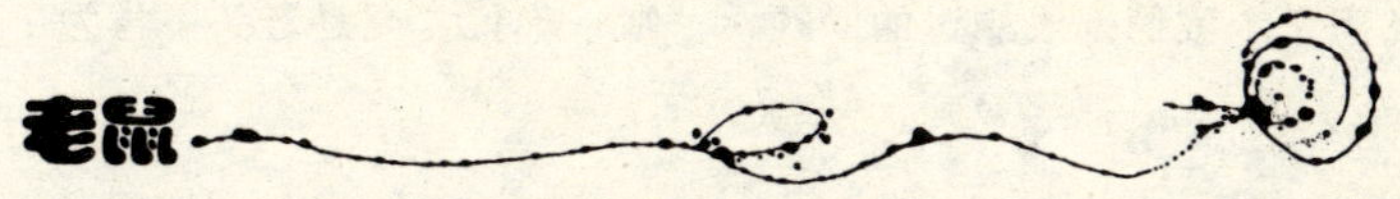

“喂！是卢伟吗？”我用手帕捂住话筒说道。

“你谁啊！”

“你的女儿现在在我手里，立刻准备好一百万。”

“你有病吧你，知道我是谁吗？敲竹杠敲到我头上来了……”

“看看你手机的屏幕。”

我把手机切换到了视频通话模式，将摄像头对准了我面前的那个女孩。

她被反绑在一把木质座椅上，双手双脚都被粗麻绳死死绑在了椅子上，椅子则被四枚铆钉固定在了水泥地上。女孩的嘴里塞着一颗红色的塑料球，两条黑色的皮带已经深深嵌入了她的两颊之中。她的膝盖上，放着今天的报纸。

一见我把手机摄像头对准她，女孩开始拼命挣扎起来，嘴里发出“呜呜”的求助声。

话筒里传来了她父亲的怒吼声。

“现在，仔细听我说……”我等卢伟情绪趋于平静后，说道，“你先准备好一百万元的现金，我明天会给你电话。记住，不许报警，否则我会让你再也见不到你女儿了。”

不等他回复，我中断了通话。

女孩“呜呜”地闹着，我走过去拿下了她嘴里的塑料球。

她往地上吐了口带血的痰，活动着自己的下巴。

“你绑得也太紧了，把我血都弄出来了。”她责备着我，“快替我解开手脚。”

我绕到她背后，蹲下身子，“这样看起来才真实，否则怎么可能骗过你精明的老爸。”

“老头答应付赎金了吗？”

“应该没问题。一百万对他来说，毛毛雨的事情。”

“你要得太多了。”

女孩突然问了个我俩都没想过的问题，“喂！你说，要是老头不肯为了我付一百万呢？”

“怎么可能！”

“他真的做得出，我妈开刀的时候，就是因为他捂着自己的老本不肯用，才让我妈错过了最好的治疗时间。”

“如果他不给钱的话——那我只有撕票了。”

我猛力一拉手中的钢丝，女孩痛得叫了起来：

“你干什么！痛啊！快给我松开，听见没有！给我松开绳子。”

我绕到她身前，在她的脚踝处，也多缠了一圈锋利的钢丝，钢丝深深嵌入了她的皮肤之中，女孩发出撕心裂肺地吼叫。但在这个密闭的地下层中，不会有任何人听见她的呼救声。

“你发什么疯！快拿走铁丝。你要多少钱？我把赎金分一半给你。不！全都给你，你不要再绑了！啊——啊！”

“我不要钱。”

“那你要什么？你要什么，我爸爸都会答应你的，我求求你，放过我吧！”女孩哭丧着脸，眼泪稀里哗啦地流个不停。

我走回她的身后，轻轻撩开她双肩上的散发，帮她重新戴上红色的塑料球，无限温柔地在她耳边说一句：

“我只想做一件让人瞩目的大事。”

在某个阴湿的角落，一双绿豆般大小的眼睛，正贪婪地盯着女孩手腕处滴下的鲜血。

女孩名叫卢辰，是我店里的一个常客。我时常跟她天南地北地扯上几句，知道了她还是个高三的学生。不过，她老爸是个有钱的主，市区开了好几家卖汽车的店，所以她和别的高中生不一样，她从不担心自己考大学的事情，天天变着法骗她老爸的钱，乱花一气。

她老爸知道这事后，每个月把她的零花钱定得死死的。这下，刚过小半个月，她就身无分文了。

于是，我给她出了这个绑架勒索的主意。她兴奋得手舞足蹈，直夸我的智商高。而当我在勒索电话中说出一百万这个数字时，她惊愕地看着我，这个数字是她想要的十倍，她竟然也默认了。

一百万的赎金是笔不小的钱，真能够得到的话，够我离开这个城市后，花一辈子了。

从帮助“绑架”到真正实施绑架，这个转变是我在匆忙之中决定的，所以时间仓促，我必须制定出一套完美的对策来。

通常来说，90%的绑架受害家属都会在第一时间报警，一旦卢伟报警，那么交付赎金的时候，就会有无数双眼睛盯着那笔钱，想要轻松脱身取钱，根本是天方夜谭。

我摊开地图，决定找一处人流量密集，交通便利的地方指定为交易地点。

窗外华灯初上，我遥望远处，一辆辆首尾相衔的汽车点上了车灯，形如一条又细又长的老鼠尾巴，搁在马路当中。

我得意地拉上了窗帘。

早上八点，卢伟按照我的指示乘上了最挤的一班地铁。

“东昌大道下，二号口。”

那是下站人数最多的一站，不用看也能想象出，卢伟提着一袋钱在人潮中左突右闪的场景。

“我已经到了二号口，可是这里……”

卢伟的意外在我预料之中，二号口是个只能进，不能出的通道。

“你从下行的自动扶梯跑上去，给你两分钟，如果我发现有警察跟着你，交易就到此为止。”我果断地切断了通讯。

如此一来，跟踪他的警察们，在挤上挤下的地铁时，难免会有所暴露。如果再有人跟着卢伟在自动扶梯上逆行而上，毫无疑问是件愚蠢的事情。警察一定认为绑匪就在地铁的某处观望着二号口，所以我确信警察一定没跟上他。两分钟后，我准时拨通了电话。

我还没说话，电话那头就发起了脾气，“你要你的赎款我不管，但你别这么折腾我，不就是一百万吗！我女儿平安回来，给你两百万都可以。”

“少废话！你现在赶去中华街，十分钟。”我没有给他任何讨价还价的余地。

中华街是一条著名的美食步行街，每天上午是那里一天最冷清的时候，也是我认为交赎款的最佳地点。

“到了没有？”

“到了，我在中华街的一头。我女儿究竟在哪？”卢伟虽然生气，可依然克制着语气。

“这是最后一步，只要你照着我说的做，你就能很快见到你的女儿了。现在，你看看脚底下有什么？”

“什么都没有，只有水泥路面。”卢伟边说，话筒里边传来他用脚跺地面的声音。

“看见地上的窨井盖了吗？”

“看见了。”

“你把钱均分成二十份，塞进整条中华街的二十个窨井盖里。做完之后，你就能见到你女儿了。”

我说完，直接卸下了手机电池板，把手机拆成一片片小零件，我拿起桌上的打火机，在烟灰缸里烧掉了SIM卡。

烟灰缸旁的相框中，一个三四岁的小姑娘，耷拉着两条马尾辫，露出天真无邪的笑容。

可这么可爱的一个姑娘，却被一只老鼠夺走了生命。猖獗的老鼠趁她睡觉时，咬了口她的鼻子。小姑娘不仅仅破了相，更没想到这只老鼠还携带了狂犬病毒，小孩抵抗力弱，不幸去世。

想到这，我潸然泪下。

我要灭绝老鼠，把它们统统弄死，为我的女儿报仇。

一百万现金被丢进下水道之后，会有很多人去搜查这些钱，警察、疏通工、路人等等，他们会发现这类毛茸茸的啮齿类动物才是这座城市经脉的主宰，它们的数量会让所有人感到吃惊，人们才会重视“老鼠”其实是个灾难。

我每一次向卫生所申诉鼠患的资料，都被冷落在无人问津的抽屉里，一年过去了，也没人在意我女儿的死。

我复仇的心从未熄灭，我一个人的力量是单薄的，当我知道了卢辰的家世，我的复仇计划就诞生了……

“老板，你宠物店里有卖老鼠药吗？”

“有。”

“有多少给我多少！中华街的下水道里，全是水老鼠，真他妈恶心……”

我默默从橱柜里取出一个大包，递了过去。

这人脸上的神情我十分熟悉，是一张父亲急切的脸，曾经我和他有过一样的心境，看来鼠患的危害已经有人意识到了。

当这场灭鼠运动展开后，我不希望有人知道是我做了这样一件看来不择手段的事情，我选择离开这座城市。当然，我并未将卢辰留给下水道中的老鼠当点心，让她被老鼠一口一口吞噬掉，最后被吸干身上的每一滴血。她只是昏睡在中华街的地下车库中，也许搜查赎金的警察驱车赶来，当他们在这条美食步行街上找停车位的时候，就会发现毫发未伤的女孩了。

客人匆忙结了账，急切地跑出门去，望着他的背影我不禁有些内疚。

我知道他的名字。

卢伟，那些黑暗中肆虐者的终结人。悬疑志

Especial Criminal Investigative Service

ECIS 异现场调查科

刺客

文\君天 图\玉烟先生

我们在“刺青”故事曾经说过，恐怖主义可能作为历史的某段插曲而存在，却并不能改变历史的洪流。古时候的恐怖分子主要是指刺客，针对的目标主要是当权者。如今的恐怖分子许多都不能算做刺客，越来越多的行动是针对平民的，例如911惨案和越来越多的汽车炸弹。

20世纪中晚期，经典刺客最活跃的舞台在美国，1963年肯尼迪总统被刺身亡，1981年里根总统遇刺。之后，刺客这个充满传奇的字眼，逐渐淡出了人们的视野。剑和手枪退出了历史舞台，爆炸和毒气占据了上风。这就是现在的世界——恐怖、混乱、鲁莽，但未必无趣。

废弃的厂房，小雨。尽管之前骷髅案基本尘埃落定，但E科探员唐飞的失踪则引发了更严重的态势。

诸葛羽面色阴沉地站在唐飞失踪的地方，地上有两个人的脚印，一个是唐飞运功发力时留下的，另一个是他面对的神秘人留下的。神秘人距离他大约十五米，出现在厂房的门前。诸葛羽扫视周围，来到围侧对有着唐飞脚印的那面墙推了推，墙壁忽然崩塌了一半。

诸葛羽仔细寻找，但没找到第三个人的脚印。

一直站在高处的端木笙道：“你左前方有一枚发光的东西。”

诸葛羽经她提示，在倒塌的砖土中仔细找了找，那枚闪光的东西是一枚短针。

“唐飞的？”端木笙凑近了问道。

“不，他用得更长点。”诸葛羽道：“但这个型号的确是唐门的。海外唐门的。”

端木笙皱起眉头，如果涉及海外唐门的人，那这次劫持唐飞的行为就不仅仅是骷髅案那么简单。而骷髅案还涉及了“神之刺青”和“星辰学院”，现在加上海外唐门，那对方的意图到底是什么？

诸葛羽闭上眼，重新思索整个场地，拼凑可能的细节。他在联络器里道：“灵儿你们进来。”罗灵儿、苏七七、丁奇、白先生都进入了这个厂棚。“你们的收获是？”他问。

“我在周围采集了魔法元素，除了唐飞，这里还有至少两个人。”罗灵儿第一个回答。

苏七七道：“我跟进了骷髅案的报告，和我们在洛杉矶的案子一样。这里涉及一个叫阿莱芒的人。我们的E科数据库里有他的资料，尽管不详细，但有两点信息足够引起重视，一是这个人是星辰学院的叛徒，大约十年前他离开了波士顿星辰学院，目前是神之刺青的成员。另一个要点就是，他是星辰学院气宗的弟子，所以他的异能是操控气流。”

丁奇低声道：“星辰学院分为水火土气四大分院，总院为星辰。我想，由于近二十年来他们韬光养晦，世界对他们的了解也越来越少。但我相信白先生是对他们最了解的人之一，因为二十年前，他们就是被你的诺兰联盟打击得抬不起头来。”

白先生道：“星辰学院有两个特长。一，他们在魔法和科技的结合上是领先于时代的；二，水火土气四种力量都领悟之后，才能去星辰总院。所以掌握星辰之力的那个人相当危险，这个叫阿莱芒的人一度是候选弟子。不过，现在这个人年纪应该很大了，80年代的时候我就听说过他。”

“说了半天，尽管星辰学院很少有人去欧亚，但我们总算有迹可循。而刺青也介入进来情况就变得很麻烦。”端木笙觉得形势不乐观。

诸葛羽道：“我们先模仿一下当时的现场情况。”他站在了场地当中，让端木笙站在了侧后方，而白先生在正前方。

“正前方的人吸引了注意力，而其实是在侧后方的人先动手？”端木笙问。

白先生低声道：“不是，我觉得应该不是那么简单。以现在菜鸟飞的身手，若非中了埋伏，不可能悄无声息地被带走。这和一年前在西敏寺的情形已经完全不同了。”

诸葛羽抬头道：“还有第三个人。”他拿着钢针飞跃到房顶。场地中间换成苏七七变成唐飞的样子站着。

白先生向前一步，吸引了“唐飞”的注意力，而后诸葛羽在房顶投下钢针，“唐飞”第一时间躲过。那一瞬间侧后方的端木笙出手，“唐飞”失去意识，而后被掠走。

“这样就差不多了。是有三个人。”诸葛羽道：“房顶上用钢针的是海外唐门的人。另两个其中一个是阿莱芒，另一个是谁？”

罗灵儿道：“可能是神之刺青的任何一个成员。”

“如果他们不是来杀唐飞的，那么劫持他的目的是什么？”诸葛羽提出了这么个问题，“如果是对我们有所求，就该和我们联系。如果不和我们联系，他们的目的到底是什么呢？”

“反正，恶人聚集的唯一原因就是罪恶。”白先生摸着下巴，低声道：“但是诸葛羽，恐怖和暗杀其实是真正的艺术。只有真正有想象力，并且精于谋划的人才能做好。”

这时，诸葛羽的手机响了起来，他听了听，转而望向白先生，表情颇为古怪。

白先生被他看得发毛，苦笑道：“和我有关？”

诸葛羽点头道：“FBI那里刚才收到了传真，对方要求要你的手指。”

“我的？”白先生举起双手。

苏七七手机接通了办公室的传真，把传真全文展示给大家，那只是简单的一句话：**诸葛羽，请你准备好查理·诺兰的手指，换唐飞的性命，谢谢**。

罗灵儿挠头道："是在风名岛回收的那根手指吧？"

"目前在伦敦呢。"端木笙头疼道。

白先生笑了笑道："具体在哪里？是丹尼·肖恩的抽屉，还是ECIS宝库？"

"宝库第三层。"诸葛羽拿出手机，开始联络伦敦总部的丹尼·肖恩。

同样的夜色下，波士顿的另一边。

傲云大楼的某一层阳台上，两个男子正喝着红酒抽着雪茄，一个四十来岁，一个则头发花白。突然"叮"的一声，白发人手里的酒杯落在地上，他的眉心一个红点，迅速涌出鲜血。中年人愣了一下，扭头望向夜空，除了都市的喧嚣声就只有夜风声。忽然他向后仰去，强大的冲击力穿透了他的脖子，他倒在地上紧握住手里的雪茄，几十秒后手掌松开。

远在三个路口外的高楼上，一个黑衣人在胸前画了个十字，迅速收起漆黑步枪，飞步跑下楼去。转过拐角，黑衣人气定神闲地放慢脚步。不远处慢慢开来一部银灰色汽车，车里一个男子交给黑衣人一个皮箱。黑衣人接过箱子继续朝前走。

"不点一下？"车里人开车慢慢跟着。

"我相信你。"黑衣人回答，声音是个女子。

车里人点上一支烟，笑道："这个时代人家都是划账，哪有你这样收现金的。"

"我喜欢现金的安全感。"黑衣女人道，她发现车里还有一个人，身子微微一紧。

"你看看这个。你那么喜欢现金，做这一票就能退休了。"车里人递给她一个信封。

黑衣女子拆开信封，里面纸条上有六个名字，名字下各有一数字。赫然写着：**"舒翎钥1亿、诸葛羽9000万、威廉·舒兰特7000万、斯科特·奥康纳5000万、谢冬生3000万、唐宿2000万。这是一次比赛，总金额最高者胜。"**最下面有一个网址和一排密码。

女子皱起眉头，这是她第一次看到花红皱眉，太高的金额也会吓人。

“能找到他们就去试试看，我对你的枪术有信心。小庄。”车里人说道，车子向后倒退调头离开。

小庄回到住处，倒上咖啡打开电脑，第一时间输入了网址，那是一个简单的界面，右下角有一个网址关闭时间，但同时有一个email组。她迅速登陆后，加入了群组，里面出现了纸条上的人名，每个名字都配有照片和简单介绍。

神之刺青、异现场调查科、吸血鬼、希有社、唐门。

小庄全身的汗毛都竖了起来，这就是她长期跟着那个中间人的原因，神秘世界的大门第一次被推开了。她靠在沙发上，嘴角挂起神秘的微笑。

她把照片打印出来，分别在几个人的近日行程上排列出来。舒翎钥行程不详，诸葛羽将在早晨前往温格公园，舒兰特早晨抵达洛根国际机场，奥康纳夜间活动。谢冬生下午抵达洛根国际机场，唐宿早晨在洛根国际机场接机。

这么一来，明天机场会很热闹，估计波士顿周边的刺客都会去试试看。小庄把舒兰特、谢冬生和唐宿的照片上圈了下。然后划去了谢冬生的名字，上午有人动手后，下午同样在机场就不是那么好动手了。只有一枪的机会，她想着，然后把特长为火系魔法的舒兰特划去，重新圈了下唐宿。唐宿特技为暗器，暗器不可能打一公里，但步枪可以。

温格公园距离机场三十分钟的车程，心灵倾听是什么东西？“两千万就够过日子了，九千万是不是意味着可以在以后的报价上有所提高呢？”她想了想，把诸葛羽的资料也拿了上来。值九千万的家伙，到底是什么样的人？

小庄仔细看诸葛羽和唐宿两人的资料，却发现除了两个人所属的组织和目前的职务外，根本没有太多有价值的内容。关于诸葛羽是这么一段话：**异现场调查科上海主事，传奇人物。特殊能力是心灵倾听、毁灭之力。二十二岁崭露头角，曾于奥隆戈监狱关押**。并附有上海小组成员的介绍。

唐宿的个人状况则是：**唐门刺客团首领之一，海外唐门少掌门，三十岁，精通手枪和短刀，身边常有护卫三人。**

手枪、短刀，小庄把长发扎起来，这些武器的射程都不远吧？但她忽然有些犹豫，名单上的所有人都不是孤魂野鬼，招惹了一个就要面对日后无穷无尽的追杀。“钱还真不是好赚的呢！”小庄手里的笔转了一圈，“但最低的都有两千万啊……普通人几辈子都赚不到。”

早晨，洛根国际机场。

“我一直以为超音速飞机已经取消了。”等在vip候机区的罗灵儿挠头道。

“的确已经取消了。2003年取消的，理由是超音速飞机噪音大。”丁奇抱着胳臂，看着正在降落的小飞机道。

罗灵儿好奇道：“那丹尼怎么可能在三个小时内从欧洲到美国？欧洲和美国之间不允许开传送门，又没有超音速飞机，他怎么做到的？”

“简单。尽管冷战结束后，美国和前苏联之间的铁幕消失了，但在异能界，美国和欧洲之间的铁幕并没有消失，所以我们的魔法师不能直接从欧洲通过传送门到美国大陆。这个问题在911之后，越发严重。美国人对付恐怖主义上瘾，一切的防御升级也包括了异能界。但是……”丁奇停顿了一下，道：“美国本土不能传送不代表其他国家不行。所以丹尼·肖恩是用传送门到了大海上的某个小岛，然后才用私人飞机飞过来。一样很快。”

突然，机场上传来爆炸声，小型飞机化作一片火海。

周围的地勤迅速围拢上去，唯独E科几个人皱着眉头不动。

“居然有人想用爆炸……用火对付丹尼·肖恩和火锤舒兰特……疯了吧？”罗灵儿看着从火焰中各带着机长和空姐走出来的肖恩和舒兰特，托着脑袋嘀咕道。

丁奇道："我仍然不明白威廉·舒兰特也来了……这算啥情况？"

"说明事态严重。"白先生在罗灵儿的包里道。

几乎在同时，停机坪另一边有大飞机降落，在乘客下飞机刚到一半，听到别处的爆炸声，有的加快步伐，有的又跑回了飞机。其中一个穿着灰色西装的华裔男子，在停机坪上忽然和人争斗起来。

枪声和火光，乃至刀剑的声音一起响起。

罗灵儿拿起望远镜看过去，低声道："有人被伏击，看来他们要对付的不只是E科。我们要插手吗？"

"普通事件，有警察。"白先生道。

"那几个华人身手相当好。"罗灵儿皱眉道，"伏击的人来自好几个组，也很厉害……这个机场到底怎么回事？"

丁奇推了推眼镜，道："事实上我收到风声，最近有很多恐怖组织到了波士顿，目标不清楚，但是这些恐怖组织都是为了一笔花红。超级花红。"

"刺客团吗？"白先生问，"多超级？过亿了？"

罗灵儿笑道："小白，啥年代了还有刺客团？"她说话间，忽然心意一动，远处似乎有人在看着他们。

丁奇道："灵儿亲爱的，你这就说错了，近来最出名的一个恐怖组织，叫'左影'，是东方刺客团。据说，他们的头领是一个叫鹿非明的男人，组织的第一目标就是打倒刺青。"他忽然有些感慨，"说起来，刺青组织在这个世界也有十年了啊。已经从后浪变成前浪了。"

突然，四周一切都静了下来，罗灵儿皱眉道："为首的那个华人倒下了。应该是被狙了……这种高手也会被狙……"

这时，肖恩和舒兰特放下随行人员，同时瞬移到了候机区。舒兰特看了眼四周，皱眉道："诸葛羽在哪里？"

罗灵儿快速道："早上FBI说在靠近星辰学院的地方发现了大量的尸骨。那些尸骨处理的方法和之前骷髅案极为接近。诸葛为了收集更多线索，去了案发现场。他让我们来接你们。”

“端木和他在一起吗？”肖恩问。

“有两处现场，他们分头行动的，端木和七七在一起。”丁奇道。

“为何在这个时候，诸葛羽还允许你们分头行动？”舒兰特有些生气，“他不知道你们小组正被人盯着吗？”

罗灵儿和丁奇互望一眼没有回答。

丹尼·肖恩拿出一张纸条递给罗灵儿，罗灵儿张了张嘴，舒翎钥、诸葛羽、舒兰特、奥康纳、谢冬生、唐宿？她把所有名字念了一遍，问：“我知道奥康纳是美洲吸血鬼的领袖，但谢冬生和唐宿是谁？”

“谢冬生就是美国华人巨富王家的三大管事之一，唐宿则是海外唐门的刺客首领。”舒兰特立即给她解释。

“问题是，我看不出刺青、E科、吸血鬼以及你说的那两个势力之间有啥关系？”丁奇忍不住插嘴道，一向淡定的他看到这份名单后，有种不好的预感。

丹尼·肖恩低声道：“我觉得，唯一的联系就是这些人此刻可能都在波士顿。当然舒翎钥我不知道，其他人现在多数都是在波士顿。这就是唯一的联系。”

舒兰特道：“而我和丹尼之所以会到这里来，是因为唐飞失踪这件事。所以我想，整个刺杀行动，是围绕我们开始的。”

“等等。”罗灵儿皱眉道，“如果这个消息可靠，苏七七怎么可能没有得到这个消息？在看到这个纸条前，我们一点儿都不知道，只知道最近刺客团在这个城市很活跃。但既然有消息，我们又一直盯着波士顿大大小小的线索。怎么可能会忽略掉？”

“因为这个悬赏只在波士顿之外发布。而名单上的人，在今天之前绝大多数都不在这个城市。”舒兰特沉声道：“走，我们去和端木会合。”

“不应该先去找老大吗？”罗灵儿问。

“我不担心诸葛羽，我怕E科在美国再失去其他人。”丹尼·肖恩道，“但我不担心诸葛羽。”

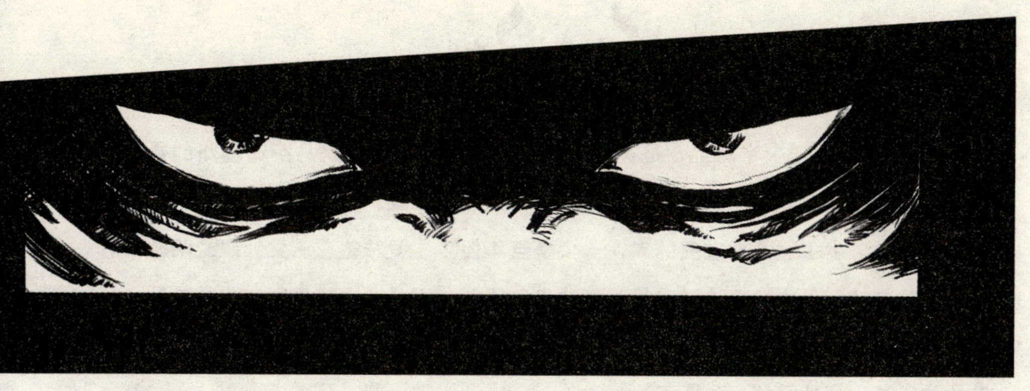

“这里刚才不止你们被伏击，还有一组华人也被伏击了。”门外的FBI吉布森走进来道，“死的人叫唐宿。他的保镖没事，周围伏击他的人死了二十一个。上帝啊，他们的飞刀都带毒的。”

罗灵儿张了张嘴，脑海中浮现出白先生的声音：“灵儿，我去找诸葛。”罗灵儿微微点了点头，用力一拍包里的诅咒头骨。白先生无声无息地在几米外凝聚成人形，消失在人群中。舒兰特只是皱了皱眉，并没有多说什么，普通的狙击手不可能杀得掉唐宿。

远在一公里外，机场大楼上的小庄收起步枪，迅速离开大楼。她身上汗水直冒，刚才那一枪耗费了极大的体力。更让她清醒的是，还好她没有选择舒兰特为目标，因为她在楼上亲眼看见舒兰特和肖恩从大火中走出，这种场面太怪异了。她一面下楼，一面嘀咕：“各路伙计都来了，刚才那里至少有六七波人马啊。希望那个诸葛羽，不要是舒兰特这种怪物才好。”她打开手上的iphone4，悬赏人已经把杀死唐宿的功劳归在她的id下，并且全球定位系统实时标示出诸葛羽目前正走在温格公园东区的湖泊前。

二

波士顿建造在一个半岛上，是美国最古老的城市之一，也是马萨诸塞州的首府和最大城市。它有很多华丽的头衔，比如美国雅典、豆豆城、宇宙的中心等等。对异能界而言，这里发生过两件重要的事，一个是当年但丁·罗兰曾在这里创建光明教，另一个当然是美国最大的魔法学府星辰学院坐落于此。因此波士顿星辰学院的总部，也同样拥有那个华丽的名字——“宇宙的中心”。如美国的几个重要大学一样，星辰学院也位于波士顿外围的查尔斯河边。

被绑在柱子上的唐飞被冷水泼醒，勉强睁开眼睛，打量着四周空荡荡的房子里，守卫换成了个高大男人，绿色的眼睛，灰白的头发，五十多岁的样子，气质温文优雅。他在唐飞手臂上注射了一针，远远站开观察着。

“这是哪里？这是什么针？逼供用的吗？”唐飞问。

“这里有三万六千个房间。即便我告诉你这是星辰学院，你也一定不知道自己在什么位置。”男子说话带着南美口音，“而这个针并不是逼供用的，只是一个试验。我想看看同样的毒素要多久才能让你失去抵抗力。我听说中国唐门的少门主，俨然已是异现场调查科年轻一代最出类拔萃的人物。”

星辰学院……唐飞心里一沉，问道：“你们是谁？”

“并不是不能告诉你。”男人嘴角挂起微笑道，“但作为交换，你当然也要回答我一个问题，我们的游戏规则是，你先问，我后问。怎么样？”

唐飞试图重新控制身体，但他的四肢完全无法动弹，于是点了点头，“你们是谁？”不知道为什么，他觉得对方的笑容很熟悉，仿佛在哪里见过。但一旦开始思考，他就觉得整个精神在迅速脱离。

男人道：“我叫阿莱芒，是个医生。人们说我是星辰学院的叛徒，现在是神之刺青的成员。其实我同样也是刺青的叛徒。唐门弟子，大陆还有多少人？”

“十一个。”唐飞慢慢道：“你们的目的是？”

“刺杀一个重要的人。”阿莱芒顿了下，问：“你觉得现在异现场调查科最重要的人是谁？”

“诸葛羽和威廉·舒兰特。行政上是舒兰特，武力上是诸葛羽。随便哪一个你们都不可能成功。”唐飞冷笑道，“你们绑架我的目的是？”

“没有目的。只为了掩人耳目而已。但看到你之后，我发现你很有趣。”男人看了看他，道：“如果你现在死了，最大的遗憾是什么？”

唐飞没有回答。

“你不回答，就不能继续问了。不用问了吗？”男人道。

“还没活够，算是遗憾吧？”唐飞冷笑道：“我没有什么问题了。如果你们要刺杀E科的重要人物，我劝你们离我老大远一点。诸葛羽的武力远远超出你们的想象。放眼天下除了艾哲尔和恩廷斯，别人都不是他的对手。”

男人笑了笑，“刺杀，从来都不看绝对武力的。反正不是我去做这件事情，我不担心。而且说到武力，当年查理·诺兰那么厉害还不是垮台了。”他抬头看着天花板叹息道：“说起来，真是怀念诺兰当权的时代啊。你觉得异现场调查科会允许查理·诺兰恢复肉身吗？”

唐飞想要说些什么，却逐渐失去了意识。

“三分十一秒……”阿莱芒站起来，“居然是新纪录。普通人都是十秒以内就昏厥的。赞美主。”

诸葛羽走入公园的时候就有种不好的感觉，似乎到处都有人在窥探他。他把精神力释放出去，很快捕捉到了几个刺客的意识，但他并不紧张，只是略微加快脚步前往发现骨头的案发现场。

案发现场是在公园湖泊里的人工岛小瀑布后面，这里日常无人清洁，也无需清洁，自然就没有什么人关注。但在今日清晨，忽然瀑布前出现了一群骷髅。骷髅被拼凑成各种各样的姿势，遍布人工岛。

诸葛羽搭船来到人工岛上，看到这诡异的场景亦吸了口冷气。FBI的法医佩妮·康奈尔正主持现场工作，她现在思索得最多的是，这些动作有特殊含义吗？“没有特别的含义，摆这些骷髅的人，只是想告诉你，这些人活着的时候由他控制，死了也是。另外他想告诉你，是他故意把你吸引过来的。”

康奈尔和诸葛羽握了握手道：“我检查了部分骷髅的切割处，凶手是同一个人，也就是说是法医迪利斯。这个摆放者一定是那个我们寻找的第三人。但我不明白的是，干吗要选在这里，他把我们带到这里来的目的是什么？”

诸葛羽道：“我也想知道。”他看着四周，一层淡淡的杀气正在朝这个岛聚拢。

忽然，他的联络器响了起来。“老大，我把一份刺杀令发在了你手机上，另外小白正在朝你那里去。”罗灵儿说到一半，就被丹尼·肖恩接了过去，“诸葛，根据那份刺杀名单，我们有理由相信这次唐飞被绑架的事件，是一次有预谋的行动。目的之一，可能就是把名单上的人都集中到波士顿来。你要小心。”

诸葛羽低头看了看刺杀名单，低声道：“我明白了。九千万，真看得起我啊。”他目光重新扫向四周，精神力全力向外扩散，仿佛一部高性能的雷达捕捉着两百米内的风吹草动。居然连水底都有伏兵？但要什么时候才动手呢？

“康奈尔，你能不能帮我个忙，把所有的骷髅都迅速搬走，然后撤离所有人员。我想一个人在这里好好研究下。”诸葛羽道。

康奈尔觉得有些奇怪，但已经和唐飞、丁奇合作过的她，明白异现场调查科的人都是怪人，怪人自然有怪毛病。她立即下令工作人员动手，但即便如此也用了近一小时才清空了整个岛屿。

在诸葛羽目送FBI工作人员离开的同时，以小庄为代表的刺客们也正各就各位。

小庄找了棵大树，她并不着急谋划攻击，这个位置是她晚上研究过的，最适合观察小岛周围动静的地点。几乎所有杀手都认为狙击手在机场能杀死唐宿是侥幸，但同时嫉妒这个侥幸，甚至已经有人把枪口对准了她。小庄远远看着诸葛羽，两千万和九千万的标靶差别在哪里呢？她觉得奇怪的是，诸葛羽就坐在小岛的码头上，冷静地看着水鸟飞来飞去。他是知道有人要攻击他吗？还是在等人？而其他刺客由于都了解之前在机场的刺杀经过，现在都不愿意做第一个动手的人。小庄心里涌起一种荒诞的感觉，坐在码头上的那个男子，不是人而是一堆花花绿绿的钞票。

时间一分一秒地过去。诸葛羽笑了起来，这些杀手都很无趣啊。他依稀记得很多年前，自己刚从奥隆戈监狱出来，去到司徒南的特别行动组担任清场人的情景。同样作为杀手，这里有多少人能够达到自己十多年前的水平呢？如果那样的水平都没有到，又是什么让这些杀手有信心，觉得他们可以取得九千万的花红？这个世界上，不知道天高地厚的人实在是太多了吧。他有种想做回当年那个清场人的感觉。

小岛周围有种异常地让人心悸的寂静。忽然，诸葛羽感到有股非常强大的压迫力朝小岛迫近。他站起身，这个动作就好像吹过麦田的风，让周围所有杀手的心里都起了一阵波动。一些在小岛附近的杀手按捺不住，把枪口对准了诸葛羽。

诸葛羽如大鸟飞掠向水面，水里两个埋伏的杀手被他像老鹰抓小鸡一样抓起。他在空中一个盘旋，把两人打昏丢在地上。一瞬间水面凝结起了一层厚冰，若没有他出手，那两个杀手就冻死在水里了。前方水面上出现一个染着金发的东方男子，几乎在同时，诸葛羽感到周围杀手的气息正在迅速减少，敌人要杀的不只是他，也在消灭其他参与竞争者。

“诸葛羽，久仰大名。”对方面无表情道。

诸葛羽看着对方仅仅一秒钟的时间，低声道：“左影，刘黎。你们一行来了四个人，你来打头阵吗？”

刘黎面色微变，一瞬间自己的思想就被读去了。“我一个人就够了！”他恨声，抬手指向诸葛羽。诸葛羽觉得身上的水分迅速蒸发，他跨前一步，迅速破冰沉入水中。刘黎冷笑着双手一合，湖水变成各种形态包围住诸葛羽，“现在你明白我来打头阵的原因了？”

被湖水束缚住的诸葛羽淡定道：“水能力者，不错。”说着，他居然身上一滴水都没有的从湖水里慢慢走出。看上去很慢，但他抬手的时候绝对足够突破一切，手掌成刀锋状划破了刘黎的身体。刘黎的身体突然破碎了，变成满天的水珠，带起一道彩虹的水雾，落在码头对面的岸边栽倒在地，从肩头到肋部好大一道血淋淋的口子。

“根据规定，我要告诉你们我是异现场调查科探员。”诸葛羽从口袋里亮出徽章，又提高声音，凛冽的杀气划过湖面，“能力不是一切。还有谁来？”

一个高大的男人出现在树林边，诸葛羽心头莫名地一沉，他居然看不破对方的心思。“为什么叫左影？”诸葛羽问。

“世上事本无分左右，左是右的影子，正邪无人能定。”男人微笑道，他打了个响指，两道人影从左右分别掠向诸葛羽，而几乎在同时，树林里响起各种枪声和暗器声，也全都打向诸葛羽。“杀人方法很多，只要达到目的就好。我叫鹿非明。”

诸葛羽神经绷紧，他清楚感觉到各种暗器和子弹，一瞬间打向他的有五把飞刀，七支弩箭，二十几道魔法封锁了四周后退的路线，以及有十三把型号不同的枪同时开火。但这些都不如左右两边掠来的人危险，因为他们急速冲来却并无任何花招，无魔法无兵器。两人一个用腿，一个用拳，速度都是奇快无比。

诸葛羽腾空而起，左右各出一拳，如高山大海的力量咆哮而出。两个敌人同时被他迫退十多步。他如雄鹰搏兔，不追击二人，居然冲向观战的鹿非明。其他那些子弹刀箭全都落空，而部分魔法落在他身上，他则全然不顾。

鹿非明飞退，诸葛羽的心灵倾听迅速扫描对方的思想，仍然一无所知，但鹿非明退后的时候，双手不断扬起，打出三把飞刀。诸葛羽避过飞刀，背后的敌人又追击过来。诸葛羽踩出奇怪的步点，他左手握拳，难得地结起防御手印，突然又放开手掌，无可匹敌的精神力如冰海般释放出去。那两人动作在一瞬间停了一停，都觉得头如刀割，眼前一片雪白。诸葛羽紧追鹿非明，鹿非明背对树林，脑后像生了眼睛一样，总能在千钧一发之时躲过树干。

对方有余力，却不反击，他在隐瞒什么？诸葛羽大喝一声，一拳打出，前方的树木倒下一片。鹿非明在狂风暴雨的力量中猛然停住身形，向诸葛羽还出一掌。空气中掀起磅礴的气浪，两人同时后退几步。诸葛羽脸色一白，鹿非明则吐出一口鲜血。

突然，一道细针在气浪中无声无息地飞向诸葛羽。诸葛羽眼睛一亮，丢下鹿非明，冲向细针来的方向。那鹿非明苦笑了下，招呼一声带着同伴离去。他那两个同伴都对他的命令不解，但都并不违抗，消失在湖畔。

诸葛羽飞掠向树林的西北角，树林中灰衣人打出各种暗器。那枚细针就是在唐飞被劫持的地方找到的型号，这人的手法也都是唐门手法，这是他在这里等待多时最大的收获。诸葛羽双手齐挥，飞向他的暗器都以不可能的速度飞了回去。那灰衣人没想到“左影”的刺客突然收手，这样一来导致他陷入全面被动。

诸葛羽在他愣神的时候，双手按住对方肩膀，将其双臂扯脱臼抛在地上。几乎在同时，一把飞刀贯穿了灰衣人的喉咙。诸葛羽再要寻找下手的鹿非明，那家伙竟无声无息地消失了。他有些皱眉地望向四周，在树林的东面闪过一阵奇特的亮光。他赶忙朝那边奔去，并用意识搜索周围的情况，刺客居然都消失不见，甚至连重伤的刘黎也被带走了。

“诸葛，我们已经和端木会合，你们那边有何进展？”丹尼·肖恩在联络器里问道。

诸葛羽站在东面一颗大树的树梢上，看到树枝上留下的一行小字：**左影鹿非明在约翰汉考克大厦**。他手指敲了敲脑袋，皱眉道：“进展不大。我在这里等刺客，是为了寻找刺客中可能混有参与绑架唐飞的人。但找到了一个海外唐门的刺客，却被灭口了。另外，我收到一条信息，知道了左影的参谋鹿非明的藏身处。”

肖恩也愣了下，随后道：“刺客死了，只要尸体在我们就能查到他的身份。而且如果只知道对方是海外唐门，我们不能证明他们和绑架有关。而他被灭口了，反而证明是有关的了。至于左影组织的这条消息很管用。”

“你说得对。你们那边有没有进展？”诸葛羽问。

“同样遇到大量的刺客，但没有狠角色。”舒兰特在那边道，“告诉我鹿非明藏身处的地址，我们现在就去看看。你和白先生晚点来会合。”

“鹿非明在约翰汉考克大厦，但是老白不在我这里。”诸葛羽道，“没看到过他。”

白先生早早就来到了温格公园，但他并不担心诸葛羽的安危。即便是刺青全力伏击，诸葛羽也会有自己的办法。这个男人早不是十多年前大战中那个初出茅庐的小子，根本无须他人担心。

看着诸葛羽，白先生不由心生感慨，经过那么多年的锤炼，这家伙绝对是站在异能世界生物链最高处的人。也许只有在一个人的时候，诸葛羽才会这么放得开，好多年没看到他这么嚣张了。白先生独自在树林中巡视，他也在寻找可能和唐飞案有关的刺客，但忽然东面闪起灿烂的白光，那白光有种似曾相识的气息。那边的人是谁？白先生高速掠向东面，看到一个黑衣女子正扛着枪从树上下来。

小庄转过身，看到一个长发白衣，肤色苍白的男子悬空站在面前。两人四目相接，小庄把食指放在唇边，做了个不要说话的动作，然后笑了笑奔向远处。白先生微微一愣，看了眼远方的诸葛羽，默不作声地追着小庄跑去。

唐飞重新睁开眼睛的时候，面前原本空荡荡的屋子里多了很多东西。一个两米高的祭坛，一张足够二十个人吃饭的桌子上堆满了各种各样的器皿，周围的地板上则堆着数不清的骨头，以及在他前方三米处有一个类似画板的东西，上面贴着一张看上去由无数碎皮拼凑成的人形皮囊。而阿莱芒就站在这个皮囊的边上。

“睡得时间比上次短，你身体对我的药产生了抗体。不可思议。”阿莱芒赞叹道。

唐飞昏昏沉沉地记起之前的事情，把目光聚拢在满地的骨头上，“这些是？这些都是那些尸体上丢失的骨头？”

“不仅身体不可思议，你居然还很聪明。”阿莱芒哈哈大笑。

唐飞发现自己是被吊着的，而不是像之前是被绑在椅子上。他当然清楚，并不是自己的身体多么能干，而是脖子上的那枚玉佩在起作用，分分秒秒地在替他吸收毒素。现在他已能活动手指，比第一次醒来的状况要好了很多。他仿佛听到心跳如战锤般敲响，对于唐门子弟来说，手指能动就一切都有可能。

阿莱芒瞥了他一眼，又掏出了针管，道："作为一个惊喜，下次醒来后你才会知道我要拿你做什么。现在当然不会告诉你。"

"我只问你，那些骨头用来做什么？"唐飞道。

"当然是和你的身体派同一个用处。"阿莱芒彬彬有礼道，"你们都是非常好的素材。"他不知道从哪里拿出一瓶红酒，晃动着酒杯，喃喃自语道："你破坏了我搜集骨头的最后阶段。但同样因为你的出现，为我提供了非常好的选择。你知道吗，唐飞先生，你的灵魂是嗜血好斗的灵魂，和我杀的那些邪恶人物并无本质不同。"他一口吞下杯中酒，不等唐飞说话，就又打了一针到唐飞体内。

唐飞的听觉和视觉陡然消失，但不知为何意识还在。他均匀绵长地呼吸着，脑海中出现了人生中各个时期的片断，那些被他杀死的人同时浮现在脑海，而他没有丝毫的愧疚和罪恶感。

中午时分，丁奇在FBI的停尸房继续调查诸葛羽带回的唐门尸体，并跟进"骷髅案"新发现的其他尸骨。苏七七则变成诸葛羽的样子和舒兰特坐在市中心的露天咖啡座里。毕竟诸葛羽和舒兰特正被无数的刺客盯着，如果他们两个一起去抓鹿非明，行踪一定会被捅出去。如今他们两个一起坐在露天咖啡座，虽然有点故布疑阵，但绝对效果明显。舒兰特清楚感到周围有许多眼睛在盯着他们，但有了温格公园的前车之鉴，杀手们看到两个标靶一起出现，都不再轻举妄动。

异现场调查科没有借助任何外人力量的意思，其他人驾驶着通讯车，来到了约翰汉考克大厦，七七事先在通讯车内布置了网络，罗灵儿负责网络监控。

波士顿的约翰汉考克大厦远看如一张明信片，有着漂亮的蓝色玻璃。这栋大楼价格最高时值13亿美金，经济危机后被楼主半价抛售。它周围有着叁一教堂、保德信大楼等经典建筑。保德信大楼是波士顿最好的观景点，其五十楼有一条三百六十度全为玻璃帷幕的天空走廊。

"七七，你对鹿非明的调查有没有进展？"诸葛羽问。

“当然有，老大你要对我有信心！”苏七七看着笔记本，笑道：“我根据你的描述做好了画像，并排查了街道上八十个摄像头上作了扫描，找到了一个基本符合的人。我已经把照片传到了你们的手机上。这个人住在约翰汉考克大厦的四十楼，登记地名字叫约翰·凌。大楼内部结构图我已发到了你们的手中。但根据我对大楼电脑地搜索，那个家伙今天外出后还没有回来。目前整个街区的摄像头都在我监控之下，只要他回来了我们就能知道。”如今她的样子是诸葛羽，说话的声音也完全一样。人们听着两个诸葛羽的声音自问自答，心底升起怪异的感觉。

苏七七挂断通信，她尝试着用诸葛羽的视角去看待周围，她发现自己也具备了初级心灵倾听的本事。身边的舒兰特全部注意力都在左前方那个电话亭上，苏七七顺着他的目光望去，那个电话亭里有一个相貌平凡，甚至有些矮小的男子。很面熟，她皱起眉头，低声道：“刺青的人？雷恩？”

那个男人从电话亭走出，慢慢朝舒兰特和“诸葛羽”走去。

“曾经有人问我，既然刺青和异现场调查科结下了梁子，为何刺青从来不对诸葛羽这样的人有所行动。”雷恩手插衣兜潇洒走来，他的搭档大个子龙星也出现在不远处。“我的回答很简单，因为没有人出钱，而且诸葛羽也没有做坏事。刺青的原则是，做事必须有价值。”

“是吗？我以为是你们自以为是的正义。”苏七七装扮的诸葛羽冷笑道：“雷恩先生。”

“自以为是的不止我一个，也包括你。”雷恩道：“九千万这个数目，足够吸引天下所有的杀手。你和舒兰特却不知死活地在这里等待别人行动。两个人一亿六千万。”

苏七七耸耸肩道：“无所谓啊。我都不知道自己值九千万，我又不是C罗。你现在出来，是不是意味着你想抛砖引玉，来跟我动手？”

雷恩一抬手，手指上闪过一道奇怪的纹路，微笑道：“我出来吹进攻号，该动手的时候，你自然会知道。”他抬手的时候，周围的所有建筑陡然晃了一晃，身边摩天大楼所有的窗户都发出刺眼光芒。

“丹尼，我去那个约翰·凌的房间看一下。你留下来坐镇。”诸葛羽道。

肖恩点头道：“你和端木同去。”

诸葛羽戴上大墨镜和端木笙走出通讯车，前往约翰汉考克大厦。走在路上，端木笙关了联络器对诸葛羽道：“老白到底去了哪里？你有头绪吗？”

“没。”诸葛羽回答。

“我有不好的预感，如果绑匪的目标是他的手指。那也许他们针对的目标是查理·诺兰。而这个时候他失踪了，绝对不是好事情。”端木笙说道。

说话间，两人已进入了大楼的大堂。诸葛羽道：“我现在头疼的是唐飞的情况，至于老白，不管是他活着的时候，还是死了的时候，都不需要我们来担心。”

端木笙冷笑道：“我不担心他的安危，只是觉得很诡异。这次的事情，从唐飞被绑架开始，到你上了刺杀名单，再到莫名其妙地找到了左影的据点，都很诡异。”

诸葛羽不置可否，走入电梯，接通联络器道：“丁奇先生，你那边有没有进展？”

“死者身份是海外唐门唐天纵，原刺青成员，一年前叛变刺青。”丁奇道：“我拜托FBI的人帮忙调查，发现他上一次出现是在波士顿的大学区，可能是星辰学院。如果他和绑架案有关，又和星辰学院有关，那他是否就是阿莱芒的同伙？”

“很好。”诸葛羽挂断联络器，和端木笙一起走出电梯进入安静的过道，他脑子里隐约觉得把握住了什么。如果唐天纵和阿莱芒是同伴，而唐天纵确定是刺青的叛徒，阿莱芒绝对不会还是刺青的成员。那么同样和刺青是死敌的左影，会和阿莱芒有关系吗？他立即拨打苏七七的联络器，但没有接通，他又联系通讯车：“灵儿，你帮我查一下左影的详细资料。丁奇，你开着联络器，随时有事情问你。”

端木笙在他前面进入了鹿非明的房间，里面东西很整齐，也很干净。她翻看了一下，唯一一件私人物品是一个旅行包。但包里除了换洗的衣服外，没有别的东西。

“这个人实在太小心了，看洗手间和卧室的情况，他的确每天都来过夜。但几乎没有任何个人的痕迹。”端木笙问道：“你觉得那个鹿非明是怎么样的人？”

诸葛羽道：“我之前见过他，但想不起来是在哪里。”

“你以前遇到过这种事情吗？觉得一个人似曾相识，但又不知道是在哪里见过。”端木笙微笑道，“你记忆力向来好，不可能提前老年痴呆吧？”

“所以我总觉得有问题。”诸葛羽站到窗口，这里正对着古老的叁一教堂。

罗灵儿汇报道：“左影大约成立在三年前，他们宣布对美国纽约的生化危机中心分部主管林肯·尤兰被杀的案子负责。而后每年大约行动五到六次，各个阵营的人都杀，是没有利益倾向，只为金钱杀人的组织。目前曝光的该组织成员有冰刀厉若龙，大力神图节，狂狮断航，代号十九，蓝破天，杰瑞·斯文特斯，奥尔法·孔。曝光的人都已经死了。”

“这些人至少有五个都是刺青的敌人。”诸葛羽道。

“根据资料，他们组织分为内围和外围，组织者是鹿非明。这个人资料很少，只知道他擅长用飞刀，但很少动手。”罗灵儿继续道，“和刺青组织的成员都有一个神秘刺青文身不同，左影组织的规定是身上不能有文身。如果之前有的，必须把那层皮剥去。另外，尽管左影组织最近一年有不少好手损失。但他们在暗杀市场上已经表现出了超越刺青的势头，所以陆续有更多的和神之刺青不睦的杀手加入到左影。今年之前左影和刺青没有正面冲突过，最多在刺杀同一个目标时有过竞争。但今年有一则传言，说左影的雷电兄弟连同奥尔法·孔，为了争夺一个标靶，击杀了刺青的绣骨女。两个组织矛盾激化了。”

诸葛羽听到这里，对联络器网络中的丁奇道：“丁奇，你听到灵儿的话了吗？那个唐天纵有没有文身？”

丁奇道：“右肩原本有，但皮剥去了。是不是绑架唐飞的组织从“神之刺青”变成了“左影”？”

诸葛羽再一次拨打苏七七和舒兰特的联络器，仍然无法拨通，他皱眉道：“丹尼，我觉得舒兰特那边有问题，你去看看。”

忽然，诸葛羽在窗口看到远处叁一教堂门口出现了鹿非明，那男人正看着他这里的窗户，并露出了邪恶的笑意。诸葛羽心生警兆，一把拉住端木笙，紧接着巨大的气浪爆炸开来，整个房间发生爆炸。诸葛羽拉着端木笙冲出窗户，人在空中扫视鹿非明，那鹿非明向着东面大街狂奔而起。诸葛羽和端木笙同时落在边上教堂的顶上，一个冲向街道，一个在房顶上，分两路追向鹿非明。一个路口过后，双方距离迅速拉近，匆忙中鹿非明沿着城市河流飞奔。

突然，小庄开着汽车拦向鹿非明，鹿非明眼中光芒一闪，同时看到在道路前方还有一个白色长袍、黑色头发的飘渺身影。

“居然是你出卖我？”鹿非明有些惊讶，又似乎松了口气，他停下脚步平静地回望身后追来的诸葛羽和端木笙。“好了，诸葛羽，这次是我被你的人包围了。但如果你想知道唐飞的下落，就拿查理·诺兰的断指来换吧！那断指现在是在你的身上吧？”

“你现在没有资格跟我谈条件，难道你以为你还能逃走？”诸葛羽冷笑道，他可以感觉到对方的信心，但不明白是为什么？他也不明白为何白先生会和一个陌生女子在一起。

“我也许能逃走，也许不能。但唐飞是真的没时间了，他很快就要成为阿莱芒的试验品。”鹿非明微笑道，“这样，我退一步。只要你身上带着查理的断指，我就带你去找唐飞。这样你可以接受了吧？”

诸葛羽慢慢从口袋里拿出一个盒子，他打开盒子，里面是戴着戒指的一截手指。鹿非明作了个这边走的手势，抬手丢出一枚魔法弹，打开了一扇空间门。诸葛羽等人跟他一起步入了黑咕隆咚的地道。

唐飞再次睁开眼睛的时候，发现自己在祭坛上。阿莱芒远远站着，手里拿着一个火把，“不好意思，把你弄醒。因为时间到了。”唐飞没有说话，他大约猜到了阿莱芒的目的，心里有种荒诞的感觉。他曾经无数次想过自己可能会怎么死，但怎么也没想到会变成某人的试验品死在祭坛上。

“你这个实验，是关于什么的？”唐飞表情平静地问道。

“这说起来就话长了。有人跟我说过，人一出生的时候，灵魂是纯净的，后来才变脏。我不太相信，所以在若干年前，启动了一个试验，就是寻找恶人曾经善良的证据。我没有找到。我看到过很多天生邪恶的例子，在世间行走看到过太多的恶灵，却从来没见过天使。我见过最强大的邪派高手，是查理·圣·诺兰。”阿莱芒慢慢道：“所以我决定，制造一个真正的恶魔出来。我想要把查理·诺兰复活！这个查理·诺兰要比十多年前的那个更邪恶，更强大！于是我搜集了二百多人的骨头和皮囊，用尽天下的诅咒，来完成这个工程。”

唐飞嗤之以鼻道：“这怎么可能成功？即便你用这些东西能够制造出一个怪物——你们这些所谓的巫师经常会制造出怪物。但这个怪物又和查理·诺兰有什么关系？”

阿莱芒被他说得一愣，摇头道：“这个……我只要……只要拿到查理·诺兰残存的肉身，那截断指，复制出来的那个魔鬼就一定是查理·诺兰。”

“放屁……”唐飞道：“你把我一起烧掉，我就不信你制造出来的，不是唐飞二号，而是查理·诺兰。”

阿莱芒笑了起来，道：“你什么都不懂。我告诉你，人真正强大的是灵魂，不是皮囊，也不是骨骼。而灵魂越强大，附着在骨骼和肉身上的意念就越强。我选了那么多恶人的尸体残片，为何每个尸体就抽一块骨头？就是为了寻找最接近查理·诺兰灵魂的那一块骨头。所以我制造出来的，一定是诺兰二世，不是你。”

“鬼才会信你。”唐飞手腕慢慢转动，一枚钢针出现在他的指尖。

“你死了以后，自然会相信。”阿莱芒说着，把火炬抛向祭坛，但在同一瞬间唐飞挣脱了捆绑，钢针直奔阿莱芒的眉心。

阿莱芒一怔，向后急退，但那枚钢针像长了眼睛紧追着他。阿莱芒双掌一合，一道气墙出现在他的身前，钢针被挡在半空，发出“叮”的响声落于尘埃。唐飞苦笑着站定身子，握紧了拳头，对方居然不是弱不禁风的科学家，而是星辰学院气宗的子弟，这下麻烦了……

阿莱芒手掌分开，面前形成游动的气流，唐飞什么都没看到就被抛了出去。“我能抓你一次，自然可以抓第二次。你这又是何苦？”阿莱芒冷笑道。但他刚刚说完就愣住了。唐飞落在了黑衣女子的怀中，边上还有鹿非明、诸葛羽、端木笙和白先生。

“鹿非明，你带这些人来这里是什么意思？”阿莱芒怒道。

鹿非明微笑道：“有两个理由，第一个是我需要诸葛羽他们到这里来；第二个理由就更简单了。”他忽然掠向阿莱芒，阿莱芒身前气墙还没形成就被他穿过。鹿非明手里的短刀干脆地划过阿莱芒的喉咙。阿莱芒按着自己脖子，挣扎着倒在地上抽搐。

“你杀人太多……我早该处理掉你。”鹿非明轻叹一口气，然后安静望向表情古怪的诸葛羽，“认出我来了吧？”

诸葛羽沉声道：“令狐布，居然是你？！”

“神之刺青”的死敌，“左影”的缔造者，居然是“刺青”的二号人物令狐布！

“只有这样，我们才能第一时间找到组织的潜在敌人。我们把左影塑造成刺青的死敌，自然我们的仇人都会朝左影靠拢。所以最近三年来，任何对刺青的威胁都在萌芽状态就被我扼杀掉了。”令狐布转动着短刀，微笑道：“如何？这个策划是不是很天才？但你很快就会发现我更伟大的一个策划。ECIS，我们后会有期！”他不等诸葛羽等人拦截，腾空而起，穿破了屋顶消失不见。

诸葛羽没有追他，而是身体一阵发冷，呼叫联络器道：“丹尼！丹尼！舒兰特和苏七七那里怎么样？”丹尼·肖恩并没有回话。

黑衣女人小庄忽然道：“诸葛先生，请用查理的断指换唐飞吧！我帮你摧毁了左影，就是为了断指而已。如果你还想要去支援舒兰特，最好不要和我讨价还价。”她说话的时候身体泛起皎洁的银光，一种难以言喻的魔法力量呼之欲出。“你的好部下，和一件对你而言无用的东西间，你……”

小庄还没说完，诸葛羽就把盒子抛给了她。小庄微笑着放下了唐飞，张手打开一个传送门，带着白先生踏空而去。

尾声

丹尼·肖恩赶到中心街道的时候，整个街道仿佛被战火烤过一般，道路开裂，铺面被毁，遍地尸体。威廉·舒兰特仰面朝天躺在路中央，身上无数伤口，鲜血早已流尽。他的身边还有刺青大个子龙星被烧焦的尸体。肖恩在街道上努力寻找，终于在咖啡铺的顶棚下，找到了还有心跳的苏七七。

在波士顿的另一边。小庄整了整长发，深吸了一口气，拿出魔法药膏把脸上的易容洗去，露出毫无瑕疵的绝美脸庞。她清澈明亮的眼眸闪着宝石的光芒，有种天使的善良和天真。上天似乎极不公平，竟然把一切的完美全眷顾了她，不仅拥有绝色的容颜，还有着曼妙无比、黄金比例的身材。

“查理亲爱的，我们想办法帮你恢复肉身吧？”她微笑道。

白先生靠在墙上，温柔地看着对方，低声道：“那样的我会带来腥风血雨。”

“灵儿或许在乎腥风血雨。我却从来不怕。”女人微笑道：“赞美撒旦，我终于能和你在一起了。”

诸葛羽听肖恩诉说完中心街道的场景，慢慢挂断联络器。他背起唐飞朝外走。

端木笙低声道：“老白为什么会跟那个女人走？他想用断指恢复肉身？”

诸葛羽没有说话，此刻，他的脑海中仿佛有一个时钟正开始启动，那时间的齿轮一动就停不下来。他有种感觉，仿若异能世界的历史正在向着不可逆转的方向而去。走出地下室，诸葛羽看着阴沉的天空，低声道：“虽然样子跟从前不同，但她一用那种银色的光芒，我就明白了。她是海伦，是罗灵儿的姐姐，罗沁儿。消失了十多年的她，终于回来了。”

端木笙不知道该松口气还是该紧张，久久才道：“当年的女孩，长大了啊……”

诸葛羽苦笑了下，但该怎么跟灵儿说呢？

异现场调查科 刺客

小组讨论会

舒兰特：一点思想准备都没有啊，居然是最后一次领盒饭。我哭！

肖恩：摸摸，不过貌似你变成了大战的导火索，将永远被历史记住。

丁奇：威廉，江山代有人才出，你至少死得轰轰烈烈。

舒兰特：呸，那有啥用，不能出场了啊！真羡慕唐飞。

唐飞：我是主角，和你们龙套不一样的。所以复出是早晚的事情！啊哈哈哈，我是天才！我终于回来了！

苏七七：得了，你就别嚣张了，照顾一下人家的情绪。而且今天最抢镜头的是令狐布，又不是你。

罗灵儿：错，最抢镜头的是罗沁儿！最可气的是她一来就抢了小白。和从前一样！

罗沁儿：我最后才露脸，那绝世的容颜被遮掩起来真是浪费了。说到小白，我其实对小白无爱。我还是喜欢查理从前的样子。

白先生：……我第一次发现，原来我在别人眼睛里是两个人。

诸葛羽：不对！是一人，一鬼。

白先生：随便你怎么说。貌似我有恢复身体的迹象了！我想粉丝们一定会欢欣鼓舞的！

端木笙：又要打仗了吗，不过说起来，真的已经太平很多集了。

唐飞：你们当然太平很多集，每次都是我出事！

苏七七：这次出事的难道不是我？

丁奇：boss呢？接下来是不是该打仗了？时间的齿轮一动就停不下来，我最喜欢大历史时代了。

肖恩：原本的三巨头威廉·舒兰特、杰克·诺兰、艾丽丝·芬格，只剩下个女人了。E科难道要进入女权时代？

诸葛羽：是不是又要我去做三巨头啊？我要做独裁者！那才是主角应该做的！

君天：居然一下子那么多问题……我怎么给你们回答呢？说起来，令狐布呢？

令狐布：boss你是不是要我来说接下来大战将怎么开启？

君天：你是一如既往的低调嘛，我只是让你出来站墙角，每次出场都那么抢镜头，你让别人怎么混。

令狐布：站墙角……弱弱地说句要不要画圈圈……

白先生：那要看你给谁画，你敢给谁画？

君天：接下来就是刺青决战异现场调查科了。鉴于连载的篇幅问题，还没想好将怎么解决。不过我想，决战刺青是很多同学都期待的吧？下面，之后会出场的人物都站出来。

（出来几个蒙面人）：我们分别是生化危机中心boss，星辰学院boss，海外唐门boss，神之刺青boss。以及路人甲。

君天：相信我，会很热闹滴！悬疑志

异故事讲堂
YIGUSHI JIANGTANG

馋

文\又一 图\苍狼野兽

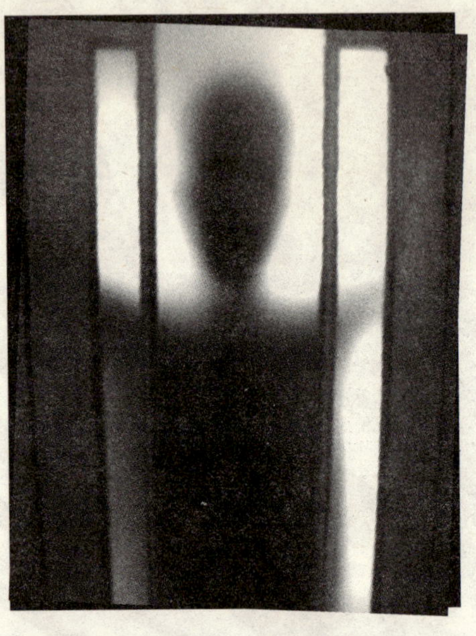

一、回吧

气压很低，闷着胸口。车里空调坏了，只能制热。姚强摇下车窗，风灌了进来，热风。这台老旧的腾适派汽车，真的该换了。

姚强赶着回家，因为手机忘了。今天有个大客户要接洽，如果联系不上就糟了。

车速很快，热风拍打着姚强，耳边一片隆隆声。每当这种时候，他就会觉得生活很无聊，每天谈生意，吃饭应酬，回家就对着疑神疑鬼的老婆。想到老婆，他觉得更烦了，老婆总怀疑他有外遇。

姚强是老实人，他觉得自己大概还爱老婆，他没有外遇。

前面是“五里东立交桥”，新落成的蝶式立交桥，过了桥就到了。姚强平时不喜欢走立交桥，太绕，转来转去。他一向从桥下走，但是为了赶时间，只好上桥。

天太阴，虽是上午，能见度也不好。姚强远远看见一个老人在过马路。真奇怪，为什么有人横穿立交桥?

姚强也没太在意，车还在开着，车速不慢。他发现，那老人似乎走得很慢，仿佛没动一样。车子行驶着，这时老人突然挺立在他车前，姚强从愣神中醒了过来，忙踩下刹车。

尖锐的摩擦声过后，车硬生生停住了——那老人不是在过马路，而是愣愣地站在路中间。

姚强从车里把头探出去，“怎么了?”

老人一身深褐色的衣服，已穿得旧了，脸上皱纹深刻：“回吧，这不能走。”

姚强一脸疑惑：“修路?”“不是。”

“车祸?”“不是。”

“戒严?”“不是。”

“不通?”“不是。”

一连串不是，姚强有些恼了：“通，你还拦我?”

老人波澜不惊，“回吧，这不能走。”

姚强强压怒火，“有病啊你……”而后打轮从老者身旁开了过去。

老者叹了口气，望着姚强远去的车，眼里闪过一丝惋惜。

二、门

门开了，妻子梅凤正在收拾屋子。

其实屋里很整洁，不过妻子喜欢经常给东西换换位置，说这样比较有新鲜感，但姚强却觉得差不多。

姚强发现手机不在原位了，找了半天，未果。最后妻子小凤不慌不忙地把手机拿了出来。姚强本就着急，埋怨小凤总乱放东西，没想到引来小凤一通审问，问他为什么这么紧张手机，是不是有什么不可告人的秘密，等着某人的电话。

姚强强压怒火，摔门走了，只留下一句，晚上不回来吃了。

每当这种时候，姚强都觉得空虚，妻子的无理取闹让他怀疑自己每天活着，辛苦工作，到底为了什么？他左思右想得出的最后结论是：什么都不因为，只是为了活着而已。

一想到活着，他很容易联想到死，他每次想到这里，思维就开始短路，一直以来，他都很难理解死这件事。比如自己死去后，自己就不存在了，他的世界就寂静了，就像一场不会醒而且没有梦的睡眠。他一直尝试去揣摩这种死去以后的状态和感觉，但是除了恐惧，他什么都感受不到。最糟的是，死这件事是每个人都无法避免的。司马迁说：人，固有一死。在姚强看来，鸿毛或泰山，都差不多，都是死。

有时想到这个问题，他会有一种强烈地冲动，要好好活着，但是他又能做什么呢？到头来，还是一如既往地生活。

这时，他的脑海中倏忽间浮现出了刚刚来时遇到的那个莫名其妙的老者，深褐色的古旧衣服，深刻的皱纹，还有那句波澜不惊的话。

“回吧，这不能走。”

他晃了晃头，像要甩掉老者的印象，来到车前，却怔住了。

姚强记得很清楚，他锁了车。但是此刻，副驾驶的车门却大开着。

他连忙蹿进车内，钱包还在，没有丢东西。

这时，那老者的身影又浮现在他脑海中。

“回吧，这不能走。”

不知为什么，他突然觉得脊背一阵发冷。

三、辣

姚强最近特别爱吃辣，他本不能吃辣，现在还是。他的助手小刘是四川人，很少有东西能让小刘觉得辣，而“大火湘菜”除外。

“大火湘菜”的辣，分为四档：微辣、中辣、特辣、巨辣。

对姚强来说，“中辣”已经是超水平发挥了，但是这几次，他都点“巨辣”。

巨辣，真是名副其实。姚强曾经总结过吃“巨辣”的感受：汗流浃背，涕泗滂沱，求生不得，求死不能。但是他还是想吃，因为每次吃辣的时候，让他觉得自己活着。

晚上，他又和小刘去吃“巨辣”了，出来时，他还举着一瓶矿泉水，直往嗓子里灌。小刘在后面笑眯眯地跟着，恍若无事。

他开车带小刘回公司。天还没黑透，但是视线也有些蒙眬。上车，打火，车子一阵咳嗽似的乱响，又悄无声息了。没打着。再打，还是没着，这辆破腾适，又坏了。他掏出电话，想打电话叫公司里的人来接一下，手一松，手机掉了。

他正低头找手机，小刘替他开了车灯，他最喜欢小刘这机灵劲。手机电池摔松了，需要重开机。趁着这会儿，他又再次打火。

车子猛然轰鸣作响，像是要爆炸一样。而且，一股奇怪的味道涌了出来，那股味道直冲嗓子眼。那不是汽油的味道，也不是烟的味道，而是一股辣味，比巨辣还辣，姚强立时咳嗽起来，就连坐在后排的小刘也一样。

他们忙开了门下车。下车后，车子不响了，辣味也渐渐散了，而且车居然打着了。

车里怎么会有辣味呢？就好像这部汽车吃了好多辣椒，而后突然打了一个嗝一般。姚强当然知道那是不可能的，但是他想起了之前自行打开的车门，以及那老者莫名其妙的话，心里觉着别扭。

回公司的路上，姚强去买烟。回来时，他看到后座上的小刘正在伸手关前排的灯——从刚才到现在灯一直开着，自己都没注意。小刘个子不高，手脚都短，无论小刘怎么努力，总是差一点。

姚强笑了，“你可真够笨的，开得开，却关不上了？”

“我什么时候开了，刚刚不是你自己开的吗？”

姚强愣了，“我没开啊，我刚刚忙着弯腰找手机呢。”

小刘笑了，“你真逗，难不成是它自己开的？”

四、预告

姚强这几天总是耳鸣，一阵子一阵子的，持续时间越来越长。最近越来越难于思考，也因为耳鸣。那微幽的响声仿佛有种特别的吸引力，把他脑海中的思绪都抽干了。辣椒吃太多，上火了，他想。

即使是有空闲，他也不太愿意在家呆着，小凤总是见缝插针地审问他，旁敲侧击地试探他。因而他开发了一个爱好——摄影。

他有个邻居，叫敬山河，据说是个摄影家，他最近总去找敬山河。

摄影器材动辄上万，不是一般人能负担得起的。但姚强不是一般人，他有很多令敬山河眼馋的器材，因而两人近来走动频繁。

他们开车走在通往市郊九里坡的路上，准备去采风，姚强的车。

姚强负责开车，而敬山河则在车上咔嚓咔嚓地不停按着快门——无论是去超市还是上厕所，敬山河总是带着那台巨大的单反相机，绝不放过一个瞬间。

“你来开吧。”姚强对老敬说，“我有些不舒服。”

“怎么了，是不是中暑了？”

“没事，歇会儿就好了。”他没告诉老敬是耳鸣。

耳鸣越来越严重了，虽然耳鸣的时间并不再变得越来越长，但是音强和音色却愈加变化多端，时强时弱，时明时暗。

姚强甚至产生了一种幻觉，这纷繁起伏的耳鸣声背后，仿佛藏着一种有意义的声音。

他的手揉着太阳穴，心想回去一定看看医生，大概是发炎了。

九里坡风光确实不错，但姚强并没有照太多片子，其中像样的片子更是寥寥无几——与其说他是摄影爱好者，不如说是摄影器材爱好者，真正拍起照片却兴味索然了。

回来时他本要把老敬送回家，但老敬显然意犹未尽，说在姚强公司将他放下即可，他要去“扫街”。他本来也要回公司，顺路——他要带牟彩晴去北湖公园玩，牟彩晴是他们公司的重要客户，新加坡人，之前说好要带她去北湖逛逛。

牟彩晴的年纪不大，和妻子相仿，妻子每天对他严密监控，使他对这位女客户有些发怵。不过姚强还是硬着头皮去，为了避嫌他还带了司机。

接了牟彩晴，直奔北湖公园。

他的耳鸣声越来越严重，而且已经渐渐有了节奏。他觉得是心脏跳动的节奏，因为经验告诉他，如果伤口跳着疼，那么这个节奏必是与心脏一致的。可这一次，姚强自己摸脉的结果，与心

回吧，这不能走

脏节奏完全不一样。

他摇下玻璃，头微微伸出车窗，想清醒下。

似乎好些了，耳鸣声弱了；收回头，耳鸣又回来了。

错觉吗？或是车外更嘈杂？他又试了一次，将头完全伸出车外。声音又弱了，不是错觉。

他忽然意识到一件事，所有令他无法忍受的耳鸣都发生在这车里。这车，也许真的有些古怪。

古怪老者的警告。自己打开的车门。莫名其妙亮起的车灯。

他的背一阵阵发冷，甚至想立刻下车，但是牟彩晴在旁边，又不好说是自己害怕。

他越怕，耳鸣声就越复杂。他的头仿佛成了一个无线电收音机，各种杂乱的信号电流音一下子涌入了他的大脑。

在这杂乱的声音背后，仿佛有一个声音，低低地回旋着，以固定的节奏，重复吟诵着什么，仿佛诉说着一个不能让他知道的秘密。他仔细地倾听，想要知道那个声音倾诉着什么。

他发现，当他集中注意力的时候，那些杂乱的声音就会微弱地消减，背后藏着的语音声，又会清晰一些。

但是还是不足以听清那个声音在说什么，而且稍稍一走神，那个好不容易要抓住的声音，又被各种声音淹没得不见影踪了。

也许这一切怪事的原因，就隐藏在这时隐时现的古怪语声中。

但是，无论如何，他都无法听清。他仿佛身处一个永远无法出去的迷宫，迷宫的背后，藏着深邃的秘密。

他放弃了，任凭耳鸣声肆虐着。北湖公园就要到了，离开这个车就好了吧，明天以后就不开这辆车了。

可是就在这个时候，耳鸣声渐渐地变弱了。没过多久，耳鸣声完全消失了。他如释重负，认为自己想太多了。但是很快他发现情况不对，太静了。

死一般的寂静。

他连其他声音也听不到了！

世界仿佛停止了。

就在他惊诧时，一个声音渐渐地浮现出来。

他突然明白，那宁静，是暴风雨前的宁静。

那个声音很微弱，也很杂乱，但是他倾听了一阵子，发现这个声音正在逐渐变得清晰，所有的杂音在渐渐消失，淹没在杂音中的那个声音，在逐渐凸显出来。

声音变化的速度很慢，一点点变强，一点点变实，但是依旧很小。

他恍惚听见那个声音不断重复的是两个字，第二个字好像是“了”。又过了很久，他恍惚听见了这两个字是：“薄了”。

什么意思？他完全摸不到头脑，但是这个声音还在变强，越来越清晰。

突然间，车子开始侧滑，而后猛烈地减速，使他猛地前倾。

司机手脚很利落，果断地刹车。车停了，车停的一刹那，那个声音已经像播音员朗读一样清晰了。

他下车看，右后车胎破了一个大洞，车停下时，距离隔离护栏只有不到十厘米。

那个声音还在脑海中回响，清晰而立体。

“爆了。”

五、短信 

自从那次爆胎之后，姚强的耳鸣就彻底好了。

那个声音分明就是一个预告，而且那么清晰，那么切近。他恍惚感到有一双薄薄的唇，贴在他的耳边，轻轻碰撞，说出了那两个字。

“爆了。”

每次想到这里，姚强耳边不由得一阵麻痒，然后又忍不住地回头看。

可是什么都没有。

这次绝不是幻觉和巧合那么简单，他明明是先听清了那句话，然后才发生的事故。那辆车被锁在了车库的角落里，无论如何他也不敢再开了。他每天窝在家里，公司也不去了。

当人脆弱的时候，家的重要就会凸显出来。他总想和妻子小凤说几句话，才能心安，留得几分温存。

不过自己每天在家，妻子小凤的想象力和侦查能力一下子没了用武之地，居然郁郁寡欢了起来，和自己唯一的共同话题都被切断了，两个人的话日渐少了。

倒是敬山河的老婆和小凤熟络了起来，隔三差五地来找小凤。姚强也不在意，他连她的名字也不清楚，一直叫她敬嫂。

这种像死水一样凝固的生活一直持

续着，直到有一天被一条短信打破。

那是深夜，姚强和小凤在一张大双人床上睡着，背对背。他的手机突然响了。姚强睡眠一向很轻，立时醒了。

姚强有好几个手机，但只有这一部夜里不关机——实际上，这几天即使白天，也只有它开着。

只有少数人知道这个号码，而且他们也轻易不会拨打这个号码。是谁呢？他起身去拿电话，小凤也惊醒了。她睡眼惺忪地看着姚强，眼神里仿佛有一种期待冉冉升起。

姚强发现，是一封短信。而且短信里一个字也没有，是一条空白短信。

但是任何短信，即使是空白短信，都有两样东西：一是来信的号码；另一个是发信时间。

来信的手机号他不认识，手机也没有识别出，只是一串数字。

而发信时间却很蹊跷，是2011年1月1日，00点00分00秒。

一秒都不差。

通常来说，收到一条空白短信有两种可能。

一是发错了，尤其是触屏手机，没锁定的情况下，放在口袋里挤压摩擦，很容易莫名其妙地给电话本里的人发出短信，而且往往是空白短信。

另一个是恶作剧，故意发一条空白短信。

这个号码他不认识，考虑到只有几个人知道这个号码，应该不是发错。

如果是恶作剧的话，且不说对方是如何搞到自己手机号的，但这个奇怪的发信时间，操作起来难度很大。

稍一疏忽，就会多一秒，或者少一秒。而这个时间却一秒不差，零点整。

如果是在以前，他只会一笑置之，认为这不过是个精心筹划的恶作剧。

但是今非昔比。警告的老者，自己开启的车门，突然亮起的车灯，还有预告爆胎的神秘声音，这一连串事件逐渐绷紧了他的神经。

他倏忽间感觉到，在他身下地下车库的阴暗角落里，在他那台车的后座，有一双眼睛笔直地看过来。

手机“啪”一声掉在地板上。

“怎么了？”小凤问，这是她这么多天来，第一次主动与姚强说话。

“是恶作剧。”他把手机递给小凤。

小凤接过手机，端详了一下，“这个……时间。”

“没错，整十二点，而且……”

“而且什么？”

姚强迟疑了一下，就把这些天来发生的跟那个车有关的怪事都告诉了小凤——他从未告诉过其他任何人。

在他告诉小凤这些事件的过程中，他突然有一种快意，觉得眼前的妻子和自己又仿佛回到了曾经的亲密，有一种同仇敌忾的感觉。

对于每一件事，小凤都分析出了另外的可能性。比如短信，也有可能是诈骗短信，也有可能是系统的某些操作失误或者是故障。

小凤的侦查能力无疑又再次得到了施展。而这一次，姚强却感到一种深切的温暖。姚强突然抱住了小凤，小凤想推开他，推了几下，根本推不动，也不推了。仿佛忽然间，夫妻间的那种隔膜冰释了。

天亮了，生活仿佛明朗了，一条陌生的短信，因祸得福。

但是，在第二天的子夜，短信又来了。

如出一辙，同样的号码，恰好二十四点，一秒不差。

姚强一气之下，立马打了过去，但是无人接听，听筒里传来的只有漫长的等待音。

不是诈骗短信，诈骗短信如果回拨，要么是录音，要么是有人接。

到底是谁？

姚强稍稍松弛的心，又绷紧了。是恶作剧的人不敢接吗？

转天上午，姚强又拨通了电话，有人接了。是一个甜美而且端庄的女生的声音，“您好，这里是腾适客服。请问你有什么需要？”

姚强心里一紧，手机险些脱手。腾适，他的那台车子就是这牌子。

姚强定了定神，“你好，这个号码连续两天零点整都给我发了一条空白短息，您能给我解释一下吗？”

“您说什么？”服务小姐显然没有听明白。

姚强又解释了一遍。

“不可能。”小姐斩钉截铁。

“有什么不可能，我难道还能骗你？”姚强有些愤怒，一个人过度惊惧时，就会愤怒。

小姐只彬彬有礼地说了一句话，姚强就闭嘴了，再也说不出话。

“这部电话，是座机。”

座机。

不是小灵通，也不是手机。根本就没有办法发短信。姚强这才想到，哪有用手机当客服电话的呢？之前他没注意到，那个号码根本就是一个座机的号码。

这一切仿佛都指向那台车。它在召唤我吗？姚强不敢再想。

当天子夜，零点整。小凤和姚强都没睡，盯着手机。等待是最艰难的事情，尤其是等待恐怖降临的时候。

手机静默得像一座坟，窗户开着，远处传来鸽子咕咕的叫声，树叶摩擦的沙沙声，显得更加宁静。小区里的大半人家都熄了灯，偶有一两个窗户还亮着，却也只剩下昏黄的微光。

零点五分了，还没响。

也许是他打的那一通电话起作用了，恶作剧的主使者怕了，所以就停止了恶作剧。

一定是。

恐惧总会淡忘，时间是最好的解药，一周过去了。相安无事。然而就在他渐渐忘却这件事的时候，深夜十二点整。

清脆的铃声划破了夜的寂静。

那声音听起来那么恐怖，姚强起身，并没有先拿手机，而是看表，整十二点。拿起手机，他长出了一口气。时间显得那么漫长，手机黑色的外壳反射着台灯的光，像一只阴沉的眼，邪邪地盯着他。

他鼓起勇气，打开手机。空白短信，仍是那个号码。

但是时间——

看到时间那里，他的瞳孔骤然收缩了。短信上写的时间是2011年4月4日14时4分4秒。

中国人认为，4是一个不吉利的数字，因为与“死”谐音。

但是此时，姚强却无比恐惧。

因为此时的时间是，2011年4月2日0时0分49秒。

它到底想说什么？

又为什么，会有一封短信——

来自未来？

六、离婚

姚强彻底蒙了，当小凤对他说“离婚”两个字的时候，他以为是在做梦。

今天敬山河的老婆，敬嫂，满面愤愤却又略带得意地拿来了一张CF储存卡，从电脑里调出了几张照片。

姚强和牟彩晴坐在车里，两个人都面带笑意，最糟的是，敬山河的角度使两个人的脸看起来挨得很近，仿佛要贴上一样——正是那天去北湖公园的时候的照片，显然是敬山河“扫街”时，扫到了自己。

无论怎么解释，小凤都不听，只是闹着要离婚。姚强气疯了，自己明明什么都没做，他决定去找敬山河算账。仅仅是走进了敬山河家的楼门，他就听到了嚎叫——杀猪一样地嚎叫。

那好像是敬山河的声音，接踵而来的是女人的哭喊声。

怎么了?

也许是敬山河因为妻子偷着把照片拿去小风那里，和敬嫂吵架了。也许敬山河并不知情。

想到这里，他的怒火不觉软化了。走得越近，哭喊和嚎叫声越大，震得人心疼。这不像夫妻打架，普通的夫妻打架应该是对话，或者互骂，而这两人确实是一直在哭喊和嚎叫。

姚强越想越觉得奇怪，这时他猛然想到了那辆车。

难道是跟那辆车有关系?

离婚的震惊使他一时间忘了恐惧，而此时震慑人心的嚎叫声使他又回想起了那些令他恐惧的事件：老者、车门、车灯、预言、短信……

到底是什么事情?他不由得加快了脚步。

他除了听到哭喊与嚎叫声之外，还有钝重低沉的撞击声，以及摔打东西的破碎声。

他之前的愤怒，此刻已经变成了惊恐和畏惧。来到敬山河家门口，他发现门没锁，虚掩着，他推门而入。

姚强发现那女人的哭喊声正是敬嫂，她头发散乱，肥胖的身躯已经有些站立不稳，却还在奋力地压制着敬山河的动作，同时口中哭号着：“报应……我就不该管闲事……报应……”

而此刻敬山河的样子却更加惊人，他的衣服已经被撕扯成一条一条，满脸是血，额头高高肿起——对应着墙上的血印，很容易看出是撞墙所致。他不停地拿东西乱扔，而且口中不停地嚎叫。他的手中，仿佛紧紧地攥着什么。

“怎么了?”在嚎叫声中，姚强以最大的声音说话，并且试图上前帮忙。

敬嫂哭着说：“我一回来，就看见他手里攥着他的CF卡，大喊，来了——

来了——然后就疯了……”

姚强知道，高档单反相机中可以插两张储存卡的，敬嫂拿走了一张，而敬山河手中，显然就是另一张。他刚要上前伸手帮忙压制住敬山河的疯狂，疯狂的敬山河却安静下来了——他看到了姚强。

他死死盯着姚强。确切地说，是盯着他的身后，大约静止了五秒钟。

而后更加疯狂地大喊：“别过来——别过来——”说着，转身向窗子蹿去，跨上窗台，就要跳楼。

敬嫂一把抓住敬山河的腿，冲姚强喊：“就是你害的，你给我滚！”

姚强见状，只好退出来。他的心更乱了。敬山河为什么毫无征兆地疯了？他为什么那么怕自己？他又为什么死死盯住自己的后背？为什么他的手里死死攥着那张CF卡？

这时姚强想起了那个短信，不由得一阵寒噤。

2011年4月4日14时4分4秒。

那个短信，难道是自己何时疯掉的预告？

七、奇迹

一早就出发。离婚。

当姚强同意离婚的那一刹那，小凤立即老实了，不哭也不闹了，像一个犯了错的孩子，满眼无辜地看着姚强，她没想到姚强会同意。

其实姚强本来没有真的要离婚，这只是一个缓兵之计。不过，当他真的同意离婚以后，突然有一种莫名其妙地解脱感。于是，他真的决定离婚了。

小凤磨磨蹭蹭，不肯出门，眼眶里泪水一直在打转。但是他们终归还是出发了。

车缓缓地开，不觉间，已经开上了立交桥——五里东立交桥。

姚强猛地想起，这个桥不能走。所有的一切，似乎都是从这里开始的。但是已经上来了，他没法退回去。蝶式立交桥，走起来很绕。

姚强想起了事情的始末，莫名其妙

地遇上了神秘的老人，拦住车子，对自己说："回吧，这不能走。"

神秘的事情接踵而至。

一切都围绕着这台车子，自己开启的车门，亮起的车灯，奇怪的语言，恐怖的短信，疯掉的敬山河。

再转一个弯，就可以下桥了，再走不远就到了。他有一个幻觉，车速仿佛加快了。

他轻轻地点了一下刹车。但是仿佛没有效果。

是幻觉吗？

他更用力地踩刹车，但毫无作用，车失控了。

不是错觉，车越来越快。弯道还没拐过去。

怎么办？他瞟了一眼坐在后座的小凤，她并没发现异样。

稳住，想法解决。姚强额头上都是恐慌的汗水，他将刹车踩到底，拉起手刹，车子还在加速。车子已经有些颠簸。

他紧握了方向盘，手心都是汗。该左转了，他左打轮。然而，方向盘却生生地向右转了，车子也向右开去。

向右走，就冲出立交桥了，有七八米高。

这时，他抬头突然从挡风玻璃的反光里看到一些东西。

他整个人一阵剧烈地颤抖。

八、据说

据说，凡是老司机，尤其是出租车司机都知道一件事。有一些路段，会突然连续发生多起严重交通事故，而且每次必致死命。而这些路段在这之前的很长一段时间，都没有类似事情发生。

每当提起这样的路段，他们会说，那里"馋了"。他们会避免从那里经过，如果非要经过不可，一定要关好车窗，不能有半分空隙。下次坐出租的时候，你可以问问司机师傅，他很有可能就知道这样的地段。

据说，在莫西市五里东立交桥处，曾经在三个月内，发生了七次严重车祸，致死十三人。除第一次外，每次都有两人丧生。

而第一次，则尤为奇特，奇特之处有二。

第一，撞车之时，车中有一男一女，经查，男性名为姚强，女性名为梅凤。姚强在车祸之时，受到严重的创伤，他的腕上带了一块卡西欧的电子手表，手表也被同时撞坏。但是，手表上的时间却极为奇特：2011年4月4日14时4分4秒。

第二，据当时情况分析，姚强为驾驶员，而梅凤则坐在后座。而当事故发生后，紧急救援时姚强身上有11处骨折，轻度脑震荡以及内出血等状况，却没有生命危险。原因很简单，本该坐在后排位置上的梅凤居然出现在了前排，用整个身躯护住了姚强，致使他逃过一劫。至于梅凤在千钧一发之际，是如何跑到前座的，一直是个谜。而且，即使在死后，梅凤依旧紧抓着姚强的手，救援人员费尽气力也没能分开。

据说，在车祸之后，之前突然发疯的邻居敬山河居然奇迹般地康复了。但是在他康复之后，依然总说一些奇怪的话，例如声称自己是装疯的，否则就要被带走了。所以有人说，他还没好。

据说，在半年以后，法国夏特尔莫摄影节上，一幅摄影作品意外地拔得头筹。该作品构思奇特且极具视觉震撼力，表现出了极其精湛的摄影以及后期的处理技术，并且有着浓厚的象征色彩。

镜头透过车窗，从后方窥视一辆汽车。驾驶座位上，一名黄种人男子正一脸迷惘，微微低头，似若有所思。

而在副驾驶的座位上，则坐着一个奇怪的儿童，他显然已经发现了摄影师，回过头来。

他的头很大，身子却很小，比例像极了一个婴儿。

他的头上光溜溜的，没有头发，皮肤呈现出一种青蓝的冷色调。

最让人过目不忘的，是他的眼和嘴。他的眼瞪得像牛眼一样大，几乎从眼眶中喷薄而出，而且，眼白中满布了暗红的血丝。一双眼睛闪着精光，满是欲求与渴望。

他的大嘴，略略才张开，里面隐隐露出密布的尖牙，口水从他的嘴角流淌如注。

他的手，正竖直地顶在嘴唇上。

“嘘——” 悬疑志

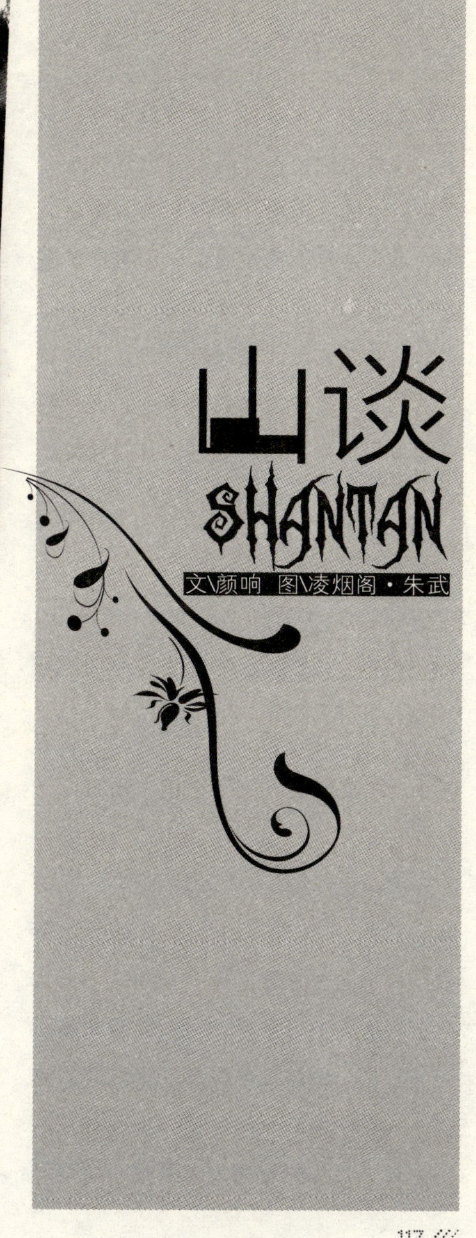

山谈 SHANTAN

文\颜响 图\凌烟阁·朱武

我记得那是我去边区支教的时候，已经有十几年了吧。

那时候刚刚开放没多久，我去的地方又是个偏远的小山村，在大山深处的一处小河谷里，说是山清水秀没错，说是穷山恶水也同样可以。

现在想来，当时可真是年轻气盛，因为听朋友说那里的教育条件最差，所以就自己找到当地乡里的领导，验证了身份之后，就找到了一个恰巧要去村子里的老乡做向导。

做向导的老乡很是淳朴，吸了几支我从家里带去的烟就没口子地答应，据他说，这村子里的人都很热情，只是有些封建迷信思想，而且不怎么出山。

饕餮村。

刚听到这名字的时候我着实愣了一下，没想到这种偏远的山村竟然有这么个来自中国古代神话中的名字。随后又释然了，这村子不知道在山里流传了多少代，想必也曾经兴旺过吧，出上个把有学问的人也没什么稀奇，只是不知道这村名中又会有怎样的故事了。而且我也知道，越是封闭的地方，有时候反而越是能将祖宗的东西保存下来。

1

在山里走了三天，我们到达小村的时候，月亮已经升到了树梢，不时传来野兽的嚎叫。

整个河谷在月光的映照下一片静谧，只有河水流淌的哗哗声，不急不缓。村子已经睡着了，一间间矮小结实的石头房子悄无声息，村口立着一座古旧的石台，带着夜的黝黑。不知道为什么，我有一种颤栗的感觉，似乎这些房子都是一头头的野兽，在黑暗中窃窃私语，择人而噬。

就是在这个时候，我看到了那个孩子，她像是一个莹白的影子一般，裹着几片大叶子坐在河边，在河水中荡着一双光洁的小脚丫。这个看起来只有五六岁的孩子却长着一头齐腰的白色长发。一瞬间，我以为自己看到了山里的精灵。

这个孩子是那么白，全身的血肉都像是玉石一样，让人忍不住想要好好疼爱她。

她听到了我们的脚步声，转过头来怯生生地看着我们，那双眼睛竟然生着纯白的瞳仁，里面的天真无邪让我自惭形秽。

不过向导却像是司空见惯一般，看也没看那孩子一眼，自顾自地走到一间稍大的房子面前，用力敲响了厚重的木门。

已经鼾声大作的老村长听说老师来了，立刻胡乱套上件衣服爬了起来，先握住我的手摇了半天，随后就敲响了村口的一口小钟。原本熟睡的村子顷刻间就被唤醒，所有人都从床上爬起来，跑到了外面，围着手足无措的我。

我自我介绍叫隋泰，将自己的理想说了说。老村长讲了几句欢迎的话，大家就迷迷糊糊地拼命鼓掌，这让我一阵感动。这时候我突然想到了那个孩子，转头再看河边却什么也没有了。瞬间，我有一种不真实的感觉，难道那真是山里的精怪？不过都说精怪怕人的阳气，村子里这么多人，又点着很多火把，应该没有什么妖邪敢近身吧。

这村子里的人实在热情，欢迎完毕之后，老村长把我让到了自己的家里，又留下了几个人，随后上了一桌子的山珍，外加几坛子自酿的地瓜烧。这酒的后劲儿十足，我喝了个酩酊大醉，到了半夜才迷迷糊糊地睡去。

到第二天中午我才昏昏沉沉地醒来，宿醉后的头痛还时隐时现，像是有一条虫子在脑袋里不时爬动。

听外面的响动，村里人都已经起床很久了，说话声和各种劳作声响成一片。我慢慢走出去，推开透着松木香味儿的房门，在扑面而来的阳光里伸了个懒腰。

然后在瞬间呆住了。

昨晚看到的女孩正穿着一身树叶裁成的衣裳，在街心快乐地逗着一只小狗。她云朵一般的白发一直垂到地上，小脸带着兴奋地笑，这是我见过的最漂亮的孩子。

原来她是存在的……

村里的人叫她云芝，好像是老村长在几年前从山里捡来的。这孩子在山里混出了一身的野性，不愿意到屋子里居住，也不愿意穿衣服，平时也是披着自己缝制的树叶在山里晃荡，到了吃饭的时候才随便找上一户人家进去。人家看她来了，自然也多就添上一副碗筷。

多好的孩子，可惜生在了这山旮旯里，还被狠心的父母抛弃在了山野中。能够活下来，已经是万幸了吧。

不知道是不是因为我也同样有过一个古灵精怪的妹妹，我觉得自己有义务让云芝变成一个正常的孩子，就算仍然生活在这个小村里，最起码也要能够融入村民里面，像一个正常人一样过上平淡的生活。否则，她以后或许会被当作野人或者村里调笑的傻子吧……

抱着这样的想法，我将云芝也带进了茅草搭就的教室，开始了我的教学生活。

2

这个总共一百多口人的村子里原本有四十九个孩子，加上云芝，总共是五十个孩子。这里所指的孩子是从两岁到十八岁的所有未成年人，最大的那个只比我小五岁，他们从来没有接受过什么系统化的现代教育。毕竟，之前的那场浪潮刚刚过去没多久，看年龄，他们大都生长在那个年代，没有接受过教育也是很正常的。

或许正是因为这样，他们对知识有着超乎寻常的、简直是疯狂的渴望。所有的孩子，就连只有两岁的孩子也在下面静静地听着我授课。而那些大人们，在忙完了一天的生计之后，往往会找我闲聊，刚开始的时候他们还不大好意思，只是静静地听我讲，到了后来就主动地提出问题了。他们想要通过我这个外乡人了解山外的世界。

他们的好学与进取超过了大多数我所认识的人。而且那些孩子们都很聪明，只用了三四天就学会了加减乘除，现在已经要接触到初中阶段的内容了。刚开始的一段时间我真的有些感动，每天都暗暗发誓：一定要让这些山里人摆脱愚昧，走向文明。

只是我却没想到，淳朴和愚昧是不一样的。

不久我开始感到惊讶，为孩子们的聪明懂事和大人们的睿智。这些孩子实在太聪明了，不管我讲什么问题，数学、语文还是历史等等，他们都能够立刻理解，甚至还可以做出一些我都不太明白的延伸。只有在自然科学方面，他们的学习进度才稍稍差一些，但是这已经是山外那些所谓尖子生的几倍几十倍了！而那些大人们在听完我对外面形势的介绍之后，往往会各抒己见。他们的见解刚一听觉得没什么，可是仔细一想却个个都是一针见血，比我自己所想的要深入很多。或许真是深山有灵气，养出许多才吧。刚开始我是这么想的，这里山清水秀，自然也就陶冶了住在这里的人。

后来，我就感到恐惧了……

这些孩子实在太聪明懂事了，他们从来不在课堂上嬉闹，从来没有回答不上来的问题。如果我讲的问题太简单的话，他们看我的眼神都带着戏谑的冷笑，像是在看一个傻子，就连那些两三岁的孩子也一样。最重要的是，他们从来不玩耍！

每天的课间，他们只是静默地坐着，思考着谁也不知道的问题。仅有的娱乐活动，则是围棋。可是这些孩子们的下棋方式我却根本看不懂，竟然隐隐有一些《当湖十局》里的影子。这可都是古法，这些孩子怎么会？我亲眼看见一个三岁的孩子和一个五岁的孩子下出玄妙的棋路，本想在旁边指点的我却像是一个被人忽视的傻子。而这些据说从未受过教育的孩子都有一手漂亮的毛笔字，那些或楷或草的繁体字不时被写到桌上、地上，带着端庄飘逸的大家气派，像是在嘲笑我功力平平的钢笔字。

最让我感到恐惧的是，在几个月里，他们的身体没有一点成长的痕迹！像是一群木偶……

这些学生上课的时候经常吃东西，刚开始我还忍着没说。后来有一次实在忍不住了，让一个学生把手里的东西交出来，没想到他冷冷地摊开手掌，掌心竟然放着一只婴儿的断手！

我尖叫着逃回了自己的屋子，过了一会儿，一群村民登门道歉，还拎来了一只手臂粗的人形何首乌，原来那孩子吃的是何首乌。我不禁闹了个大红脸，只是始终觉得有些不对劲。

那只断手似乎有些眼熟，像云芝的手。但是云芝却好好的……

大人们每天在山里带回大担的木柴，以及猎物和药草。这村子只有河边的几块地能够耕种，大约有一半的食物是靠山林来补给。这地方基本没有被开发，大山还保持着它千百年来的样子，各种飞禽走兽应有尽有。不时有人空着一双手进山打猎，然后带着一身血拖回一头头熊罴虎豹，这些野兽的身上，一个个拳印掌印历历在目，每个满载而归的猎人都会对我冷冷一笑，那目光和看向猎物的目光没有分毫不同……

3

这个村子到底怎么了？有时我在梦中醒来，反而觉得这才是步入了真正的梦里……

相比来说，原本被我认为是不正常的云芝反而是最正常的了。她会做错作业，会在泥巴堆里玩儿。因为这孩子身上没有那么多怪异的事情，而且十分可爱伶俐，每当和她在一起时，我才有一种真实的感觉，所以很是宠着她，常常把自己带来的奶糖、巧克力等等山里没有的稀罕玩意儿拿给她吃。而云芝本来有些怕生，不过不知道是不是嘴馋的原因，渐渐和我亲近了起来，甚至晚上经常在我的石头房子里睡觉。她还是不习惯床铺，而是像是一只小猫一样缩在墙角的草垫子上。看着她，闻着她身上散发出来的淡淡的青草味儿，我感到无比的心安。

村里的人却一点儿都不关心这个，每天还是照常和我打招呼，一张张笑脸永远都是那个样子，如同戴了一层面具。

就这样过了一段时间，我仍然每天都照常上课，却感到自己的吸引力正在逐渐减弱，孩子们似乎对我教授的东西开始不感兴趣，或者说他们就像一群疲惫的演员，厌倦了每天周而复始的表演。而找我聊天的人也渐渐少了，因为我已经没有什么新鲜东西可讲了。

就像一个被榨干的柠檬。

不知为什么，我突然冒出这种念头。幸好，云芝还是那么依恋我，就算我没有糖果。有时候我也会想，是不是收养她作女儿？只是这念头往往只是一闪而过，我连自己都照顾不好……

这天放学之后，所有的孩子都走了，教室里瞬间空无一人。我留下来打扫卫生，扫着扫着，突然看到地上躺着一枚圆润的玉佩，透着黄色的柔光。我知道村里的每个孩子都有这么一个东西，类似于长生锁，每天戴在身上，但是却绝对不会拿给别人看。这枚玉佩应该是某个学生的吧，明天要还给他。

我随手捡了起来，只觉得玉佩有些温润的光滑。这东西做得很是精致，上面刻着大大的“李玉”两字，我的脑海中瞬间就出现了那个叫“李玉”的两岁的孩子。而名字下面还有一首小诗，大意是一个父亲得子的喜悦。再下面是一个落款，“李昌德”，那是村长的名字。最后是写这首诗的时间……

大唐贞观十四年！

我的手一抖，险些将这枚玉佩又丢回到地上。随后就觉得自己有些好笑，这应该是不知道哪代传下来的东西吧，估计是村长找人随便弄了个时间，学别人附庸风雅。要知道中国一般都有起个贱名好养活的说法，说不定这边的风俗是弄这东西。

只是我的心里也实在有些打鼓。

就在这时，我看到了地面上几个用树枝写就的字。

乾，坤，震，巽，坎，离，艮，兑。旁边还画着几个小小的八卦。这地方正是李玉的座位。

这是易经八卦啊，这么小的孩子为什么会懂这个？就算已经有些见怪不怪了，可还是很惊讶。这些八卦图画得很工整，推算也有规律可循，看样子最起码也是有几十年功力的老卦师才能作出来。

我正在仔细看着这东西，突然感到脖子后面有一股凉凉的气息。是什么？

猛然回头，却看到云芝正笑嘻嘻地叉着腰在后面吹气。原来是这小丫头。

松了一口气，我正准备抱起云芝回家，就听到她指着一个东西好奇地说道："哥哥，云芝见过这个，这两个字。"

我顺着她的手指看去，原来她指的是那块玉佩上面的名字。我笑了笑，说道："原来云芝见过啊。"语气也有些哄她的意思，毕竟，小孩说的话，当不得真的。

云芝见我不相信，立刻嘟起了小嘴，也不再理我，一溜烟儿跑了出去。

我摇摇头，笑着走了出去，这孩子现在越来越调皮了。现在就顺便把玉佩还给李玉吧，免得他着急。想着我就去了村长家，敲开了那扇厚实的木门。

李玉看到我将玉佩递过去，立刻伸手接了，然后意味深长地看了我一眼。这个两岁孩子的目光却像是两百岁，是那么的深邃……

不知道这是不是我的错觉？

4

带着一身鸡皮疙瘩，我回到了自己的屋子里。点起油灯，却看到云芝已经笑嘻嘻地坐在了床上，手里还抱着一个什么东西。

见我走过去，云芝立刻将手中的东西向我递了过来，脸上的表情像是一个得胜的将军，骄傲极了。

《西凉李氏家谱》。

这竟是这村子里的家谱。我摇摇头，估计是这丫头在村长家里偷偷拿来的，明天要给人家送回去。这小妮子就是在这家谱上看到了李玉的名字吧。

我摸摸云芝的脑袋，随手翻开了这本绢帛家谱。原来，这饕餮村的李氏一族竟然是当年十六国时期，西凉国主李暠留下来的一支后代。我慢慢向后翻着，到了中间的一页却遇到了满页熟悉的名字。

李昌德、李昌骐、李蒙、李仲翔……这些都是村里面大人的名字，后面一代则是那些孩子，李玉、李破浪、李冲……李昌德的生辰上赫然写着："大唐武德三年。"而其他人的生辰全部都是大唐武德年间或者贞观年间，最小的就是李玉，大唐贞观十四年。这一代之后，则是一片空白……

我的汗瞬间涌了出来，连呼吸都有些困难，似乎大脑也和后面的绢帛一样变得一片空白。这是恶作剧？是风俗习惯？对，对，一定是风俗习惯，只是这种风俗实在有些怪异……

我突然想要离开这里，离开这个梦一般的荒诞所在，到城市里，到人群中去，这里太静了，我需要喧嚣来摆脱自己的胡思乱想和恐惧。

但是似乎有些晚了。

就在我刚刚有这个想法的时候，村长突然派人邀我去他的家里。

屋里已经坐满了人，大约全村的男人都在，几张八仙桌上摆满了酒菜，他们全都笑吟吟地看着我，那目光让我想到了鲁迅的《狂人日记》。

难道云芝偷走族谱的事情被发现了？在某些地方，这种行为被视为对祖先的不敬，是不共戴天的大仇。我的汗又冒了出来，脸上的肌肉都笑得有些僵硬。

可是村民们似乎根本就不知道这事情，依旧是笑吟吟的，端起酒杯向我敬酒。

据村长说，今天似乎是一个重要的日子，所以他们要庆祝一番，好像是什么“太阴日”。

几碗酒下肚，我的心也慢慢放了下来，索性不管三七二十一，酒倒杯干，喝水一般连灌了几大碗，本来就量浅，这次更是不一会儿就酩酊大醉人事不知了。

等到我醒来的时候，月亮已经将要升到天顶。

5

头痛，冷……这是我的第一感觉。模糊的视线逐渐变得清晰，我突然发现自己竟被绑在了村口的高台上，耳边传来呼救的哭声，是云芝！

我们两个被绑在了石台上的两根柱子上。而下面则是所有的村民，最前面的，当然是村长李昌德和他的儿子李玉。

“村长，到底怎么了？是不是因为云芝她拿了族谱？可是她还小……”我首先想到的是因为云芝拿了那本族谱，看样子这真的犯了村里人的忌讳。

“玉儿，可算清楚了？”没想到村长根本没有理会我，而是低头向两岁的李玉问话。

“爹，今天就是太阴日了，今晚子

时就是天地极阴的时候了。”李玉用稚嫩的童声说着根本不符合他年龄的话。

“好。”村长高兴地说道，随后看了看天上的月亮，“隋老师，现在时候还早了一些，你一定有些疑惑，现在就让老夫为你解一解惑吧，免得你的怨气不散，那就不好吃了。”

“你可听说过肉芝？”没想到村长竟然先问了这么一个古怪的问题。

他不等我回答，就迫不及待地说了起来，那样子似乎有一件千百年不曾在人前炫耀的珍宝，因为憋得太久，已经忘乎所以了。一个惊天的大秘密就这样像是河水一般流淌出来，在这个清冷的月夜回荡在山谷中……

“肉芝，道门称千岁蟾蜍，灵龟。那些愚人都说吃了肉芝可以长生，却是不知就里。那些死物一般的在地下挖出来的肉芝吃了最多能强身健体，长生那是妄想。真正能够使人长生的，是那些千万年生长已经成了人形的，那东西，也就是肉灵了。《镜花缘》里曾载唐敖吃下的车马小人就是这种灵物，不过真正的肉灵却和常人一般大小，它们早已夺了天地造化，成了精怪。你看了我李家的家谱，应该也明白一些了。不错，我们正是唐时人。当年曾在机缘巧合之下分食了一只肉灵，得以长生。不过这肉灵却是必须经常服食。而且服食之后身体就再也不会成长，还要远离凡人，免得受了阳气沾染。这千百年来，我们一直在山里过活，不停地寻找着肉灵。上天眷顾，我李氏一族千百年里竟然还真的又寻着了不少……”

我觉得自己疯了，要不然就是村民们疯了，这种事情竟然真的存在，这些人原来是唐朝人！是活了千百年的老怪物！我努力说服自己这些都是在做梦，可是仅有的理智却告诉我，这些都是真的，就连那些看起来像孩子的“孩子”，都是活了上千年的怪物！这样所有怪异的地方都能够合理的解释了，除了云芝……一个可怕的念头在脑海中划过。

“最近的一次太阴日要到了，现在又到了我们服药的时候了。”村长的声音像是在河里冒出来的，静默而黑暗。“因为我们的体质逐渐接近肉芝，所以肉灵们往往会被我们的气味吸引，主动来到我们附近。或许你已经猜到了，新的肉灵，就是云芝了。至于你，普通人的血将会作为服食肉灵的药引，你的肉体将被献祭给这片山林。”

村长的话音刚落，月亮已经完全升到了天顶，一片影子突然在满月之上出现，并且逐渐覆盖整个月亮。

是月食！这就是所谓的太阴日吗?

河谷中迅速地暗了下来，山里所有的声音似乎都被天空中逐渐放大的黑暗吞噬了，就连云芝都不敢再哭泣。

“吼——”当月全食出现的时候，所有人突然发出苍狼一般的吼叫，瞬间，他们的身体像是放气的气球一般干瘪了下来。那是怎样的身体啊，所有的皮肤都带着千百道皱褶，头发则是一片雪白，不管老少全部变成了行将就木的老人的样子。不，就算是最老的人也比他们要显得年轻许多。

这才是他们本来的样子吧。我抬头向天上看去，天空中的月亮只剩下一个惨白的光圈，像是一圈冰冷的眼白，直射进我的眼睛，那光线化作万千尖刺，直直地扎进我的脑海。突然，我的脑海中似乎有什么东西被放开了，像是刚刚开闸的江河，无数的记忆碎片涌了过来。

痛，好痛，我的头似乎要裂开了。然后……

我记起了一些东西。这真是愉快的记忆，愉快得让我想要开怀大笑。

黑暗中，村长手持一把尖刀，慢慢地走了上来。现在他的心里应该满是欣喜吧，毕竟，又一段长久的生命在向他招手。

他走到云芝的面前，手起刀落，砍下了她的小指。白森森的骨茬和筋腱暴露在外，却没有一丝鲜红。云芝惊恐地大叫，只是声音中却没有痛楚。

村长贪婪地端详手中那一截莹白如玉的手指，再次举起了手中的刀。

力量终于完全恢复了。我轻轻挣断了那一圈圈拇指粗细的麻绳，一把掐住了村长的脖子，几乎要将他的骨头捏碎。随后轻轻揪下了他拿刀的胳膊。没有血，就像是一截白蜡。

“你们也听我讲一个故事吧。”我笑着说。是时候了，让这些伪肉灵明白他们的果报。

下面的村民们一阵惊呼，却突然发现空气中弥漫着一股香甜，他们全身的力气似乎都被这香味儿吸走了。

是软筋香。

“肉灵一族与世无争，潜藏山林，却偏偏有那些贪婪的人类为了一己私欲去残杀这些最单纯的生灵。曾有一段时间，肉灵几乎绝种。肉灵虽然单纯，却不傻，反而更加聪慧。天宝年间，有一位肉灵中的先辈发大宏愿，以身为器，酝酿无上怨念，将自己的血肉让族人分食。那些吃了这位前辈血肉的肉灵，从此演化成新的生灵——太岁。”我扶了扶眼镜，用略微抱歉的语气戏谑道，“我们太岁一族却与你们这些伪肉灵相反，因为血脉中的怨恨，必须定期以伪肉灵为食的。”这些成为伪肉灵的人类在不停地猎杀肉灵，太岁们又何尝不是在猎杀他们呢。饕餮村的人藏在深山里，其实也为躲避我们吧。

是的，我完全记了起来。因为嗅到这山里几百名伪肉灵那让我馋涎欲滴的香味儿，我封印了自己的记忆，来到了这里。当天地极阴到来之时，暗月的光芒让村民们聚集在一起得以吞噬肉灵，却又何尝不是打开了我的记忆。

“放心，在下不会像你们这么粗鲁，我可是个为人师表的斯文人。我会一口一口，细嚼慢咽的……”透过金丝眼镜的镜片，我仿佛已经感受到那滑腻的甘甜。

他们的眼里透出的是绝望，那是猎物垂死前的眼神，真漂亮。惨叫响起，还有低声的啜泣，这是最好的佐料。

这些活了几千年的伪肉灵都是难得的美味，我的学生们清脆爽口，中年人更有嚼头，而且他们都有一身松软的皮肤，像是酱透了的肘子……

现在，是我大快朵颐的时候了。

6

“这样……就完了？”你问，只是却无法掩饰声音的颤抖。

“是的，从此之后再也没有了饕餮村，没有了李氏一族，不过村长的儿子却折了自己的一条胳膊逃走了。”眼前那个看起来二十多岁的青年男子微笑着说，他笑起来的时候眼睛眯成两条缝，像是两把刀。

你已经忘了到底是什么时候遇到的这个人，只记得当时你正坐在火车的车窗边向外望去，一道道山岭在眼角飞逝。他突然出现了，还有他身边那个戴着墨镜、手套和帽子，打扮入时的小女孩儿。然后，他就讲起了那个故事。

你不安地摸着手中圆润的玉佩，似乎想要寻找一些勇气，光洁如玉的右臂却提不起半点力气。

“啧啧，看样子，伪肉灵和人类接

触得多了就会继续变老啊。”他轻轻一笑，打量了你几眼，“不过，这样就可以饱餐一顿了，大家说是不是？”

大家？难道还有别人？你微微一皱眉，却根本来不及细想，将桌子上的包裹向那男人一扔，起身向着车厢的结合部跑去，乘警就在那里，现在只有借助那些凡人的力量了。虽然太岁自身强大，却也不敢将事情闹大的。

只要逃过了这一劫……你焦虑中感受了一下藏在胸口的那一小节温润的手臂，这是昨天刚刚杀了一个肉灵夺下来的，否则也不会被太岁发现了。这，就是下一个百年的寿命啊。

“让开，让开！乘警，他要杀我！”你一边推开拥挤的人群一边大吼，却没有发现那个男人在后面一动不动，只是嘴角露出玩味的微笑。

突然，你被人绊了一跤，重重地摔倒在过道里，随后被七八条手臂死死地按住了。

“你们……”你抬头看去，这才发现有些不对劲，这节车厢里竟然没有小孩，全部都是成年男女，个个看向你的眼神都带着贪婪的神色，似乎在看一道让人馋涎欲滴的美餐。

难道……

“你觉得，若是普通人得知吃了伪肉灵的肉可以长生，当我告诉他们我可以为他们提供一个伪肉灵的时候，他们会怎么做？伪肉灵，可不算是人类哦。”那个充满磁性的声音再次响起，只是在你听来，却像是地狱的恶鬼。

“你们还等什么呢？”他冷冷地说。

然后你就感到被按住的地方一阵撕心的剧痛，七八块皮肉甚至还有一条胳膊，竟然被生生撕扯下来！莹白的皮肉中，却像白蜡一样，没有一丝血流出，看起来倒更像是某种水果。

“肉灵，他真的是肉灵！”那些人兴奋地大喊，一边揪下更多的肉一边塞到嘴里一阵大嚼。更多的人从后面挤过来，将他们的手伸向那能够让他们长生的食物……

你的身体变得七零八落，意识越来越模糊了，只是在即将失去意识的时候似乎又听到那恶魔的声音。

“啧啧，这么多伪肉灵，可以饱餐一顿了……”

他闪电般抬起了左手，修长透明的指甲轻易划开了你的喉咙。

莹白的皮肉中没有一丝血…… 悬疑志

耳降

文\漆雕醒　图\苍狼野兽

1

第一眼见到罗小小，我以为她只有五岁。但是事实上她已经二十一岁——据说这源于一种罕见的疾病：医学上称之为“软骨发育不全症”。

我知道此病的患者将永远保持其发病时候的体型，但没想到居然连容貌也是如此。如果陈薇没有告诉我真相，我会把罗小小一直当作学龄前女童——可惜尴尬已经发生——我竟然要求她叫我阿姨。

罗小小冷冷地看了我一眼，转身便走。

那眼神的确不应该属于一个五岁的孩子，但是即便它出现在成年人的脸上，也足以让人不寒而栗。

罗小小的眸子极黑极大，但却并不会让人产生美丽的感觉，因为它们看上去没什么光泽，更像是两口虚空的深井，事物仿佛不是被印上去，倒像是被吸进去了一般。我甚至觉得，在她与我对视的那一瞬间，她的瞳孔里并没有出现我的影像。

那真是古怪之极的感受，我禁不住打了个寒战。

“……别介意，她是这样的，那年得病以后就没开口说过话，连对她爸爸都不理不睬的，病人脾气总是古怪些，”陈薇解释完，开始安慰我，“你是学医的，总不会跟病人计较吧？”

“怎么会？”我连忙转换情绪，“是我闹了笑话，她别往心里去才是……只是以后见了面，要怎么跟她打招呼？”

“你叫她罗小姐就好，她不喜欢罗小小这个名字。”陈薇嘱咐道。

“那你叫她什么？”我忍不住好奇，同时也在心底感慨，万万想不到陈薇千挑万选的对象竟然是一个有孩子的中年男人——她的继女只比她小五岁而已。

“小姐。”陈薇略有些尴尬地回答。

“小姐？！”我张大了嘴，这十足像是丫环对主子的称呼，哪里是母亲对女儿的用词？就算她想在人前做一个不被诟病的后母，也不至于委曲求全到这个地步吧？

“都说她是病人了，难道还要跟病人争个高下吗？”陈薇显然不想多谈这个问题，“好了，好了，别提这些事了，我带你去你的房间。”

陈薇提着我的行李箱往楼上走，楼梯侧的墙壁上一溜儿挂着五六幅货真价实的名画，然而这只是这所豪华别墅的一角而已，楠木的楼梯扶手、奢华的灯饰、昂贵的家具……无一不展示出豪门大户的身份。

陈薇的新婚老公罗松是一个地产商人，去了外地出差，家里只剩下妻子、女儿和女佣。这别墅实在是个庞然大物，只三个女人，的确太空太大了，这大概就是陈薇要我来作陪的原因吧？据说豪门媳妇总是会比常人更孤独。远在他乡，没有朋友，身边是一个性情古怪的女孩和一个沉默寡言的老妈子，她太需要一张亲切的熟面孔。

我记忆中的陈薇是一个事业心极强的女子，常常为了工作加班到夜里两三点，她去年新年还许愿说要开一家属于自己的广告公司。然而不过短短一年，她竟然已经变成了一个全职的家庭主妇以及低声下气的后母。

这还是我认识的那个心高气傲的陈薇吗？

关上门，我便开始穷追不舍——在我的心目中，越是被回避的问题越是需要被解决的问题，陈薇是我的高中同学，也是我最好的朋友，我可以接受她没打招呼便悄悄结婚嫁到这远离家乡的云南，但不能忍受她去忍受一段并不幸福的婚姻。

“你图什么呀？”我开门见山，“背井离乡的，一个人跑这儿来，就为了住这空房子？受人家的气？你不是做金丝鸟的料，钻什么笼子啊？”

陈薇捂住嘴笑，“谁跟你说我受气了？我是女主人，谁敢给我气受？”

“都叫人小姐了，你还嫌自己不够犯贱啊！”我说话向来不给面子，“换了以前的陈薇，我可想象不出来。”

陈薇的脸色黯淡下来，幽幽地叹了口气。

“没办法呀，谁叫真爱上了呢？”

我愣了，“真爱上啦？！可他女儿都二十岁了。你怎么会爱上一老头子啊！”

陈薇把胸前的鸡心项链盒打开，让我瞧一张男人的照片，“喏，就他，看上去很年轻吧？真人比照片还要帅，还要年轻，打死你都想不出来他有这么大一女儿的……身材又好，气质又棒，说实话，我第一眼见他就被迷住了。”

照片上那男人的确有让女人着迷的本钱，再加上事实上也是如此有钱，谁栽进去都不奇怪。

“他身边的人都夸他好，有责任心、讲情义、做生意又能干，前途无量……”陈薇一脸幸福地喃喃着，不吝美词，俨然一个中了爱情魔咒的家伙。

我叹了口气，“那你也不至于把自己的事业都放弃了呀，结了婚也可以出来工作的嘛！现在都什么年代了，你不是还想自己开公司吗？让他赞助你啊！女人还是有自己的事业比较好吧？"

"我累了，真的累了。"陈薇一头躺倒在我的床上，"我已经二十六岁了，还能拼多久呢？人的青春就这么几年，就算有天真的出头了，那时候我得多少岁了？爱情怎么办？家庭怎么办？天天都有人在耳根子上念叨这些，我已经要疯了。现在不是很好？真命天子出现了，有个肩膀可以靠一靠，我从来没想过这感觉这么好……这就是生活……人得学会跟现实低头，然后发现低下头也没什么不好……他其实也不容易，那么多事要操心，我只想安心在他背后帮他，让他没有后顾之忧，这就是我最大的幸福了。真的，我为他做什么都愿意！"

我再次叹了口气，这次是因为知道自己再说什么都没有用了，"追你的人那么多，选个未婚的多好……"

"又要谈得来，又要长得帅，又要有经济实力，又要成熟稳重，还得要没结过婚。"陈薇摇着头苦笑，"拜托，我们又不是生活在童话故事里。哪有那么十全十美的人？真有，也轮不到你我啊！"

我第三次叹气，"可前妻是婚姻的炸弹啊……哦，对了，他前妻呢？真是这么好的条件，如果不是特别的原因，怎么会离婚？"

陈薇耸耸肩，"她？！罗小小得病那一年就不见了，大概是接受不了现实吧。罗松找了她好多年，警察、侦探都出动了，一直没有音信。你知道，一个人如果安心要躲起来，那就怎么也找不到的。后来他也就死心了。一个连自己亲生女儿都抛弃的女人不值得等的，是不是？"

我震惊的"啊"了一声，"也就是说，不是正常离婚的啦。那万一，她要回来了呢？"

"就算她回来了，他也不会再接受她的。"陈薇倒是脸无惧色，"放着我这么年轻貌美又忠心的老婆在面前，他怎么会选那个铁石心肠的老太婆？"

"臭美！"我用枕头摔在陈薇的脸上。

她翻起身来，"你呀，也赶紧找人嫁了吧，再不嫁人就成老姑婆了，读什么硕士啊，现在硕士生是李莫愁，博士生是灭绝师太，知不知道？"

仿佛又回到了高中时代，我们俩笑

着扭成了一团。

忽然“嘎吱”一声怪响，刺耳地打断了这场嬉闹。

我扭头纳闷地看着正慢慢虚开的门，“咦？刚才不是锁上了吗？”

门外没有人，走廊上也空无一人。

“大概是这间房太久没有用，所以门锁有些坏了。”陈薇的脸上失去了笑容，“流水不腐，户枢不蠹。你知道的，房子太久没沾人气，东西很容易坏。我去打电话叫锁匠来换锁。”

“不用麻烦了吧？也许是我自己没关严实。”我继续纳闷地摆弄着锁具——它看上去一点问题也没有。

2

夜里，我没有睡在自己的房间，而是和陈薇睡在一张床上。但我们并没有像预期那样彻夜长谈，话题越聊越少，陈薇的变化实在太大，我想这大概是由于身份的转变，不管是不是同龄人，已婚和未婚之间总是隔着一道比代沟更宽的鸿沟。

沉默最能催眠，于是我伸手关了床头柜上的台灯。

“算了，睡吧。”

陈薇没有表示反对，事实上，很快我就听到了她轻微的鼾声。

我也昏昏欲睡，只是耳边似乎一直不得清净，总也进入不了更深的睡眠状态。

“啊！你是谁？！你是谁？！你来做什么？走开！走开！”

我惊醒地坐起来，只见陈薇竟然站在窗前，一面歇斯底里地大叫，一面不停地挥舞着双手！

窗帘是拉上的，那里很明显空无一人，她也根本不可能看见窗外的情景。

“陈薇！陈薇！”我骇然地拍了拍陈薇的肩膀。

她失神地转过头，看了我一眼，却像是看着一个陌生人。然后，她闭上眼，整个人瘫倒了下去。我连忙扶住她，使劲掐着她的人中和内关，然后把她扶回床上，很快陈薇便醒了过来，她茫然地看着我。

“发生什么事了？你怎么这种表情？”

她对自己做过的事仿佛毫无印象。

我忽然意识到她是在梦游。

"你在大叫，是做噩梦了吗？"我试探着问。

陈薇皱起眉头，"没有吧？我不记得梦见什么了？怎么，我说梦话吓着你啦？"

"你梦游吓着我了。"我老老实实地说。

"讨厌！这种玩笑不要乱开啦！"陈薇瞪着我，她想笑，但是笑不出来，因为我一脸严肃地在摇头。

她的脸色立刻变得惨白。

陈薇从床上跳起来，扑向床头柜，她拉开抽屉，从里面拿出一个形状古怪的小玩意儿，捂在胸口就地跪下，然后开始喃喃地念着什么，似乎是咒语之类的。一面念着，一面磕着头。

我完全惊呆了！怎么都想象不出这种行为竟然会出自于受过高等教育的女性。

"你在干什么啊？！"

陈薇没有理睬我，直到完成她的仪式。

"有件事，我没敢跟你说，怕吓着你……"陈薇坐回到床上，手里依然捧着那个怪模怪样的东西，质地似乎是青铜的，形状看起来像一只鹰，又像一只虫。

"你已经吓着我了！"我没好气地说。

"上个星期，魏芳……嗯，是我们这儿的一个小保姆，上个月才刚来的，她半夜从楼上跳下去摔死了。"陈薇大口大口地喘起气来，"她，她，她的脸上还是笑着的，我从来没见过这样笑着死的人，他们说，她是在梦游的时候摔死的……"

"好了，好了！"我把瑟瑟发抖的陈薇抱在怀里，"没事，没事啊！你是因为精神压力太大了，所以才会梦游的，你不会像她那样的……"

"我会！"陈薇忽然哭了起来，"我会的，在她死后第二天我就开始梦游了，要不是赵阿姨叫了我一声，我就跌进游泳池淹死了……"

"啊！"我忍不住惊呼，"你有看医生吗？"

"当然，可是他们开的药都没用啊。后来罗松找了宫师父来，他给了我这个铜符，"陈薇将手掌摊开，让我看那件东西，"他说，魏芳的梦游和我梦游，都不是因为精神方面的原因，是因为我们被人下了降头。”

“降头？！”我跳了起来，“你别跟我说你相信这么荒谬的事啊！”

陈薇抬起头看着我，她手里那如同救命稻草般被死抓着的那件物事，其实已经充分说明了答案。

“你别不信，真的有降头存在的，这儿是云南，又靠近泰国，那边的山上，听说就有两三个降头师隐居呢。不信你去街上问问，好多人都知道的，可真要找他们就难了。幸好罗松认识的人多，有办法，这才请到了宫师父，”这时陈薇的精神状态略微平稳了些，她接着说道：“宫师父说我们在睡觉的时候被人在耳朵里滴了特制的降头油，那些降头油会让我们做噩梦，多数被下了耳降的人很多都是在梦里死去的，有些是被吓得心脏病发，有些就像魏芳那样……他让我每天把这符压在枕头底下睡觉，七天就可以解除耳降……我都照做了，而且都好了呀！可为什么现在又开始了？”

“发生这样的事，不管是真是假，罗松也不该抛下你去出差啊！这太过分了！”我气愤地叫起来。

“他不是出差，”陈薇小声说道：“其实他就是去查这件事的。他怀疑是生意上的对手干的……”

我摇着头，依然无法相信我所听到的话。可是此情此景，我觉得再刺激陈薇并不是一个明智之举，于是我帮她把那个怪铜符塞到枕头下。

“这样，你打电话给罗松，让他赶快回来。然后你就去睡觉，我不睡，我守着你，帮你看看这个符到底有没有用？”

劝了一阵，陈薇终于再次入睡。

我坐在灯下，冲了一杯咖啡，心不在焉地看着书。离天亮还有相当长一段时间，咖啡的作用越来越弱，我努力和倦意挣扎着，不让自己睡着。

“吱呀呀——”

门忽然露出了一道缝，一丝冷风从缝隙中挤了进来，我打了个激灵，人立即清醒了三分。

奇怪！我看着那条缝，刚才明明已经锁上了门，而且为了保险还反复确认了好几次，它怎么可能……

想起白天的那一幕，我不由得也有些毛骨悚然。这别墅似乎真的有些古怪。

我站在门口，楼道里的节能灯惨惨地闪烁着，但是空无一人。

“蹬蹬，蹬蹬……”

楼梯上却传来脚步声，我硬着头皮走出去探头看了看，果然看见一个人正慢慢地下楼，那个背影十分娇小——整栋房子只有一个人有那样的体型。

“罗小姐？”我忍不住喊了一声。

罗小小闻声回过了头，一张脸白得如纸一般，与那双大到不相称的黑眼睛形成了一种十分诡异的对比，我骇然地倒退着，转身便跑回了房间。

然而一进门我便惊呆了，陈薇已经不在床上了！

糟了！我吓得冷汗直冒！

“来人啊！赵阿姨！赵阿姨！陈薇不见了！”我发疯似的往楼下冲，罗小小仍然站在原地，当我路过她身边的时候，她却忽然伸手抓住了我，那双幼儿般的小手力气出奇得大，我竟然拼命也挣脱不开。她的手指骨几乎要嵌入我的血肉，而那张可怕的脸则越逼越近，她的嘴里还在默念着什么，可我只看见她在张嘴，却听不清一个字，同时我的头开始剧痛，一个词如同炸弹般跳入脑中：咒语！

她一定在对我念咒！

我又是疼痛又是惊骇，失声尖叫了起来！

“啊——啊——”

“宋晓琴！宋晓琴！”

有人在喊我的名字，我转过头，看见了陈薇。她张大了嘴，满脸惊骇地看着我。

“宋晓琴，你在干什么？！”

“我在干什么？！难道你没看见吗？她……”我愣住了，因为我发现罗小小已经不见了，而我也根本不是站在楼梯上，我正站在别墅的顶楼边缘，只要再往前多迈出一步，我就会跌下去，非死即残。

我几乎要晕倒，陈薇脸色惨白地扶住我：“天哪！你也梦游了！”

我在医学院念硕士，我相信科学，可是这个晚上所发生的一切都无法用科学来解释。

罗松在次日中午赶回了家，他为我带来了一道铜符，陈薇在电话里嘱咐他去向那个降头师多求了一个。

这一次我没有拒绝，立刻就把它放进了兜里。

“不好意思，连累你了。”陈薇抱歉地握紧我的手，发着抖说道：“早知道这样就不该叫你来陪我。你还是快走吧，别留在这儿了！”

“别这么说，我们是最好的朋友，你有事我怎么能不来呢？我只怪你发生这么大的事，不早点跟我说。这件事不弄个水落石出，我是不会走的。”我拍了拍陈薇的手，然后转头看着罗松：“你查得怎么样了？知道是谁干的了吗？”

罗松揽着陈薇的肩膀，沮丧地摇了摇头，“这些年做生意得罪了不少人，商场如战场啊！可是我真想不出来，谁和我有这么大的仇恨，要用下降头这么卑鄙的方法！他对付我也就算了，为什么要搞我的家人呢？我不能容忍……放心，我会用尽一切办法保护陈薇和你的，我保证你们不会受到半点伤害。”

罗松的面容比他的实际年龄果然要年轻很多，体魄看上去十分强健，这应该是长期保养和锻炼的结果，他的眼里满是真诚，这些都让他的保证显得很有安全感，我有些羡慕甚至嫉妒地看着陈薇，她没选错人，这个男人的确是一个理想对象，英俊、有钱、有能力，又如此爱她，年纪虽然大了些，虽然有一个女儿，但是就他本身来讲，已经接近完美。

“我觉得还是报警比较好。”我说道：“让警察去查。”

“其实自从魏芳出事之后，警察就已经开始调查了，但是什么也没查到，”罗松叹了口气，“警察是不相信降头这种事的，所以也不可能指望他们查到什么。”

是的，如果不是亲身经历过，我也绝不会相信。

“小姐呢？她没事吧？”罗松抬头看了看厅的四周，开始寻找他的女儿。

站在一边的赵阿姨立刻回答：“小姐没事，她在花园里看书。”

“哦。”罗松点点头，目光又落回到我和陈薇身上，“你们俩折腾一夜了，去休息休息吧，现在离晚上还有一段时间，我再去找一下宫师父，看看他有没有什么好办法。”

我想罗松和他女儿的关系的确有些疏远，也难怪，那样一个孤僻的孩子，想和她亲近也难。想起噩梦中的那个罗小小，我不由得打了一个寒战。

罗松离开了。

陈薇睡着了。

但是我睡不着。我揭起袖子，整个手臂一片乌青，那里仍在发痛，梦境中的感觉竟会延续到现实之中吗?

不会，我摇着头，否认了这个荒谬的想法。

是在梦游时撞到了什么东西，或者，罗小小真的曾经抓住了我?

我为什么会做这样的噩梦，为什么会梦到一个那样的她?是降头的作用，还是那根本就是真的?

我下了楼，走进花园，走向罗小小。

她正坐在石凳上看书。她似乎很入迷，托着腮，姿态像极了一个天真烂漫的小女孩。

还没走近，她便警惕地抬起头来，并立刻做了一个奇怪的动作。她把正在看的书迅速合起来，藏在身后。

但是已经太晚了，我已经瞟见了书名——《苗族巫术调查报告》。

居然还有这样的书?！我愣住了。

罗小小与我对视着，这一次我看得很清楚，她的瞳孔里果然没有人影、树影……什么影像都没有!

"你……"我张了张嘴，却一个字也说不出来。我能跟她说什么呢?

是你干的吗?你为什么要这么做?你快收手吧!

而且，她已经十五年没说过话，她又会对我说什么呢?

于是我苦笑着转变了话题，"你爸爸回来了，又出去了，他很担心你。"

罗小小的嘴角露出了一丝冷笑，这个笑容似乎让停留在我肩膀上的阳光都打了个寒战。她站起身来，把她的书紧紧抱在怀里，从我身边走过去了。

毫无疑问，她对我没有好感，就像她对陈薇一样。我分析着罗小小的心理，她是一个从小缺乏母爱的病人，扭曲的身体让她没有正常的生活，必然也会扭曲她的心理。她排斥所有的外来者，在她的眼里，陈薇是一个抢走她父亲的人，她一定十分憎恨这个后母。至于我和魏芳，她一定也把我们归属于有侵略性的危险者，所以我们才会中了降头。她之所以不对赵阿姨下手，是因为她是被赵阿姨一手带大的，两人有了感情，再说了，只有她才有这个条件神不知鬼不觉地下降头！她是这家的小主人，肯定能轻而易举地配到每间房的钥匙，所以那些锁才会不起作用！

我立刻跑上楼，叫醒陈薇，把我的推论告诉了她，陈薇捂住了嘴，几乎尖叫，“你是说？她一直偷偷地学习降头术，是为了不让任何人抢走她的爸爸？！”

“赶快报警！”我说：“她这样不行的，你也不能这样担惊受怕地过一辈子啊！”

陈薇摇着头，“不，不能报警！那是罗松的亲生女儿啊！就算要报警，也得等他回来再说，得让他来做这个决定。”

“他要是不肯呢？”我抓着陈薇的肩膀，“你可要一辈子跟他生活在一起啊！他女儿也会在的，她可以随时对你下手的！要不，你离婚吧，赶快走，别为了一个男人把命都丢了呀！”

陈薇摇着头，眼泪不停地往下掉，“不！不！我做不到！我做不到！不管发生任何事，我都绝不离开他！”

4

罗松并没有和降头师一起回家，他沮丧地带回来坏消息：宫师父不见了，他找不到他。

为了保护陈薇和他的夫妻感情，我不得不又做了一次小人，将罗小小的事告诉了罗松。

“我知道她是你的女儿，可是她现在很危险，已经有一个无辜的人死在她手里了，现在她要害的人是你的妻子，你必须做出决定。”

罗松脸色惨白地站起来，他摇摇晃晃地走进了罗小小的房间，不一会儿，就听到里面传出了激烈的争吵声。或者，更准确地说，是罗松一个人的咆哮声。罗小小依旧没有开口说话，之后便看见她从房间里冲了出来，将一本书狠狠地砸在我的头上。

“小小！”罗松追出来大喝。

这时罗小小已经跑出了大门。

我捂住头，拿起那本书——正是《苗族巫术调查报告》！顾不得疼痛，我急急地翻开，找到降头那一页，但没有发现我想看见的内容。事实上，整本书只是讲述了一些民间传说，书的作者也用“科学”的理论驳斥了“降头术”的存在，所以，罗小小是不可能从这样一本书里学到任何降头术的。

我们三个人都沉默了下来。

“对不起。是我太敏感了，我误会她了。”我满怀愧疚地道歉，“也许她是看见家里出了这么多事，所以才找这本书来看，可是我……”

“是我的错，我根本没有给她解释的机会。”罗松摇摇头，说道：“是我这个做父亲的，太不了解自己的女儿了。”

于是所有人都出门去分头寻找罗小小，找了大半夜，罗松在三点钟带着罗小小回了家，罗小小一脸余怒未消，毫不理会我的道歉，钻进自己房间便把门狠狠一摔。

“人平安回来就好。”罗松倒过来安慰大家，“都回去睡吧，有什么事明天再说。”

这一晚，罗松和陈薇自然睡一间房，而我和赵阿姨被安排睡在了一张床上。我将铜符压在了枕头下，大概是由于太疲惫了，尽管心中不安，却还是很快就睡着了，可这睡眠并没有持续多久便被打断了。我是被人推醒的。

“快起来，穿上衣服跟我走！”

灯亮着，我震惊地看着推醒我的人。竟然是罗小小！最让人震惊的是，她竟然在对我说话！我吓得直哆嗦，同时感觉到自己的耳朵里似乎有什么东西流了出来，伸手一摸，只觉得油腻腻的，拿到眼前一看，一手的鲜红！

“耳降！”我想起陈薇的话，忍不住惊呼出声。旁边却伸过一只手，将我的嘴紧紧捂住了。是赵阿姨！

“这是降头油，”罗小小满脸焦急地解释着，“但这是解除耳降的降头油，我不是要害你，是要救你啊！你知道吗，就是你最好的朋友给你下了耳降，是她要害你啊！你想想看，除了她之外，还有谁有机会在你的耳朵里滴降头油？还有，他们给你的那个铜符根本不是用来解除耳降的，它是用来控制你的神智的！”

天下还有比这更荒诞无稽的事吗？我摇着头，表示我坚决不信。

“你必须相信，否则我这些降头油的作用就维持不了多久，我就再也救不了你了！”罗小小的样子越发着急，“好吧。我就告诉你所有的真相！你看看我，你们都以为我是得了病才会这样的，对吗？不，不是！我是因为在五岁那年中了降头，所以才会停止发育，永远停留在了五岁。你知道是谁给我下了降头吗？就是我亲生父亲，他是一个非常厉害的降头师，他把自己藏得很深，没有人知道他的真面目，你知道他的生意为什么这么成功吗？就是因为他可以用降头术控制别人达到他的目的，他用降头术赚钱，他还用降头术保持他的青春……”

罗小小说到这里忽然哽咽了起来。

“大部分的降头油都必须要用活人来提炼，而保持青春的降头油则必须要用自己亲生的孩子来提炼，而被提炼过的孩子将会永远都长不大，”赵阿姨替罗小小说下去，“所以一般降头师都不会选用这种残酷的方法，可是罗松为了达到自己的目的，竟然对只有五岁的小小下了毒手。这件事被罗小小的生母发现了，为了救自己的女儿，她求了一个降头师作法，可惜的是，她失败了，那个降头师死在了罗松手里，而小小的妈妈也被罗松杀了灭口。后来，大概因为毕竟是亲生女儿，罗松留下了小小的命，但为了让小小永远不说出这个秘密，他又对小小下了哑降，让她一辈子

都说不出话来……本来这些事跟你确实没什么关系，可是你那朋友……罗松娶她的目的是为了用她来提炼降头油，他每年这个时候都需要从三个女子身上提炼降头油，用于提升他的法术。你的朋友为了保命，所以答应罗松帮他找人，魏芳就是第一个牺牲品，可是魏芳的事情引起了警察的注意，保姆不肯应征来这里，所以你的朋友就把你给诓来了。"

我浑身发颤。这不可能！一定是噩梦！

赵阿姨放开了手。

"我不相信！如果像你说的那样，她早就可以动手了，干吗还要装出一副自己中了降头的样子，他们玩儿这么多花样干什么？"

"要让一个人中降头，首先必须要让她相信降头术是存在的，有效的。对于一个不相信降头术存在的人，就算下了降头也没用，所以他们必须要让你相信自己中了降头术，这才演了一场好戏给你看，"罗小小说道："同样的道理，你必须相信我说的话，否则我就解不了你中的降头，知道今天我为什么故意跑出去吗？就是为了逼我父亲出手用降头术来找我！而他今天用了降头术，那么晚上就不能再用降头术来害你，我就可以争取时间带你离开这里！"

"你不是中了什么哑降吗？"我的脑子一片混乱，"你现在为什么又能说话了？"

"那是因为赵阿姨早就解除了我的哑降，为了不让父亲怀疑我，我一直装作不会说话。"罗小小忧伤地看着我，"你现在明白了吗？"

赵阿姨？

"是的，我也是一个降头师，小小的降头术就是我教给她的。"赵阿姨说道："当年小小的妈妈来找我的师父帮忙，我的师父斗不过罗松，死在了他的手里。我扮成老妈子混进了小小的家，一方面是为了报仇，另一方面也是为了保护小小，实现师父的遗愿……"

"哼哼！可惜，恐怕你找不到人来实现你的遗愿了！"一声冷笑打断了赵阿姨的话，罗松不知道什么时候已经出现在了门口，他抱着胳膊，一脸狰狞，再也不是那个风度翩翩的美男子，"我真佩服你，十六年了，我居然没看出来你是个降头师。"

陈薇也跟在罗松的身后走了进来。

“陈薇！是真的吗？是你联合这个男人来害我？告诉我不是真的！”我泪眼滂沱地看着那个女人，我最好的朋友。她低下了头，默认了一切。

我感到彻骨的寒意，人心的可怕，甚至胜过了降头术的可怕。

“你们太低估我了！现在我随时都可以使用降头术，早就没有什么限制了。”罗松得意地笑着，“太好了，一网打尽，一劳永逸。省事了！”

赵阿姨冷眼瞪着罗松，“你最好看看你的头顶，再看看你的脚下，然后再说大话。”

罗松抬起头，天花板上赫然画着一个八角形的符咒。

“你中计了！”赵阿姨哈哈大笑着，“我们是故意引你进来的，就是为了让你被这个符困住！你逃不了啦！”

罗松赶忙低下头。他脚下的地毯上正冒出红色的油状液体来，已经淹过了他的脚尖。

“这是用我的鲜血提炼的降头油。当年你用我的骨髓炼制保持你青春的降头油，所以我的血就是你的克星，你现在是不是很后悔没有杀了我？”罗小小咬着牙说道。

罗松的眼里终于流露出了恐惧，“小小，我是你亲生父亲啊！”

“从你用我提炼降头油，从你杀死妈妈那一天开始，你已经不是了！”罗小小的双瞳越来越黑，越来越大，几乎掩盖了整个眼白处，看上去格外诡异。

“丝罗瓶！”罗松惊呼。

“是的，她没有办法修炼成降头师，所以就自愿做了我的丝罗瓶。”赵阿姨说道：“你应该知道，一个降头师加上一个丝罗瓶，拼死一搏，比十个降头师的力量都强大！”

赵阿姨吼出了一声咒语。

接下来，我看见生平最诡异的一幕，罗小小的头，脱离了她的躯体，漂浮了起来，直飞向罗松。

“罗松！”

“小小！”罗松似乎完全不能动弹，眼睁睁地看着罗小小的头颅迎面而来却不闪避，“女儿啊！”

“不！”陈薇竟然冲了出来，拦在了罗松和罗小小的头颅之间。“不要！”

“父亲！”罗小小的头静止下来，她的脸上满是眼泪。

“哎！”

随着罗松的这一声答应，他的身体忽然佝偻了起来，皮肤不断地皱缩、变化。

陈薇吓得不停尖叫，因为罗松在眨眼间就变成了一个形容枯槁丑陋无比的糟老头子，他跪倒在了地上，不停地喘息着。

“小小，你……”

“永远不要答应丝罗瓶的召唤。”赵阿姨厌恶地说：“现在你所有的降头术都被破了，想不到原来你已经这么老了，真不知道你以前害过多少人。”

“人的青春太少了，耗不起……我有过两个儿子……为他们耗尽了青春，可是到我老的时候，他们都抛弃了我……从那时候开始，我就相信，人只能为自己活……最后一个是女儿，”罗松的脸上露出怪笑：“想不到，一时心软，竟然就前、前功尽……”

他的最后一句话也前功尽弃了，和他的灵魂一起，沉入地狱。

“走吧。”赵阿姨拉起罗小小的手，“我们的事结束了，现在终于可以离开了。”

罗小小转头看了我一眼，“你的降头术已经解了，以后要学会看人。”

她们头也不回地走了出去。

我看着趴在罗松尸体上哭泣的陈薇。

“你真的爱上他，是吗？你不在乎他曾经想要杀你，你可以为他做任何事，包括杀人，包括出卖我，是吗？”

陈薇抬起头，她没有回答我，只是哈哈大笑。

我想我永远也不会知道答案了。

悬疑志

女人花

文\土十八 图\花葬

一

蓝小蔻一进门就喜欢上这个房间了，淡淡的苹果绿壁纸，同样颜色的地毯，卡通星星吊灯，没有床，直接在地板上铺了一张巨大的圆形的棕榈床垫算是床，散发着燥燥的草香，上面铺着玫瑰红的床单，素雅不失华丽，恬静中点缀着欲望。

显然，房间经过蔡常青的精心布置，从前房间女主人的痕迹荡然无存。

但也不完全是，蓝小蔻看到窗台上那盆大叶兰还在。

“哇！”蓝小蔻小鸟一样蹦过去，左瞧右看，她老早就喜欢这盆花了，肥厚圆润的叶子像要滴出嫩绿的汁水来，油汪汪的，不知为什么一看到这盆花，蓝小蔻就会联想到女人饱满的身体，透着湿漉漉的欲望。

“这盆花叫什么？”蓝小蔻用手指轻轻地抚着叶子，问蔡常青。她来这房间不止一次，最喜欢的就是这盆花，但那时房间的主人是郝兰，她只能是喜欢而已。现在不同了，蓝小蔻现在是主人，起码要知道一下这花的名字。

一直在旁边含笑不语的蔡常青踱到蓝小蔻身后，伸出长长的臂膀环抱住女人，在她耳边轻轻道："喜欢吗？"男人沉重的呼吸带着腐朽又甜腻的气味，呵在蓝小蔻脖子里痒痒的。

"嗯！"蓝小蔻顺势偎在男人的胸怀里。

"这叫女人花，世上仅此一盆，是从云南的山里挖来的。"蔡常青的声音很温柔，有着难以抵抗的魅力，搞得蓝小蔻有些意乱情迷。

"是和郝兰一起挖的吗？"蓝小蔻语气中带着软软的醋意。

"那都是过去了，还提她干吗，现在这一切都是你的了。"蔡常青说着，把头埋进蓝小蔻的脖梗里，使劲地嗅着。蓝小蔻喉咙里挤出一声呻吟，身体越来越软，最后两个人一起滚倒在棕垫床上，埋进软软的玫瑰红的床单里。

意乱情迷，蓝小蔻的头吊在床沿外，头发铺散到地板上，她几次想抬起头来都失败了，在蔡常青潮水一般汹涌爱抚下，她已经成了俘虏。她放弃挣扎，闭上眼，坦然地享受着这一切，包括这个房间的光线、味道，还有这个蓬勃的男人。

有那么一瞬间，她似乎看到有一双眼睛正在注视着她。

蓝小蔻警醒了一下，睁开眼以倒置的视角将房间打量了一遍，她发现天花板上的荧光壁纸点缀着星斗，一闪一闪。就在她的眼神扫过窗台上那盆女人花时，蓝小蔻发现那盆花正在他们的头顶看着他们，每一片叶子上都有一只眼睛，一眨一眨的，那么的熟悉。

"郝兰！"蓝小蔻惊叫起来。

花叶上的眼睛刷地闭合。

蓝小蔻猛地推开蔡常青，坐起身来，好让她能看清那盆花。绿油油的肥大的叶子泛着光泽，映出天花板上的荧光星星，一眨一眨。

难道是看花眼了？

蔡常青一脸的疑惑，蓝小蔻不好意思地笑笑，可能是看花眼了。她想。

但她总是觉得郝兰在看着她。

郝兰走了。

蓝小蔻听蔡常青这么说时，心里觉得十分别扭，好像是说郝兰死了一样。

通常说某人死了不也说“走了”吗?

但这种古怪只是一闪即逝，随之而来的是喜悦。郝兰走了，她就可以名正言顺地住进蔡常青的小公寓里，不用再偷偷摸摸了。

郝兰和蓝小蔻是同事，俩人关系也不错，经常一起逛街泡吧。别人都说他们俩像亲姐妹，其实郝兰比蓝小蔻整整大了十岁，但是郝兰保养得好，一点儿也不显老。

蔡常青是郝兰的男朋友，两人同居有一段时间了，虽然没登记，但俨然似夫妻。蔡常青每天开车来接郝兰下班，蓝小蔻跟着蹭车，一来二去，蓝小蔻就蹭到蔡常青的床上了。

“郝兰姐去哪儿了？”第二天一早，蓝小蔻赖在蔡常青的床上，回味着昨晚的激情，意犹未尽。她心里还隐约觉得有点儿不踏实，毕竟这是郝兰的窝，她总有种鹊巢鸠占的感觉。

“我也不知道，什么也没说就走了。”

“真奇怪，失踪了？”蓝小蔻自言自语道。郝兰突然没来上班，也没请假，蔡常青也是毫无预兆地告诉她郝兰走了。这时蓝小蔻才发现，郝兰真的消失了，就像突然消失在空气中一样。她彻底失踪了。

“不会回来了？你们吵架了？”蓝小蔻心里不踏实。

“我想她不会回来了。”欲望在蔡常青手指尖燃烧起来，他一翻身，把蓝小蔻揽在怀里。不一会儿，蓝小蔻满意地睡着了。

等她醒来时，蔡常青已经上班走了，她兴奋地在地榻上打了个滚儿，肆意地尖叫了几声，这样才觉得自己是这个房间的主人了。她独自在房间转了几圈，最后在那盆大叶兰前停下来。

她俯下身去仔细看那肥厚的叶子，想起昨晚看到每片叶子上都长着一只眼睛，不禁笑起来。多离谱的幻想。

叶子油汪汪的，像是上过了层蜡一样，又像是蒙着薄薄的一层油脂，蓝小蔻用手指尖抹了一下，果然是淡淡的油脂。真是奇怪，这花竟然能分泌出油脂来，蓝小蔻像是发现新大陆，又研究了一会儿，才洗漱了去上班。

蔡常青每天来接蓝小蔻下班，他会把车悄悄地停在旁边的胡同里，他怕被

蓝小蔻的同事看到，说蓝小蔻挖郝兰的墙角。对于这一点蓝小蔻很满意，她不想太张扬，只想把蔡常青藏在心里，抑或是让蔡常青把她藏在金屋里。

蓝小蔻被蔡常青迷住了，有时候她望着这个男人坚实的背影，感觉很踏实。但也有那么一瞬间，又仿佛觉得这是个龙钟老态的人。其实蔡常青看上去只有三十岁左右，风流儒雅，仪表堂堂。而在床上，蔡常青的冲劲儿更像是二十岁，对于这一点蓝小蔻体会颇深。

只不过，有一次蓝小蔻偶然间看到蔡常青的身份证，1936年生人，把她吓了一跳。蔡常青说是印错了，因为太忙，一直没来得及去换。

一个人变老先从眼角开始，然后是鼻子两侧的发令纹，有时候也会是眼袋，或是脖子上的皮肤开始松弛。但这些蔡常青都没有，只是有几次激情过后，蓝小蔻发现蔡常青的眼神突然变得混浊苍老，像是一个老人。但也只是一闪即逝，第二天起床，蔡常青仍是精力充沛的男人。

这天夜里，幸福的蓝小蔻突然失眠，窗口有路灯的微光透进来，把屋子里的物件映得若隐若现。窗口那盆花的影子投射在墙上，变得张牙舞爪。偶尔街上有汽车驶过，那花的影子也随着移动的车灯在墙上动了起来，仿佛活了一样。再看那盆花时，竟然摇曳着枝叶，在黑暗中向蓝小蔻露出女人的脸孔，每一片叶子上都有着一张生动的人脸，每一张脸都酷似郝兰。

蓝小蔻吓得缩在被子里，抱住蔡常青，把脸埋在男人的胸膛上。男人睡得正香，胸膛有力地气伏着，胸腔里发出咝咝的风的声音。这时，她突然闻到了一股腐朽的味道，那味道像是洗了无数次也洗不干净的破抹布上发出来的。继尔，她的手也感觉到男人胸膛的皮肤并不是那么紧绷光滑，而是松弛得可以一把抓拎起来，手感粗糙不堪。

蓝小蔻浑身瑟瑟发抖，她鼓起勇气伸出头想看清楚这个与她同床共枕的男人到底是谁。然而头顶窗台上的那盆女人花却无风摇曳起来，每一片手掌大的片面上都现出一张女人的脸，或妖娆或妩媚，但在黑暗中无一不是阴森可怖，几十张美丽的女人脸嘟起好看的嘴唇，轻无声息地呵吁出一阵雾气。

蓝小蔻醒来时天已大亮，卫生间里传出哗哗的水声。

她眼睛呆呆地瞪着天花板，恍然如梦。每天她醒后都会陷入长时间的迷茫状态，她像是做了一个奇怪的梦，梦见自己与一具苍老的尸体缠绵，旁边还有无数双眼睛围观。是梦还是真?

蓝小蔻站起来，身上有一丝激情的痕迹，她觉得凉飕飕的，却赤裸着身体来到了那盆女人花前。花势长得极好，蓬蓬勃勃的一大盆碧绿的叶子，每个叶子都有手掌那么大，向上伸展着，绿叶间隐约伸出一只茎来，托着一颗乒乓球大小的花蕾。

她曾听郝兰说起过这花，说这盆花每隔三年才开一次，每次只开一朵，只能开一个小时便谢了，花谢后可以结出一枚红果。之后，这盆花势就会谢了，然后把红果种下，再长出的花又可以活三年。

要开花了啊！蓝小蔻这样一想，莫名地高兴起来。

卫生间里哗哗的水声停了，像是放满了一浴缸的水，蓝小蔻顽皮地做了鬼脸，平时她起床时，蔡常青已经洗漱好并做好了早餐出门上班了。

今天她醒得早，她想给这个男人做一次早餐。经过浴室门口的时候，见门开着一条缝，一小块遗落的香皂挡在门缝里。

蓝小蔻这辈子还没偷看过男人洗澡呢，她蹑手蹑脚地扒在门缝处，见蔡常青背对着门正将一片手掌大的绿叶在浴缸里搅动着，很快那水也变成淡淡的绿色，并且浓稠得像油脂一样。

做过这些后，蔡常青脱下睡衣，跨进浴缸里，这一刻蓝小蔻几乎窒息了。蔡常青的身体像一副皱皱巴巴的皮囊，身上皮肤松弛几乎坠到地上，上面还布满了老年斑，透过镜子，蓝小蔻看到蔡常青的脸上纹路纵横，像老树皮一样，碰一碰都会掉屑。

蔡常青闭着眼把身体浸泡在绿色的浓稠的浴液里，很享受的样子。同时手里那片绿色的叶子在脸上不停地摩挲着，像是女人在抹护肤用品。然而奇迹在他的手下发生了，一张苍老的脸在他手掌和大叶的“晕染”下渐渐地光洁起来，皮肤有了弹性泛起光泽，最后变成了平时所见的蔡常青的样子。

而浴缸中的水也渐渐地变淡，仿佛那绿稠的油脂渗进了蔡常青的身体里，当他从浴缸中站起来的时候，他已经完完全全变成了一个健硕的男人。只是眼神中仍有着掩饰不住的老态。

蓝小蔻与那眼神碰撞的瞬间，陡地打了个冷战，惊声尖叫了起来。脚下一滑，头碰在门框上摔了下去，人事不省。

蓝小蔻只记得自己摔了一跤，然后病倒了，不能起床，整日里躺在床上。蔡常青时刻不离左右，精心地呵护着她。

蔡常青每天除了照顾蓝小蔻外，还照料着那盆女人花。

蓝小蔻也不能说话，只能听蔡常青自言自语。

“喝吧喝吧，”蔡常青边浇着花边对花说：“这是郝兰的，足够你喝到结果子。”他手里的喷壶里盛着黏稠的液体，青亮透明，滴滴答答淋到花上，散发着一种古怪的香气，而这种香气过上两个小时就会变成一股难闻的腥臭。所以蔡常青又燃起一支檀香，两种香混合起来，屋里便有了一股迷离的味道。

蓝小蔻躺在床上，眼珠子在屋子里转动着，荧光闪烁的天花板，淡绿色的壁纸，还有身下温暖的棕榈圆床，都是她喜欢的。她迷蒙得像是做梦一样，记忆中只有与这个男人不停地纠缠的画面。幸福得一塌糊涂。

她也有清醒的时候，这时她的眼睛就会盯住头顶上的那盆女人花。女人花已经绽放出妖冶的花朵，但是很快就凋谢了，一颗念珠大小的红果娇艳欲滴。这时蓝小蔻就会流下一滴泪来，她知道这颗红果是用郝兰的油脂浇灌出来的。

蔡常青轻轻地吻掉蓝小蔻脸上最后一颗泪珠，并开始吻遍她的身体，蓝小蔻在泪水中战栗着，痛苦并快乐着。

蔡常青端过一杯清水，声音似水般柔情，道："喝点水吧！"他轻轻地扶起蓝小蔻的头，唇间噙着一颗娇艳欲滴的红果，吻她的瞬间，将那枚红果送入到蓝小蔻的口中，用清水送下。

蓝小蔻感觉到那颗红果在她的肚子里生根了。

女人花凋谢了，碧绿的叶子无声地脱落在地上，很快化成一摊油污。而蔡常青也一天比一天衰老，他仍是精心地呵护着蓝小蔻，跟她说话，喂她清水，帮她擦拭身体，并跟她不停地缠绵。

一个月后，蓝小蔻的身体上终于长出了第一片绿叶，绿叶从她腹脐探出头来，摇头晃脑像是活了一般，见到阳光猛地伸展成手掌宽的叶子。

又过了一个月，蓝小蔻身体上的绿叶已经长得蓬蓬勃勃了。蔡常青轻轻地摘下一片，颤抖着向浴室里移去，此时他已经是一个行将就木的老人了。可是蔡常青再次从浴室出来时，他又变成了那个青春焕发的蔡常青。蓝小蔻虽然不能动，但她清楚这是怎么发生的。

再过一个月，从蓝小蔻身上长出的女人花被移植到花盆里。蓝小蔻像是仍有知觉，她眼看着自己的身体被蔡常青拖进厨房，炼成油脂，又用来浇灌自己。

不久，蔡常青又领回来一个朝气蓬勃的女孩子，在夜里蔡常青与这个女孩儿缠绵着，蓝小蔻却只能站在窗台上，眼巴巴地看着。

她不是站在窗台上，而是藏在叶子里，她此时已然成了一盆花。每一片叶子上都有一只美丽又悲伤的眼睛，眼巴巴地看着在暗夜里激情的这对男女。

恐怖坟墓心理测试

2011年星座运势关键词：白羊—给力年、金牛—圆梦年、双子—桃花年、巨蟹—事业年、狮子—外地年、处女—浪漫年、天秤—淡定年、天蝎—打拼年、射手—冲刺年、魔羯—奋斗年、水瓶—浮云年、双鱼—旺财年。

过完年，也是该到受受惊吓的时候了。准备好了没，《悬疑志》送上贴心测试，分别从性格、朋友、爱情、工作与金钱五大方面诠释，让你在2011年更加了解你自己！

测试开始：你到异性家的时候，发觉他家的四周都是坟墓，你会有什么反应？

A、心里觉得很害怕，并跟他说你要回家。

B、心里觉得很害怕，但还是跟他进屋子。

C、这个房子一定很便宜。

D、他家里一定有鬼。

E、住在这里一定很刺激。

选择A：

个性：你是一个敢爱不敢恨的人，任性的个性是你最大的缺憾。说话经常带刺，尽管如此，你身边的朋友还是能够委婉地接受你，可是你却依然我行我素，建议你先试着去调适自己的心态，多为别人着想，相信你一定能够得到朋友的掌声。

朋友：你的人际关系是不错，但没有一个愿意与你谈心，你自己也知道这一点，也曾试着走入他们的领域，但却因为他们对你的刻板印象太深，有时也会不相信你的用心良苦，如果你真的很想让他们了解你的真诚，就以行动来表示你的诚意吧！

爱情：很会挑选对象的你，要求你的异性一定要很完美或是外表出色，你才会去跟他接触，较不会去观察他的行为举止，是一个不大注重内在而去谈恋爱的人。

工作：认真的工作态度是你最令人敬佩的优点，你会尽你最大的努力把工作完成，但是你也会因为私事而把工作丢在一旁，等忙完了才继续工作，建议你先试着去安排自己的时间，好提醒自己什么时间该做什么事。

金钱：你很会理财，懂得如何在花费上作取舍，但因为你的私心较强烈，常会为了自己喜爱的东西，不惜一切地去得到，甚至跟朋友借钱，可是得到了也不太去珍惜。

选择B：

个性：喜欢为人服务是你个性的特色，脸上时时刻刻都带着微笑，认识你的朋友都应该觉得很庆幸。你很容易相信别人。唯一美中不足的是，你常会因为心情不愉快而乱发脾气，不过也只会对你的知心朋友这么做。

朋友：你不会因为朋友是异性而有所拘束，对待你不太认识的朋友时，都保持着既期待又怕受伤害的心态去接触对方，一旦熟识后，你就不会有所拘束。

爱情：你对爱情的感应比较迟钝，但在你心里可就很敏锐，你总会以猜测的心态去接触你所心仪的对象，不过事实通常都与你所想的互相矛盾，而你也会因此感到失望。如果有异性相当关心你的生活，你会因此而喜欢上他，可是你又不敢开口，等到你要向他表白时，他已经另有对象了，建议你要把握机会，千万不要错失良机。

工作：如果你工作时遇到问题或阻碍，你会主动去询问别人。

金钱：对于生活上的每项花费，你都很谨慎地斟酌、考量，有时朋友会误认为你是小气财神，但其实这不过是你节俭的习惯，碰到真需要用钱时，你也会很大方的。

选择C:

个性：关心别人是你生活中重要的一环，但你又不擅长表达你心中的热诚，所以你只好躲在阴暗的角落，等着别人来发掘你，是个标准的被动者。

朋友：你对待朋友的态度就如同对待亲人般无微不至，虽然你很被动，但你很热衷于为他们帮忙的乐趣。不过如果有人利用你这样的个性，来帮他做事情，你会一辈子都不会原谅他。

爱情：你对你另一半的条件要求也是很严格的，你较注重内在的修养，外表则是其次。

工作：你常因为工作的缘故，几乎忘了吃饭和睡觉，可说是已经达到了废寝忘食的最高境界。如果工作有所阻碍或是分量过重，你会乐意地接受别人给你的意见，并积极地安排自己的时间，告诉自己什么时间该做什么事。

金钱：个性被动的你，对于金钱这种敏感的东西，你比较不擅长管理，但你懂得如何去规划。大体上来讲，你需要一位可以帮你管钱的人。

选择D:

个性：说话直是你的特色，你不会畏惧权力的威胁，具有独断、领导的本能。你常要求自己定要时时刻刻进步，有种不落人后的上进态度，也因为这样你身边的朋友不太敢接近你，怕被你取笑，但其实你并非是这种人，建议你多往人际关系发展。

朋友：当你踏进一个新环境时，你总是扮演着佼佼者的角色，很自然的，就会有很多人想接近你，但过了一段时间后，因为你的求进态度，希望别人也能够有像你这样的能力，造成别人对你的疏离。

爱情：老是在工作的你，根本就没时间谈恋爱。常会有人在暗恋你，但你却不晓得，所以说，像你这样的领导人物，通常都会比较晚婚。

工作：与生俱来的领导能力，在工作时一定是发挥得淋漓尽致，虽然如此，有时也要听听下属的意见。

金钱：尽管你很会花钱，但你懂得如何去赚钱，是个相当有商业头脑的人。

选择E:

个性：你是个性开朗活泼好动的人，喜欢追求新鲜事，更爱穿戴最流行的衣帽，不喜欢过着被拘束的生活，向往自由自在的生活空间。

朋友：你总是把朋友当作是你生活的交响乐，没有他们你就会变得很寂寞，所以你对待朋友态度是很热情奔放的。

爱情：你很期盼有个能够与你真心相爱的异性，而不是局限于外貌的姣好。

工作：你的工作态度与一般人有所差异，别人是铆足全力拼命地在做，而你是在思考有什么最省力、也最省时间的方法来达成工作，具有一种发明家的工作态度。

金钱：对于金钱这种方便的东西，你已经达到运用自如的境界，就因为太方便，所以你花钱都是很大方的。

悬疑实验室

天才在左，疯子在右

——国内第一本精神病人访谈手记

文\塔塔

One 1. 梦的真实性

跟这个女患者接触花了很多时间，很多次之后才能真正坐下来交谈。因为她整日生活在恐惧中，她不相信任何人——家人、男朋友、好友、医生、心理专家，一律不信。

她的恐惧来自她的梦境。

因为她很安全，没有任何威胁性（反复亲自观察的结果，我不信别人的观察报告，危及到我人身安全的事情，还是自己观察比较靠谱），所以那次录音笔、纸张、铅笔我带得一应俱全。

我："昨天你做梦了吗？"

她："我没睡。"

她脸上的神态不是疲惫，而是警觉和长时间睡眠不足造成的苍白以及濒临崩溃——有点歇斯底里的前兆。

我："怕做梦？"我有点后悔今天来了，所以决定小心翼翼地对话。

她："嗯。"

我："前天呢？睡了吗？"

她："睡了。"

我："睡得好吗？"

她："不好。"

我："做梦了？"

她："嗯。"

我："能告诉我梦见什么了吗？"

她："还是继续那些。"

在我第一次看她的梦境描述记录的时候，我承认我有点吃惊，因为她记得自己从小到大的大多数梦境。而且据她自己说都是延续性的梦，也就是说，她梦里的生活基本上和现实一样，是随着时间流逝、因果关系而连贯的。最初她的问题在于经常把梦里的事情当作现实，后来她逐渐接受了"两个世界"——现实生活和梦境生活。而现在的问题严重了，她的梦越来越恐怖。最要命的是：也是连续性的。想想看，一个永远不会完结的恐怖连续剧。

我："你知道我是来帮你的，你能告诉我最近一个月发生的事情吗？"我指的是在她的梦里。

她咬着嘴唇，犹疑了好一会才缓缓地点了下头。

我："好。那么，都发生了什么呢？"

她："还记得影子先生吗？我发现他不是来帮我的。"

这句话让我很震惊。

影子先生是存在于她梦里除自己外唯一的人。衣着和样子看不清，总以模糊的形象出现。而且，影子先生经常救她。最初我以为影子先生是患者对现实中某个仰慕男性的情感寄托，后来经过几次专业人士对她的催眠后，发现不是这样，影子先生只是实实在在的梦中人物。

我："影子先生……不是救你的人吗？"

她："不是。"

我："到底发生了什么事儿？"

她："他已经开始拉着我跳楼了。"

我稍稍松了口气："是为了救你逃脱吧？原来不是有过吗？"

她："不是，我发现了他的真实目的。"

我："什么目的？"

她："他想让我和他死在一起。"

我克制着自己的反应，用了个小花招——重复她最后一个短语："死在一起？"

她："对。"

我不去追问，等着。

她："我告诉过你的，一年前的时候，他拉着我跳楼，每次都是刚刚跳我就醒了。最近一年醒得越来越晚了。"

我："你是说……"

她好像鼓足勇气似的深吸了一口气："每次都是他拉着我跳同一栋楼，最开始我没发现，后来我发现了。因为那栋楼其中一层的一个房间有个巨大的吊灯。刚开始的时候我刚跳就醒了，后来每一次跳下来，都比上一次低几层才能醒过来。"

我："直到你注意到那个吊灯的时候，你才留意每次都醒得晚了几层，在同一栋楼？"

她："嗯。"

我："都是你说的那个40多层的楼吗？"

她："每一次。"

我："那个有吊灯的房间在几层？"

她："35层。"

我："每次都能看到那扇窗？"

她："不是一扇窗，每次跳得位置不一样，但是那个楼的房间有很多窗户，所以后来每一次从一个新位置跳下去，我都会留意35层，我能从不同的角度看到那个巨大的吊灯。"

我："现在到几层才会醒？"

她："已经快一半了。"

我：……

她："我能看到地面离我越来越近，他拉着我的手，在我耳边笑。"

我有点儿坐立不安："不是每次都能梦见跳楼吧？"

她："不是。"

我："那么他还救你吗？"

她恐惧地看着我："他是怪物，他认得所有的路，所有的门，所有的出口入口。只要他拉住我的手，我就没办法松开，只能跟着他跑，喊不出来，也不能说话。跑到那栋楼顶，跟着他纵身跳下去。"

如果不是彻底调查过她身边的每一个男性，如果不是有过那几次催眠，我几乎就认为她在生活中被男人虐待过。那样的话，事情倒简单了。说实话，我真的希望事情是那么简单的。

我："你现在还是看不清影子先生吗？"

她："跳楼的瞬间，能看清一点儿。"

我盘算着身边有没有人认识那种专门画犯人容貌的高手。

我："他长什么样子？"

她再次充满恐惧地回答："那不是人的脸……不是人的脸……不是……"

我知道事情不好，她要发病了，赶紧岔开话题："你喝水吗？"

她看着我愣了好一阵才回过神来："不要。"

那次谈话后不久，她再次入院了。医院特地安排了她的睡眠观察，报告出人意料：她大多数睡眠都是无梦的睡眠，真正做梦的时候，不超过2分钟，她做梦的同时，身体开始痉挛，体表出汗，体温升高，然后就会醒，惊醒。几乎每一次都是这样。

最后一次和她谈话的时候，我还是问了那个人的长相。

她克制着强烈的恐惧告诉我："影子先生的五官，在不停地变换着形状，仿佛很多人的面孔，快速地交替浮现在同一张脸上。"

TWO 2. 四维虫子

他："你好。"

我："你好。"

他有着同龄人少有的镇定，还多少带点漫不经心的神态。但是眼睛里透露出的信息却是一种渴望，对交流的渴望。

如果把我接触的患者统计出一个带给我痛苦程度排名的话，那么这位绝对可以跻身前五名。而他只是一个17岁的少年。

多达7次的失败接触后，我不得不花了大约两周的时间四处奔波——忙于去图书馆，拜会物理学家和生物学家，还听那些我会睡着的物理讲座，并且抽空看了量子物理的基础书籍。我必须这么做，否则我没办法和他交流——因为听不懂。

在经过痛苦恶补和硬着头皮的阅读后，我再次坐到了他面前。

由于他未成年，所以每次和他见面都有他的父亲或母亲在他身后不远

的地方坐着，同时承诺：不做任何影响我们交谈的事情——包括发出声音。

我身后则坐着一位我搬来的外援：一位年轻的量子物理学教授。

在少年的注视下，我按下了录音笔的开关。

他："你怎么没带陈教授来？"

我："陈教授去医院检查身体了，所以不能来。"

陈教授是一位物理学家——我曾经搬来的救兵，但是效果并不如我想得好。

他："哦，我说的那些书你看了没？"

我："我时间上没有你充裕，看得不多，但是还是认真看了一些。"

他："哦……那么，你是不是能理解我说的四维生物了？"

我努力在大脑里搜索着："嗯……不完全理解，第四维是指时间对吧？"

他："对。"看得出他兴致高了点。

我："我们是生活在物理长、宽、高里面的三维生物，同时也经历着时间轴在……"

他不耐烦地打断我："物理三维是长宽高？物理三维是长度、温度、数量！不是长宽高！长度里面包括长宽高！！！"（物理中的四维是指长度、数量、温度、时间。前三维由牛顿总结，长度包括：长、宽、高、容积等；数量包括：质量、个数、次数等；温度包括：热量、电能、电阻率等。时间是由爱因斯坦在牛顿的基础上补充的，包括：比热容、速度、功率等。）

他说得没错，我努力让自己的记忆和情绪恢复常态，没想到自己居然会有点紧张。

他："要不你再回去看看书吧？"他丝毫不客气地打算轰我走。

我："其实你知道的，我并没有那么好的记忆力，而且我才接触这些，但是我的确看了。我承认我听某些课的时候睡着了，但是我还是尽量地听了很多，还有笔记。”说着我掏出自己这段时间做的有关物理笔记放在他面前。

这时候坦诚是最有效的办法，他情绪缓和了很多。

他：“好吧，我知道你很想了解我说的，所以我不想难为你，尽可能用你能听懂的方式告诉你。”

我：“谢谢。”

他：“其实我们都是四维生物，除了空间外，在时间轴上我们也存在，只是必须遵从时间流的规律……这个你听得懂吧？”

我：“听得懂……”

我身后的量子物理教授小声提醒我：“就是因果关系。”

他：“对，就是因果关系。先要去按下开关，录音才会开始，如果没人按，录音不会开始。所以说，我们并不是绝对的四维生物，我们只能顺着时间流推进，不能逆反，而它不是。”

我：“它，是指你说过的‘绝对四维生物’吗？”

他：“嗯，它是真正存在于四维中的生物，四维对它来说，就像我们生活在三维空间一样。也就是说，它身体的一部分不是三维结构性的，是非物质的。”

我：“这个我不明白。”

他笑了：“你想象一下，如果把时间划分成段的话，那么在每个时间段人类只能看到它的一部分，而不是全部。能理解吗？”

我目瞪口呆。

量子物理教授：“你说的是生物界假设的绝对生物吧？”

他：“嗯……应该不是，绝对生物是可以无视任何环境条件生存，超越了环境界限生存，但是四维生物的界限比那个大，可以不考虑因果。”

量子物理教授：“具有量子力学特性的？”（参见《薛定谔的猫——玄奥的量子世界》，布里吉特·罗特莱因（德）著；《上帝投骰子吗？——

量子物理史话》，曹天元著；《物理之演进》，爱因斯坦，英菲尔德合著。）

他："是这样。"

我："这都是什么意思？我没听明白。"这部分的几堂入门课我都是一开始就睡了。

量子物理教授："说清这个问题太难了，很不负责地这么简单说吧：就是两个互不相关联的粒子单元，也许远隔万里却能相互作用……我估计你还是没听懂。"（参见《实验性量子电运》，鲍梅斯特等著，1997年12月11日《自然》杂志）

我隐约记得跟某位量子物理学家谈的时候对方提到过，但是此时脑子却无比的混乱。我有一种不好的预感：这次谈话可能会失败。

少年接过话头："最简单的说法就是：你在这里，不需要任何设备和辅助，操纵家里的一支画笔在画画，完全按照你的意愿画。或者像在电脑上传文件一样，把一个三维物体发给远方的别人。"

我："那是怎么做到的呢？"

量子物理教授："不知道，这就是量子力学的特性，也是全球顶尖量子物理工作室都在研究的问题。你是怎么知道的？"后面的话是对少年说的。

他："四维生物告诉我的，还有看书看到的。"

我："你说的那个四维生物，在哪儿？"

他："我前面说过了，它的部分组成是非物质性的，只能感觉到。"

我："你是说，它找到你，跟你说了这些并且告诉你看什么书？"

他："书是我自己找来看的，因为我不能理解它给我的感觉，所以我就找那些书看。"

他说的那些书目我见到了，有些甚至是英文学术杂志。一个高中生，整天抱着专业词典一点一点去读，就为了读懂那些专业杂志刊登的专业论文。

我：“可是你怎么能证实你的感觉是正确的，或者说你怎么能证明有谁给你感觉了呢？”

他冷冷地看着我：“不用很远，只倒退一百多年，你对一个当时顶尖的物理学家说你拿着一个没有巴掌大、没一本书厚的东西就可以跟远方的人通话，而这要靠围着地球转的卫星和你手机里那个跟指甲盖一样大小的卡片；你可以坐在一个小屏幕前跟千里之外的陌生人交谈，而且还不需要任何连接线；你看地球另一边的球赛只需要按下电视遥控器。他会怎么想？他会认为你一定是疯子！因为那超出当时任何学科的范畴了，列在不可理喻的行列，对吗？”

我：“但你说的是感觉。”

他：“那只是个词，发现量子之前没人知道量子该叫什么，大多叫做能量什么的。你的思维，还是惯有的物质世界，那是三维的！我要告诉你的是‘四维’，非得用三维框架来描述，我觉得我们没办法沟通。”他再次表示我该滚蛋了。

量子物理教授：“你能告诉我那个四维生物还告诉你什么了吗？”

“是绝对四维生物。”他不耐烦地纠正。

量子物理教授：“对，它还给你什么感觉了？”

他：“它对我的看法。”

我：“是怎么样的呢？”

他严肃地转向我：“应该是我们，是对我们的看法。我们对它来说不是现在的样子，因为它的眼界跨域了时间，所以我们在它看来，都是蠕动的虫子一样的东西。”

我忍不住回头和量子物理教授对看了一眼。

他：“你可以想象得出来，跨越时间地看，我们是一个很长很长的虫子怪物，从床上延伸到大街上，延伸到学校，延伸到公司，延伸到商场，延伸到好多地方。因为我们的动作在每个时间段都是不同的，所以跨越时间来

看，我们都是一条条虫子。从某一个时间段开始，到某一个时间段结束。”

我和量子物理教授都愣愣地听着他说。

他：“绝对四维生物可以先看到我们死亡，再看到我们出生，没有前后因果。其实这个我很早就理解了：时间不是流逝的，流逝的是我们。”

他一字一句地说完后，任凭我们怎么问也不再回答了。

那次谈话基本上还是以失败告终。

不久后少年接受了一次特地为他安排的量子物理考试，结果很糟。不知道为什么，我听了有些失望。如果，他真的是个天才，那么他也只能是一百年后，甚至更遥远未来的天才，而不属于我们这个时代——我是说时间段落？也许吧。

我至今依旧很想知道，那个所谓的“绝对四维生物”会是什么样子的。它恐怖吗？我可能永远没办法知道了，即便那是真的。

写到这里的时候，莫名地想起歌德说过的一句话：真理属于人类，谬误属于时代。

three 3. 进化惯性

他：“我说的不是推翻，而是能不能尝试。当然了，如果有人不喜欢，那他可以自行选择。不过我推荐这种新的生活方式，谁说就非得按照惯性生活下去了？我觉得这没有什么不可以的，为什么你不试试看呢？假设你住在一个四通八达的路口，你每天下班总是会走某一条路，那是因为你习惯了，对吧？你应该尝试一下走别的路回家。也许那条路上美女更多，也许会有飞碟飞过，也许会有更好看的街景……新的选择对于生活方式也一样，你应该摆脱惯性，试试新的方式，不要遵从自己已经养成的习惯。习惯不见得都是好的，例如抽烟就不是好习惯，而且习惯下面隐藏的东西更复杂。比方说周末大家都去酒吧，有人会说那是习惯，其实是为了勾女……习惯只是个借口，不是理由，对吧？所以我真的觉得你有必要换一下习惯。”

眼前这位患者的逻辑思维、世界观和我完全不是一个次元的——我是说视角。他已经用了将近3个小时表达自己的思想，并且坚定自己的信念，同时还企图说服我。总之是一种偏执的状态。

我：“刚刚你说的我可以接受，但是貌似你所要改变的根本，比这个复杂，这不是一个人的事儿，牵动整个社会，甚至牵动了整个人类文明。”

他：“人类文明怎么了？很高贵？不能改变？谁说的？神说的，人说的？人说的吧！那就好办了，我还以为是神说的呢！”

我郁闷地看着他。

他：“你真的应该尝试，你不尝试怎么知道好坏呢？”

我：“听你说，我基本算是尝试了啊。你已经说得够多了。”

他：“你为什么不进一步尝试呢？”

我：“一盘菜端上来，我犯不着全吃了才能判断出这盘菜馊了吧。”

他：“嗯……我明白你的顾虑了。这样吧，我从基础给你讲起？”

我苦笑着点了下头。

他：“首先，你不觉得你的生活、你的周围都很奇怪吗？”

我：“怎么奇怪了？”

他：“你要上班，你得工作，你跟同事吃饭聊天打情骂俏，然后你下班，赶路约会回家或者去酒吧，要不你就打球唱歌洗澡……这些多奇怪啊？”

我：“我还是没听出哪儿奇怪来。”

他：“那好吧，我问你，你为什么那么做？”

我：“哎？”说实话，我被问得一愣。

他："现在明白了吧？"

我："不是很明白……我觉得那是我的生活啊。"

他一脸很崩溃的表情，我认为那是我才应该有的表情。

他："你没看清本质。我来顺着这根线索展开啊：你这么做，是因为大家都这么做，对吧？为什么大家都这么做呢？因为我们身处社会当中，对吧？为什么会身处社会当中呢？因为这几千年都是这样的，对吧？为什么这几千年都是这样的呢？因为从十几万年前，我们就是群居的。为什么要群居呢？因为我们个体不够强大，所以我们聚集在一起彼此保护，也多了生存机会。一个猿人放哨，剩下的猿人采集啊，捕鱼啊什么的。这时候老虎来了，放哨的看见了就吼，大家听见吼声都不干活了，全上树了，安全了。后来大家一起研究出了武器，什么投石啊、什么石矛啊、什么弓箭啊，于是大家一起去打猎，这时候遇到老虎不上树了，你扔石头、我射箭、他投长矛，胆子大没准冲上去咬一口或者踹一脚……你别笑，我在说事实。我们，人类，就是这么生活过来的，因为我们曾经很弱小，所以我们聚集在一起。现在我们还聚集在一起，就是完全的破坏行为了！好好的森林，没了，变城市了，人在这个区域是安全的，但是既然安全了为什么还要扎堆呢？因为习惯扎堆了。我觉得人类现在有那么多厉害的武器，就个体生活在自然界呗，住树林，住山谷，住的自然点儿就成了，扎什么堆啊！为什么非要跟着那么原始的惯性生活啊？就不能突破吗？住野外挺好啊，也别吃什么大餐了，自己狩猎，天天吃野味，还高级呢！"

我："那不是破坏得更严重吗？大家都滥砍乱伐造房子，打野生动物吃……"

他："谁说住房子了？"

我："那住哪儿？树上？"

他："可以啊，山洞也成啊。"

我："遇到野兽呢？"

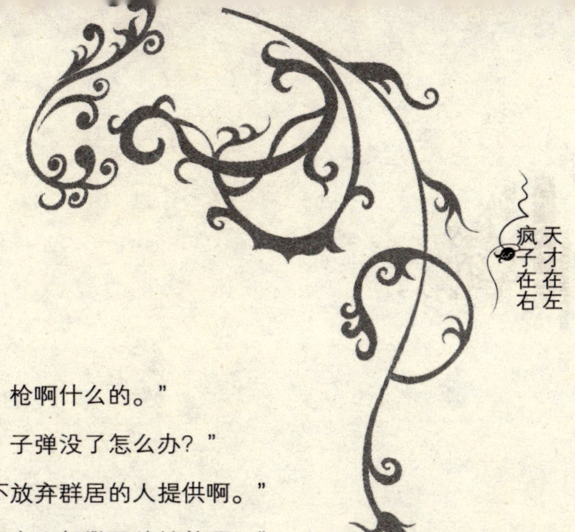

他："有武器啊，枪啊什么的。"

我："枪哪儿来？子弹没了怎么办？"

他："城里那些不放弃群居的人提供啊。"

我："哦，不是所有人都撒野外放养啊？"

他："你这个人怎么这么偏激啊，谁说全部回归自然了？这就是你刚才打断我的后果。肯定有不愿意这么生活的人，不愿意这么生活的人就接着在城里呗。因为那些愿意的、自动改变习惯的人回到野外了，减轻了依旧选择生活在城里那些人的压力了，所以，城里那些人就应该为野外的人免费提供生存必需品，枪啊，保暖设备啊之类的。"

我："所以就回到我们最初说的那点了？"

他："对！就是这样，在整个人类社会号召下，大家自觉开始选择，想回归的就回归，不想的就继续在城市，多好啊。"

我："那你选择怎么生活？"

他："我先负责发起，等大家都响应了，我再决定我怎么生活。我觉得我这个号召会有很多人响应的。"

我："你觉得这样有意思吗？选择的时候会有很多干扰因素的。"

他："什么因素？地域？政治？那都是人类自己祸害自己的，所以我号召这个选择，改变早就该扔掉的生存惯性。那太落后了！没准我还能为人类进化做出贡献呢！"

我："做什么贡献了？"

他："再过几十万年，野外的人肯定跟城里人不一样了，进化或者退化了，这样世界上的人类就变成两种了，没准杂交还能出第三种……"

他还在滔滔不绝。我关了录音，疲惫地看着他亢奋地在那里口若悬河地描绘那个纷杂的未来。一般人很难一口气说好几个小时还保持兴奋——显然他不是一般人。记得在做前期调查的时候，他某位亲友对他的评价还是很精准的："我觉得他有邪教教主的潜质。"

four 4. 女人的星球

我推门进来的时候，吓了他一大跳，还没等我看清，他人就躲到桌子底下去了，说实话我也被吓了一跳。

关上门后我把资料本子、录音笔放在桌上，并没直接坐下，而是蹲下看着他。我怕他在桌子底下咬我——有过先例。

他被吓坏了，缩在桌子下拼命哆嗦着，惊恐不安地四下看。

我："出来吧，门我锁好了，没有女人。"

他只是摇头不说话。

我："真的没有，我确定，你可以出来看一下，就看一眼，好吗？"

跟这个患者接触大约2个月了。他有焦虑+严重的恐惧症，还失眠，而恐惧的对象是女人。

他小心地探头看了下四周，谨慎地后退爬了出去，然后蹲坐在椅子上，紧紧地抱着自己双膝，惊魂未定地看着我。

我："你看，没有女人吧。"

他："你真的是男的？你脱了裤子我看看？"

我："……我是男的，这点我可以确认。你忘了我了？"

他："你还有什么证据？"

我："我今天特地没刮脸，你可以看到啊，这个胡子是真的，不是粘上去的。你见过女人长胡子吗？就算汗毛重也不会重成我这样吧？"

他狐疑地盯着我的脸看了好一阵。

他："上次她们派了个大胡子女人来骗我。"

我："没有的，上次那个大胡子是你的主治医师，他可是地道的男人。"

他努力在想着。我观察着他，琢磨今天到底有没有交流的可能。

他："嗯，好像是，你们俩都是男的……但是第一次那个不是。"

我："对，那是女人，你没错。"

他："现在她们化妆得越来越像了。"

我："哪儿有那么多化妆成男人的啊。这些日子觉得好点没？"

他："嗯，安全多了。"

我："最近吃药顺利吗？"他曾经拒绝吃药，说那是女人给他的毒药，或者安眠药，等他睡了她们好害他。

他："嗯，就是吃了比较困，不过没别的事。"

我："就是嘛，没事的，这里很安全。"

他："你整天在外面小心点儿，小心那些女人憋着对你下手！"

我想了下，没觉得自己有什么值得女人那么鸡飞狗跳寻死觅活惦记的，于是问他为什么。

他："她们早晚会征服这个地球的！"

我："地球是不可能被征服的。"

他："哦，她们会统治世界的。"

我："为什么？"

他又疑神疑鬼地看着我，我也在好奇地看着他，因为从没听他说过这些。

他："你居然没发现？"

我："你发现了？"

他严肃地点了点头。

我："你怎么发现的？"

他：“女人，跟我们不是一种动物。”

我：“那她们是什么？”

他：“我不知道，很可能是外星来的，因为她们进化得比我们完善。”

他好像镇定了一些。

我：“我想听听，有能证明的吗？”

他神秘地压低声音：“你知道DNA吗？”

我：“脱氧核糖核酸？知道啊！你想说什么？染色体的问题？”

他：“她们的秘密就在这里！”

我：“呃……什么秘密？染色体秘密？”

他：“没错！”

我：“到底是怎么回事？”

他：“人的DNA有23对染色体对不对？”

我：“对，46条。”

他依旧狐疑地看着我：“你知道多少？”

我：“男女前44条染色体都是遗传信息什么的，最后那一对染色体是性染色体，男的是X/Y，女人是X/X。这个怎么了？”

他严肃地看着我：“你们都太笨！这么简单的事都看不明白！”

我：“呃……我知道这个，但是不知道怎么有问题了……”

他：“男女差别不仅仅是这么简单的！男人的X/Y当中，X包含了两三千个基因，是活动频繁的，Y才包含了几十个基因，活动很小！明白了？”

我：“呃……不明白……这个不是秘密吧？你从哪儿知道的？”

他一脸恨铁不成钢的表情：“我原来去听过好多这种讲座。你们真是笨得没话说了，难怪女人要灭绝咱们！”

我实在想不出这里面有什么玄机。

他叹了口气："女人最后两个染色体是不是X/X？"

我："对啊，我刚才说了啊……"

他："女人的那两个X都包含好几千个基因！而且都是活动频繁的，Y对X，几十对好几千！就凭这些，差别大了！女人比男人多了那么多信息基因！就是说女人进化得比男人高级多了！"

我："但是大体的都一样啊？就那么一点儿……"

他有点儿愤怒："你这个科盲！人和猩猩的基因相似度在99%以上，就是那不到1%导致了一个是人，一个是猩猩。男人比女人少那么点？还少啊！"

看着他冷笑我一时也没想好说什么。

他："对女人来说，男人就像猩猩一样幼稚可笑。小看那一点儿基因信息？太愚昧！低等动物是永远不能了解高等动物的！女人是外星人，远远超过男人的外星人！"

我："有那么夸张吗？"

他不屑地看着我："你懂女人吗？"

我："呃……不算懂……"

他："但是女人懂你！她们天生就优秀得多，基因就比男人丰富。就是那些活动基因导致了完全不一样的结果！男人谁敢说了解女人？谁说谁就是胡说八道。我问你，从基因上看，是你高级还是宠物高级？"

我："呃……我……"

我："就是这样。你养的宠物怎么可能了解你？你吃饭它明白，你睡觉它明白，你看电影它就不见得明白了吧？你上网它就不理解了吧？你跟别人聊天它还是不明白吧？你看书它明白？不明白吧。你看球赛高兴了或者不高兴了它明白？它也不明白！它只能看到你的表面现象：你高兴了或者生气了。但是为什么，它永远不明白。"

我："嗯……你别激动，坐下慢慢说。"

他：“你能看到女人喜欢这件衣服，为什么？因为好看。哪儿好看了？你明白吗？”

我：“嗯，有时候是这样……”

他：“女人生气了，你能看到她生气了，你知道为什么吗？你不知道……”

我：“经常是一些小事儿吧……”

他再度冷笑：“小事儿？你不懂她们的。你养的宠物打碎了你喜欢的杯子，你会生气，在宠物看来这没什么啊，有什么可气的？对不对？对不对！”

看着他站在椅子上我有点儿不安。

我：“你说得没错，先坐下来好不好？小心站那么高女人发现你了。”

他果然快速地坐了下来。

他：“没男人能了解女人的，女人的心思比男人多多了，女人早晚会统治这个世界，到时候男人可能会被留下一些种男，剩下的都杀掉。等科学更发达了，种男都不需要了，直接造出精子。可悲的男人啊，现在还以为在主导世界，其实快灭亡了，这个星球早晚是女人的……”

我：“可怜的男人……感情呢？不需要吗？”

他：“感情？那是为了繁衍的附加品。”

我：“我觉得你悲观了点儿……就算是真的，对你也没威胁的。”

他：“我悲观？我不站出来说明，我不站出来警告，你们会灭亡得更早！可惜我这样的人太少了。”

我：“是啊……我知道的只有你。”

他：“弗洛伊德，你知道吗？他也是和我一样，很早就发现了。”

我：“哎？不是吧？”

他：“弗洛伊德的临终遗言已经警告男人了。”

我："他还说过这个？怎么警告的？"

他："他死前警告所有男人，女人想要全世界！"

我已经起身在收拾东西了："嗯，我大体上了解怎么回事了，过段时间我还会来看你的。"

他："你不能声张，悄悄地传递消息，否则你也会很危险的。"

我："好的，我记住了。"

我轻轻地关上了门。

几天后我问一个对遗传学了解比较多的朋友，有这种事儿吗？他说除了来自外星、干掉男人、征服世界那部分，基本属实。

不过，我们都觉得弗洛伊德那句临终遗言很有意思，虽然那只是个传闻。

"女人啊，你究竟想要什么？"

five 5. 角色问题

他："我只能说我同情你，但是并不可怜你，因为毕竟你是我创造出的。"

我："你怎么创造我了？"

他："你只是我小说中的一个人物罢了，你的出现目的就在于为我——这本书的主角添加一些心理上的反应，然后带动整个事情……嗯……我是说整个故事发展下去。"

我面前的他是一个妄想症患者，他认为自己是一部书的主角，同时也是作者。病史四年多了，三3年前被关进医院。药物似乎对他无效，家

人——他老婆都快放弃了。

由于他有过狂躁表现，所以我只带了录音笔进去，没带纸笔——或者任何有尖儿的东西，并且坐得也够远。我在桌子这头，大约两米距离之外，他在桌子那头，手在下面不安地搓着。

他：“我知道这超出你的理解范围了，但是这是事实。而且，你我的这段对话不会出现在小说里。在那里只是一带而过，例如：某年某月某日，我在精神病院见了你，之后我想了些什么，大概就会是这样。”

我：“你觉得这个真的是这样的吗？你怎么证明我是你创造出的角色呢？说说看。”

他：“你写小说会把所有角色的家底、身世说得很清楚给读者看？”

我：“我没写过，不知道。”

他笑了：“你肯定不会。而且，我说明了，我现在的身份是这部小说的主角，我沉浸在整个故事里，我的角色不是作者身份，也不能是作者身份。因为什么都清楚了读者看着没意思了。如果我愿意，可以知道你的身世，但是没必要在小说里描绘出来，那没意义。我现在跟你交谈，是情节的安排，只是具体内容除了书里的几个人，没人知道。读者也不知道，这只是大剧情的里面的一个小片段……”

我：“你知道你在这里几年了吧？”

他：“三年啊，很无聊啊这里。”

我：“那么你怎么不让时间过得快一点，打发过去这段时间呢？或者写出个超人来救你走呢？外星人也成。”

他大笑起来：“你真的太有意思了！小说的时间流逝，是遵从书中的自然规律的，三年在读者面前只是几行字甚至更短，但是小说里面的人物都是老老实实地过了三年，中间恋爱结婚生孩子升职吵架吃喝嫖赌什么都没耽误。怎么能让小说的时间跳跃呢？我是主角，就必须忍受这点儿无聊。至于你说的超人外星人什么的，很无聊，我这个不是科幻小说。”

我发现的确是他说的这样，从他个人角度讲，他的世界观坚不可摧。

我：“我明白了，你的意思是：这个世界是为了你而存在的，当你死了呢？这个世界还存在吗？”

他：“当然存在了，只是读者看不到了。如果我简单地死掉了，有两种可能：1.情节安排我该死了；2.我不是主角。而第一点，我现在不会死，小说还在写呢。第二点嘛，我不用确定什么，我绝对就是，因为我就是作者。”

我：“你怎么证明呢？”

他：“我想证明随时可以，但是有必要吗？从我的角度来说，证明本身就可笑。除非我觉得有必要。非得证明的话，可以，你可以现在杀我试试，你杀不了我的，门外的医生会制止你，你可能会绊倒，也许冲过来的时候心脏病发作了，或者你根本打不过我，反而差点儿被我杀了……就是这样。”

我：“这是本什么小说？”

他：“描写一些人的情感那类的，有些时候很平淡，但是很动人，平淡的事情才能让人有投入感，才会动人，对吧？”

我：“那么，你爱你老婆吗？”

他：“当然了，我是这么写的。”

我：“孩子呢？”

他有些不耐烦：“这种问题……还用问吗？”

我：“不，我的意思是，你对他们的感情，是情节的设置和需要，并不是你自发的，对吧？”

他：“你的逻辑怎么又混乱了？我是主角，他们是主角的家人，我对他们的感情当然是真挚的。”

我：“那你三年前为什么要企图杀了你孩子？”

他：“我没杀。只是做个样子，好送我来这里。”

我："你是说你假装要那么做？为了来这里？"

他："我知道没人信，随便吧，但是那是必须做的，没读者喜欢看平淡的流水账，应该有个高潮。"

我决定违反规定刺激他一下："如果你在医院期间，你老婆出轨了呢？"

他："情节没有这个设定。"

我："你肯定。"

他笑了："你这个人啊……"

我不失时机："你承认我是人了？而不是你设定的角色了？"

他："我设定你的角色就是人，而且你完成了你要做的。"

我："我做什么？"

他："让我的思绪波动。"

我似乎掉到他的圈套里了。"完成了后，我就不存在了吗？"

他："不，你继续你的生活，即便当我的小说结束后，你依旧会继续生活，只是读者看不到了，因为关于你，我不会描述给读者了。"

我："那这个小说，你的最后结局是什么？"

他："嗯……这是个问题，我还没想好……"

我："什么时候写完？"

他："写完了你也不会知道，因为那是这个世界之外的事情了，超出你的理解范围，你怎么会知道写完了呢？"

我：……

他饶有兴趣地看着我："跟你聊天很好，谢谢，我快到时间了。"说完他眨了眨眼。

那次谈话就这么结束了。之后我又去过两次，他不再对我说这些，转而山南海北地闲聊。不过那以后没多久，听说他有所好转，半年多后，出院观察了。出院那天我正好没事就去了，他跟他的主治医生和家人朋友谈笑风

生，没怎么理我。临走时，他漫不经心地走到我身边，低声快速地说："还记得第一次那张桌子吗？去看看桌子背面。"说完狡猾地笑了。

费了好大劲我才找到我和他第一次会面的那张桌子。我趴下去看桌子底下，上面有很多指甲的划痕，依稀能辨认出歪歪斜斜的几个字。

那是他和我第一次见面的日期，以及一句话：**半年后离开。**

过后很久，我眼前都会浮现出他最后那狡猾的笑容。

节选自《天才在左，疯子在右》

作者简介

高铭，男，汉族。生于上世纪70年代的北京。目前任职于某公司项目总监。

自认为死心眼一根筋，对于探索未知事物总是有无尽渴望。从学龄前就已经有了至今仍然挂在嘴边的口头禅："为什么？"成年后曾一度沉迷于宗教、哲学、量子物理、非线性动力学、心理学、生物学、天体物理等学科。21世纪以来又开始对精神病患、心理障碍者、边缘人的内心世界产生了强烈好奇。

2004—2008年间，通过各种渠道，利用所有的闲暇时间，探访精神病院、公安部等机构，对"非正常人群"进行近距离访谈，并加工整理出了这本书的内容。

"我从未想到居然有这么多人鼓励并欣赏这些内容，长久以来，我一直以为自己是个疯子。但是，我很欣慰。"

GUIMIANJIANG GUIGUSHI
鬼面讲鬼故事

尽量短的短篇之一 鱼

待在某城的警察局里，我心里略有些忐忑不安。

这里引进了一种新的技术，

可以通过某种射线的照射，看到人们身边的怨灵。

这是本城的警察们第一次用这种技术来破案，

他们想确认是不是我杀了她。

我确实杀了她，

但是我一点也不惧怕那种射线。

发明这种射线的人是我的叔叔，

有次他喝醉了，亲口告诉我，

那种射线的能力有限，只能照射出一个人最后所杀死的怨灵。

因此我在杀死她之后，

特意买了条鱼来杀。

果然，在幽蓝色射线的照耀下，我的身前出现了一条活灵活现的鱼，

它在空中摇摆着尾巴，一双白眼茫然地瞪视着我们。

警察们交换着神情，无奈地准备关掉机器，

忽然，一双手从空中伸了出来，抓起那条鱼塞进了虚空中的某处，

随着那条鱼的怨灵渐渐消失，她的身影慢慢浮现出来了，

坐在地上，大口大口地嚼着那条鱼，

就和她生前一样，粗野而贪婪。

就算是死了，这个女人也没有学会优雅和礼仪，

她用她的贪婪和好胃口，挤掉了那条鱼的位置，

成了我杀死的最后一个怨灵，

在射线下现形了。

尽量短的短篇之二

180度

今天接到了好友的电话，让我务必去他家一趟。

这个好友是个旅行家，一年有360天在外面旅游，

经常带一些稀奇古怪的东西回来送我。

我一进他家，就看到了好友，他站在窗前，若有所思地看着外面。

“怎么样，这次又去了什么地方？”

我坐在沙发上，喝着他已经冲好的咖啡，大声地问他。

“这次去的地方真的很奇怪，差一点就回不来了呢！”

他叹了口气说道，

“那里的人有种奇怪的习俗，

他们的小孩生下来就要练习转脖子，

一直要练到能把脖子扭转180度，看得到自己的后背才行。”

“真是奇怪的习俗啊！”

我心不在焉地应和着他，四处张望着他有没有带回什么礼物来，

这家伙和所有的旅行家一样，都有点吹牛的毛病，

人的脖子要是转到180度，颈椎就会断裂了吧？

“我是不小心误入那里的，结果被他们逮到了，

他们天天都来用力扭转我的脖子，

还动用各种奇怪的刑具来让我的头能扭到背后去，真是痛死我了。”

他一边说一边摸着自己的脖子，似乎还心有余悸。

这时候我才注意到，他的样子很奇怪，他的身子是朝向窗户，背对着我的，

可是他的头却已经转过来看着我了。

注意到我惊惧的眼神，他苦笑着走了过来，

“如果我练不成，他们是不会让我走出来的。”

他走得近了，我看得更清楚，他的头果然已经扭到了180度。

“可是这样也很有好处哦，换个角度看世界嘛！

我觉得自己的头脑比以前清楚多了，精力也更充沛了。”

他摇晃着自己的脑袋，脖子里传来喀拉喀拉的声音，

“古老的习俗还是很有道理的，要不你也来试试吧？”

我扔下杯子准备逃走，却觉得全身都软了，只有意识还清醒着。

我的好友端着我的头，用力向后拧了过去，

我听见了自己颈椎碎裂的声音。

尽量短的短篇之三 梦中女娃

他最近很幸福，

因为每天晚上，都有个漂亮的女娃来到他的梦里和他相会、缠绵，

虽说是梦，但女娃那美丽的面孔、柔软的身体却无比真实。

“你为啥愿意来寻我？”他在梦里痴痴地问，

“因为只有你不会介意我脸上的痣。”女娃咯咯笑着回答。

她的额头上，有个拇指大小的黑痣。

以前不觉得，听她这么一说，他觉得那黑痣碍眼起来，

“咋样才能把它去掉呢？”他说。

女娃附在他耳边，轻声嘱咐了一番。

第二天，他背着锄头来到乱葬岗，扒开了女娃说的那个坟头，

坟里有一具骷髅，头盖骨上有个浑圆的弹孔。

他用石膏堵住了那个洞，又小心地掩上了坟茔。

那天夜里，女娃的脸变得完美无缺，他快活极了。

可是女娃渐渐来得少了，慢慢的竟不来了。

他听说村头郑三娃子最近满面红光，似乎遇到了啥喜事。

郑三娃子年正青春，十里八乡都是有名的俊俏小伙。

他看着每天晚上早早上炕休息的郑三娃子，

心里一股邪火升上来。

他又偷偷去刨了女娃的坟，一通锄头下去，骷髅头变成了碎片片。

当天夜里，他听见村头一声惨叫，随后郑家人就满村满乡地找医生去了。

他笑着入了梦，梦里女娃满面都是泪，

“你咋这样对我呢？！”

他笑得十分欢畅，

“我帮你治好了黑痣，你倒寻上郑三娃子了，那就莫怪我手黑。”

女娃柔柔弱弱地跌进了他的怀抱，

“郑三不要我了，我只好再来寻你了。”

她抬起头，白净的面皮碎成一片一片掉在地上，

“我再也不走了，再也不离开你了。”

她那红彤彤血糊糊的脸，紧紧地贴住了他的脸。

尽量短的短篇之四

老板的秘密

他很崇拜自己的老板。公司的工作量极大，要求严苛，加班又多，

很多同事都承受不了这种压力辞职了，有的甚至是不辞而别，

就算是留下的同事，也一个个肤色苍白，脸上写满了焦躁和郁闷。

只有老板总是精力充沛，满面春风，

不时还讲个笑话鼓励一下大家，似乎从来就不知道什么叫疲劳，什么叫压力，

要知道老板可是全公司加班最多的人啊！

他想，老板一定是有什么秘诀，才能保持过人的精力和积极的心态吧？

在一次三天三夜的加班后，他终于忍不住，向老板问出了这个问题。

老板先是一怔，随后微笑着说：“你看到我墙上那幅画了吗？”

老板办公室的墙上，挂着一幅油画，画得是一片幽静的森林，

林地里长满了青草和野花，还有条清凉的小溪在林间缓缓流过。

“那就是我缓解压力、消除疲劳的秘诀所在。”老板神秘兮兮地笑着，“你不妨摸摸看。”

他大着胆子，伸手去摸那油画，

刚刚接触到那凹凸不平的画面，顿时觉得有股巨大的吸力把他吸了进去。

睁开眼睛，自己已经身处那幽静的森林之中，

看着郁郁葱葱的秀美树木，听着小溪潺潺的流水声，闻着青草和野花的新鲜气息，

他顿时觉得所有的疲倦和压力都消失了。忘情地躺在草地上，看着蔚蓝的天空，

他大声地喊着："老板，我终于知道你的秘诀了！"

确实，在这样一个绿色的天堂里，还有什么疲劳和压力不能消解呢?

"嗖"的一声，一只箭插在了他身边的土地上，

一个熟悉的声音在空中响起："现在你可以逃了！"

"老板？你这是什么意思？"他看着还在地上颤抖着的箭翎，大声地问着。

"你现在是我的猎物，不想被射死的话，就赶紧开始逃吧！"

老板的声音，从来都没有这么冷酷过。又一只箭擦着他的身体射进土里，

伤口传来的痛苦让他明白了这不是一个玩笑，他猛地跳起来，向着密林深处逃去。

办公室里，老板坐在大班椅里，端着一把金属弩弓瞄准着墙上的油画，

不时向油画里那个疯狂逃窜的小人射上一箭。

他的眼睛里闪耀着亢奋而激动的神情，完全看不出一点疲劳和郁闷的迹象。

尽量短的短篇之五 友谊

他是在公交车上结识这个男子的，

当时他瞥了一眼，发现男子在手机上看一本他看过的小说，

两个人就从这本小说聊起，天南地北，聊得十分热闹，

他发现这个男子和他有很多共同点，

他们喜欢同样的小说，同样的球队，同样的电视剧，

甚至他们最爱的AV女优，也是同一个人……

他们在同一站下车后，

他邀请男子一起吃饭，男子爽快地答应了。

吃饭时，他发现男子只是喝酒，根本没有动过筷子，

他仔细打量了一下，大排档的灯光下，男子的影子不像人类，

那影子的头部，伸出两只长长的角……

他的心颤了一下，

然而当他看到男子那诚恳的表情，听到男子豪爽的笑声，

他还是放心了，毕竟我们是朋友啊！

他们喝得十分尽兴，搭着肩膀唱着歌走进了一条小巷。

男子突然叹了口气，“我们现在是很好的朋友了，有件事我不得不告诉你了。”

看着男子忧伤的表情，他连忙说道：“不用说了，其实我都知道了，没关系的，我们是朋友嘛！”

男子惊讶地看着他，点点头，“真没想到啊，这就是人类说的友谊吧？”

随后男子一把拽下了他的右腿，放进嘴里大口咀嚼着。

他痛苦地在地上打着滚，嘶喊着：“你怎么可以这样，我们是朋友啊！”

男子停下了咀嚼，点头说：“我们是朋友，没错，但是我现在饿了。”

男子又扯下了他的一条胳膊，

“朋友这个东西，吃起来也没有什么特别的嘛！”

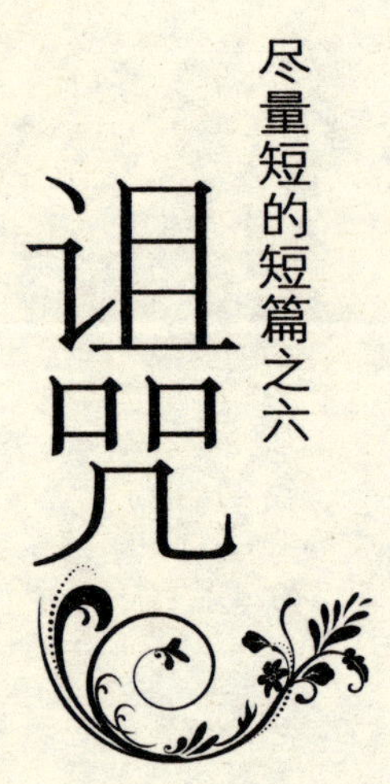

这是一个窗明几净的房间，她和他相对而坐，

他是个中年人，愁容满面，面黄肌瘦，

正在絮絮叨叨地讲述自己的苦难，

“我是个好人，为什么落得这个下场？”

他撩起自己的衣服，露出瘪瘪的腹部，和那几根细细的肋骨，

“我总是饿得要命，可每次我找到食物，

它们总是在我手上变成火，我唯一能吃的，是我自己的身体。”

他边说边咀嚼自己的手指，贪婪地把它们一根根吞下去，

那些手指很快又长出来，再被他吞下去，而他看起来没有一点饱的感觉。

她的脸上没有任何表情，说话时甚至嘴唇都不怎么动弹，

“没什么奇怪的，谁让你被自己的母亲诅咒了呢。

你也够狠的，为了骗一份人寿保险，就把她推下了山崖。”

他哀怨地叹了口气，“据我所知，来这里的人，都是些被诅咒的可怜人，

可是你，为什么看起来一点儿都不像被诅咒的？”

她微微皱了皱眉头，“我受到的诅咒，就是永远待在这里，

倾听你们这些被诅咒者的抱怨，一秒钟都不能停息。”

他一边咀嚼手指一边问：“那么，你是为什么被诅咒的？”

她肩头微微耸动着，毫无表情的脸上，竟是一副疲倦的忧伤，

“我是……”

她忽然恢复了没有表情的脸：“你这种人是没有资格向我提问的。” 悬疑志

午夜剧场

WUYE JUCHANG

刀登

文/青丘 图/玉烟先生

白露过后的气候非常干爽，通常这个时候会有一种天空离自己最近的错觉，但除了特别爽之外，却也有一丝不踏实之感，觉得离地面更远了。

在这样的下午，我做了一个梦，梦到自己躺在一个非常靠近天空的地方，风很大，但是四周却安静得像是坟场一样。过了很久，我才隐约地听到了风铃的声音，随后我听到像是鸟儿扑打翅膀的声音，声音越来越近，越来越刺耳。有人在驱赶着什么，耳边有低声的咏唱声。最后，突然有一张苍老的脸孔出现在了我的面前，他没有头发，就像是蜡做的一个怪物面具。他痛苦地张开嘴巴，像是在叫喊，一大堆黑糊糊

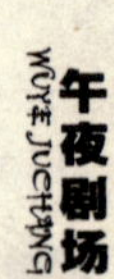

的东西落在我身上，随后我感觉身体被猛烈地摇晃……

“安子，安子，醒醒。”

我抹了一把脸，面前是六子放大版的脸孔，他的脸和梦中老人的脸重叠在一起，让我有些浑浑噩噩。我含糊地问道：“几点了？”

六子递给我一碗食盒说：“快六点半了，吃完就回去吧。今天就这样了。”

白翌问道：“你做梦了？”

我摸着下巴说：“是啊，蛮奇怪的，不过醒来也就记不清楚了。就感觉离天很近，好像就在半空中一样。”

白翌脱下外套说：“可能太累了，以后晚上早点睡。”

我叹了一口气，“年纪大了，长时间的副本已经不适合我这样的大龄宅男了。”

白翌冷笑道：“你昨天晚上还说自己正当壮年，这个时候不玩以后就玩不动了。”

我不悦地打开保鲜盒，说：“你什么时候能够不泼我冷水？”

白翌也拿起筷子说：“那你别给我机会不就行了。”

我一时语塞，六子咳嗽着问道：“对了，问你们件事，你们了解西藏风俗吗？”

我瞥了六子一眼，随便敷衍道：“不清楚。”

六子见我和白翌也没说话，便开始口若悬河起来。我实在听不下去，便直接问：“你到底搞什么名堂？”

六子开始阴笑起来，他这种状态一般来说都没什么好事。

“是这样的，我有一个哥们，他是搞西藏旅游的。”

六子从文件夹里拿出了一本小册子和两张宣传单子，说：“兄弟最近古董生意是淡季，没啥油水。咱得搞第三产业。其实西藏游现在已经非常普遍，然而西藏内地游就不一样了。这适合小批量的游客。投资小，他们对西藏特有的民俗都非常感兴趣。来钱快。”

六子把单子和册子给我，他犹豫了片刻，还是厚着脸皮把另一份单子塞到白翌面前。白翌冷冷地看了一眼，把单子又推了回去。六子尴尬地看着我说："不过，这种投资还是需要实地考察，和我接头的那个老板其实也只是当地的一个导游。所以我觉得我们有必要出差一次实地考察。"

我总算听明白了，这类旅游风险太大。我问道："不是通常都是你去跑客户吗，怎么这次连我也拖过去？"

六子喝完汤说："不止是你，没见有两张吗，还有一张给白翌的。呵呵。"

我一听他连白翌也要求一起去，就觉得这事绝对有猫腻。只听白翌冷淡地说了一句："我没空。"

六子立马露出可怜兮兮地表情说："哥们，别这样，就当公费旅游嘛。"

白翌说："那么祝你玩得开心，安踪，时间差不多了，我们得回去了。"

六子见状，当机立断拉住我的胳膊对着白翌说："白哥！你听我说……这次有些小小的难言之隐啊。"

白翌哈哈笑了几声，转身看着我。见我真的为难了，倒真的一时半会走不掉。

六子唉声叹气了半天，说："其实是这样的，我有一个结识很多年的西藏朋友，叫达瓦。他是搞旅游的，有一次我去出差正好遇到他，就和他谈起想要涉足西藏游。他说他认识一个人，叫索朗旺堆，当地人都叫他索旺，可以帮我搞到一手资料，而且可以当导游。这个人是藏民，现在在拉萨，具体做什么不知道。但是非常有资本，不需要我们出太多的本钱。是很合适的合作对象。"

六子又拿出了一份资料说："我特别留了个心眼打听了这个人。我在拉萨那边认识很多朋友，他们告诉我说，的确有索旺这个人，而且很出名，很富有，年龄也有些岁数了，但是却一直孤身一人，也没什么家庭。总之独来独往，不与任何人有接触。据说他酗酒很厉害，而且只喝上好的酒，是一个很特别的人。"

我说："这不是挺正常的吗？"

六子说："这个人很正常，但是他身边的人就没那么正常了。我后来得知，他和三个女人结过婚，前两个女人死了，第三个女人跑了，据说是疯了。然后他孩子也在前几年死了。最奇怪的是，当地流传着一个古怪的说法。说他的钱别人不能用，否则就会倒霉，连喇嘛都不要他的布施，有人说他和恶鬼定下什么契约。即使如此，他却一直很有钱，加上又没有人敢打他的钱的主意……"

我哈哈地笑着说："这也没什么，也许只是那个叫索朗旺堆的家伙，怕别人贪图他的钱财，因此放出的谣言。人倒霉是肯定的，有运气就必然有倒霉的时候。福祸相依嘛。"

六子摇头说："我也知道，但是总觉得还是让你们二位一起来，这样我才能安心。我怕到时候……出了什么岔子……"

白翌不耐烦地站了起来，他一语道破六子心里的盘算道："你小子就是想要阴他，又怕真的有什么倒霉事碰到，对不？安踪，咱们走，我晚上还有事。"

说完，他头也不回地往外走。我只能拿起外套就往店外走，同时也顺手拿走了桌子上的宣传单，面对免费旅游，还是微微地心动了下。人啊，就是这样的一种生物嘛！

回到住处，白翌还真的在忙活他的事。我把那张传单来来回回地看了好几遍，其中的特色游和西藏特有的景致的确是让人心驰神往。

白翌见我对西藏游还真的很有兴趣，沉默了许久，才问道："你真的想去？"

我别扭地说："无所谓。不过我也不想六子惹上麻烦。"

白翌的脸上露出鄙视的表情道："他惹得麻烦还少吗？"

我大笑道："六子的牌子算是坍了。不过这次他自己还没确定，说是去考察。既然如此，我们也就趁机一起去，你不是有年假吗？去玩还不乐意？"

白翌一脸无所谓地说："我在你这年龄的时候，去过很多地方。西藏我又不是没去过。"

我吐槽道："你怎么不说你当年十万长征走过，唐僧取经路过啊。算了，一句话，你到底去不去，不去我也不想惹麻烦，大不了浪费一次敲竹杠的机会。"

白翌想了半天说："去是可以去，不过别惹麻烦，别让我瞎操心。"

西藏之行就在这番讨价还价之中确定了。当我告诉六子白翌同意前往的时候，他显得非常高兴，一边说笑，一边就打电话订机票。生怕我们会变卦。

不过我们估错了一件事，那就是直达拉萨贡嘎机场后，我们三人或多或少都出现了高原反应。六子最为严重，他出现了严重的晕眩。我们没有办法，只有先找一家宾馆住下，给六子买了高原康，他吃了以后稍微恢复了些，脸色也没那么难看。

还没等我们好好安排下面的计划，就有人敲开了我们的房门，进来的是一个穿着咖啡色夹克衫的高壮男人，皮肤黑得像是地瓜一样的深红色。他手里拿着一个公文包，乍看上去像是乡镇府来的企业家。

六子见到他便站了起来，说："哥们，你总算来了。"

那个男人马上咧嘴就笑，他说着一口流利的普通话道："商兄弟，扎西得勒，好久没见到你了。"

六子抱着氧气袋对我们说："他就是和我谈起要一起做生意的朋友达瓦。"

"达瓦，他们就是我这次带来的顾问。"

那个叫达瓦的商人朝我和白翌各看了一眼，说："你们好，商兄弟我得告诉你一件大事情，索旺表示不愿意和你合作了。这下麻烦了。"

六子啊了半天，他问道："搞什么名堂了？"

达瓦说："这事有些突然，索旺的面我没见着，但是据说他开始接天葬的活了。他当了一名天葬师。"

六子捂着额头说："这也无所谓，可以兼职嘛。"

达瓦一脸苦笑道："不，你不了解，在我们这里天葬师被叫做'刀登'，虽然大家都很敬重他们，但是刀登毕竟是和死打交道的人。一般我们不会主动去接近这些人，索旺做导游非常不适合。"

我明白他的意思，就像我们这里对殡葬行业也很是忌讳是同样的道理。

六子默默地吸了一口氧气，他敲着桌子说："他开始干这个活更好！咱们可以继续合作，我本来就想要搞那种人文猎奇类的特色旅游。听一个天葬师介绍他的工作，太给力了。"

达瓦连忙摇头说："这不行，刀登是功德的职业。咱们不能去，我可不想等我死了以后白头雕连一口都不肯吃。"

我见机便说："那么就算了吧，我觉得咱们可以直接找其他的导游。"

六子沉默了下来，说："那么，咱们先去见见那个索旺，看看他会不会改变主意。我做生意不想半途而废，不坚持的话很多的机会都会失去。"

达瓦听得直点头，说："商兄弟果然见识不凡，年纪轻轻就有这样的精神。好吧，那么我就先给你去打听打听，你们等我的消息。"

六子放下氧气袋，把达瓦送出了门。他唉声叹气道："搞什么啊，怎么突然又不干了。我这头可已经开始牵线了。资金不到位怎么做啊。"

我冷笑道："真会装蒜，达瓦还当你是什么年轻有为的商人。"

白翌也说道："既然如此，那就把单子退回去好了。"

六子咬着嘴唇说："先去探探口风……"

第二天一早，我和白翌去了八角街，吃了酥油茶和蒸牛舌。回到旅馆，六子说："走，咱们去见索旺，他肯见咱们了。"

我和白翌对视一眼，六子说："而且他好像情绪很不稳定。"

说完我们三个人就整装待发，路程非常远，是在那曲地区的比如县。唐古拉山和念青唐古拉山之间，那里是西藏北部、青藏高原的腹地。下午从拉萨出发，我们花了两天半的时间才到。达瓦一直陪着我们，他是藏民，对路线非常熟悉。也只有他和白翌两个人体力还算不错。路上还能聊上几句，我和六子早就彻底没力气了。

达瓦看着四周的群山，说道："我过去也是一个牧民，后来经商了。有的时候觉得总有一种愧疚，觉得不能一辈子待在这高山上是一种罪。"

白翌说："很多人都会走出大山，如果属于大山，最后还是要回来的。"

达瓦看着白翌，他露出洁白的牙齿说："商兄弟说得果然没错，你们两位是很厉害的人物啊，过去有一位活佛对我说过这样的话，没想到白兄弟那么年轻就能说出。"

白翌冷冷地看着六子，六子浑身不舒服，他说："那么，达瓦，你还是说说索旺这个人吧。"

达瓦的脸一下子沉了下来，他没有回答，而是反问道："你们相信报应吗？"

我和白翌同时开口道："信。"

六子看着我们，也勉强说道："我也……相信些的。"

达瓦点着头说："他不允许我对别人说起，他本来答应告诉你们听的，但是不知道为什么突然又去当刀登了。我不能说，必须由他告诉你们才行。否则我会有报应。"

我注意到白翌的脸色开始有些微妙地变化，而我也开始觉得这件事好像越来越复杂了。

我们在群山之中穿梭着，等到达目的地时，已经是傍晚时分。金色的阳光碎屑洒在这片大山之间，显得格外的肃穆。那是一种极致的宁静，心灵都可以放空的静。

我们进了一家当地人开的招待所。招待所真的很简陋，屋子里非常黑，他们都不怎么开灯，但我们只能在这里先安顿下来。喝了一碗酥油茶这才稍微暖和了起来，六子抱着茶碗吸着鼻子说："我靠，够远的，见个面还真不容易啊。"

达瓦喝完茶说："我们等会直接就去见他。他也在等我们。"

于是，我们只是稍微吃了点糍粑就赶往索旺的住处。

他住得很偏，走了好久才找到，索旺的房子建得非常不错。门帘是上好的羊毛毯子，还有厚实的羊皮挡风。但是这栋房子乍一看上去就让人觉得不舒服。房子的四周没有什么建筑，只有那一间孤零零的房子，土墙围在边上，在房子的身后就是灰蓝色的大山，房子仿佛像是随时要被这大山吞噬一样。

屋子的烟囱里冒出黑烟，夹杂着青稞糍粑的香味。但是在这味道中却还有一股难以捕捉的腥臭。我发现门框上都是油污，积了厚厚的一层油膏。

我们敲了门，然后按照藏族的礼仪进了屋子。屋子里非常乱，墙上挂着一张唐卡，四周的东西随便乱堆。空气中散发出一种难闻的霉味。

出乎我们意料的是，索旺是一个非常瘦小的男人，皮肤非常黝黑。他穿着厚实的蓝色藏袍，坐在屋子的角落里，眼神阴暗，看人的时候让人觉得他不是在单纯地看你，而是在窥视你背后的东西一样。他端着酒朝我们示意了下。没有热情的哈达，没有香甜的酥油茶，连一杯热水都没给我们准备。这样的待客之道在西藏是很不合理的。

达瓦凑近我们说："他就是这样的，从来不给别人准备东西，能让我们进屋已经很不错了。有些人要见他就只能在寺庙里等他。"

达瓦首先坐到炕上，我们依次入座。索旺的中文说得很生硬，有些地方要达瓦代为翻译。

六子很谨慎，说话也很到位。意思无非就是希望索旺给我们当专职导游，最好能够多说说关于天葬的事情。当然会给他一份很不错的抽成。但是索旺听到钱的时候脸色却显得非常难看。我心想坏了，估计这位是非常虔诚的信徒，他可能觉得我们一开口就和他谈钱太世俗了。

索旺喝了一大口酒说："我不想当什么导游，你们也不用拿钱来谈话的。我不缺钱，我不用你们来管我。"

我朝这个瘦小的中年男人看了半天，他身上穿着最好的藏袍，脖子上还挂着好几根金链子和昂贵的佛珠。此时索旺挪了挪身体，那些珠宝便发出了清脆的声音。而从他身上飘来一阵非常浓烈的怪味，让我不禁皱着鼻子，这股味道不是单纯的臭味，但是却让我联想到死亡的味道。他猛地灌了一口酒说："听说你一直在打听我的消息。"

六子也不避讳，直言道："没错。我是想……"

索旺冷冷地笑了一声，打断六子的话，说："别打听了，没意义。"

这个时候，屋子外面传来了几声鸟叫。索旺不再和我们说话，而是立即站了起来，摇摇晃晃地走到门口，然后从边上的陶罐里掏出些东西向屋外抛去，然后又回到了炕上。他用手擦了擦衣服，我发现他的手上有些血迹。他当作没事一样继续喝酒，嚼着盆子里的羊腿，然后看着一直默默不语的白翌和我，

说："你们和他不一样，是已经死过的人。你们身上没有了生人的味道。"

白翌不动神色地朝他看去，淡淡地说："你身上也有不属于人的气味。"

索旺听了愣了一下，他咯咯地笑了起来，最后干脆捶打着大腿笑得直不起腰。他说："你真有意思，是啊，我不是一个活人。"

他凑近我们，张开那张特别大的嘴巴，一个字一个字地说："我是一个恶鬼！"

看到我们都怔住了，他又开始笑了起来，不停地喝酒，直到自己被呛得半死。

我感觉他不太正常，像是一个疯子。我看着六子，意思是这样的导游你也敢要？六子的脸色显然不好看，他没有想到居然会有这样的情况。达瓦的眼神很尴尬，倒是白翌的眼睛一直都盯着索旺。

索旺说："你们帮不了我，他很生气，气得天天在那里吹笛子。他还是老样子，哈哈，老样子啊。"

说完，他朝着门口吹了一个口哨。我们顺着他的眼神看着门外，门口除了风什么也没有，但是我们却隐约听到了有人呢喃的说话声。

索旺一会儿咒骂，一会儿又喃喃地求饶说好话。他的声音因为咀嚼听得有些模糊不清，几乎听不清他在说什么。最后，他突然像是在我们背后看到什么东西，一下子猛地站起来，朝我的肩膀上扔过来一根骨头。我连忙跳了起来，突然感觉有什么东西从肩膀上滑下来，再一看发现是一根羽毛。索旺冷冷地说："你们可以走了，不要再打听我的事。我不需要你们的帮助。"

说完索旺就转了身，直接背对着我们。他自顾自地开始念经，转动着手上的转经筒，再也不和我们说一句话。白翌此时站了起来，他说："我们走吧。"

我拉着六子，六子无奈地摇着头。达瓦用藏语对索旺说了些话。后者顿了顿，最后勉强地点了点头，达瓦叹了口气也跟着我们出来。

六子说："没办法，只能临时改导游了。这家伙脑子不正常。达瓦你不是说干刀登这行的人很少吗？"

达瓦说："没错，是很少，而且突然来干刀登这行的人更少。这可不是人人都能做的。"

白翌看着屋子里的那个背影说：“你们有没有发现这里有些古怪。”

我问道：“怎么说？”

白翌说：“这间屋子没有窗户。感觉像是一个石头做的盒子。”

被他那么一说，我也意识到这栋屋子是用石头砌成的，简直就像是没有锁的牢房。难怪感觉和其他的屋子那么格格不入。

白翌继续说：“而且，他不肯和我们有太多地接触。你们注意到没有，他没有看我们的脸，反而是盯着我们的后背在看。他看得到我们背后的东西。而最后他好像在安踪的背后看到了什么东西……”

白翌的话刚说完，我们就又听到了几声凄厉的鸟叫，像是在驱赶我们一样。西藏的天黑得很快，此时天已经全暗下来了。除了达瓦手上的手电筒之外没有丝毫的光亮。我们回头看索旺的屋子，发现索旺居然缩在门口看着我们，见我们回过头，索旺就一下子闪进了屋子，随后我们听到屋里发出了古怪的笑声，那声音不像是索旺的声音，倒像是前面的鸟叫声。

我不安地看着四周，被骨头打到的肩膀开始胀痛。白翌注意到我的异常，于是说：“先离开吧。”

达瓦不安地说：“咱们快点走吧。这里晚上不能多待。”

六子说：“哎，得了，这人当导游非得出事，咱们走吧。”

白翌拍着我的肩膀，我跟着他们一起往回走。但是我总觉得我背后有什么东西很痒。我从脖子里掏出了一根羽毛。羽毛上有一股难闻的腐臭味。

我心中强烈地感觉到在这栋房子里还有什么东西在。而索旺好像要对我们说什么，但是却没有说出来。有东西一直都在监视他。

而达瓦，一定知道什么……

回到旅馆，我们匆匆地吃了点东西便睡下了。夜里起了风，藏北的气候非常恶劣，大风严寒，风咆哮得就像是狼在吼叫一样。在这样的大风中我听不见其他的声音。房间里很冷，这间屋子好歹还有一个炉子。据说，有几间便宜的房间连炉子都没有，白天起床就可以感觉到身上积了一层白霜。

过了不知道多久，我在单调的风声中好像听到有笛子的声音。虽然很轻微，但是却隐隐地传来，像是召唤着什么东西一样。大风的高原上，居然会有这样诡异的笛声。我竖起耳朵，发现那声音离我们越来越近，而且越来越清晰。可细听之下，这声音听起来又似乎像是鸟叫。

我转了个身，已经完全无法入睡了。我感觉背后很痒，抓了几下，心里想也许是好几天没洗澡了，皮肤有些过敏。我尽量不去回想索旺屋子里发生的事。而是努力辨别风声中的笛音，但是却怎么也无法抓住它的旋律，笛声完全和风声混合在一起。

而后，我感觉有东西在敲打着我们的窗户，但是我们是在三楼。我安慰自己说那是风声，于是我强迫自己继续睡觉，我可不想因为睡眠不好而导致免疫力低下，在西藏感冒可是会死人的。

突然听见“哗啦”一声，窗户被什么东西给砸破了。本来神经就非常紧张，我整个人一下子从床上蹦了起来。从窗外飞入了一只巨大的阴影，它在屋子的天花板上盘旋，发出了一种恐怖的叫声。白翌已经到了我身边，我们盯着天花板，大风肆无忌惮地闯入了屋子，气温一下子骤降。

白翌扔给我一件大衣说：“怎么回事？”

我摇头说：“不知道，玻璃碎了。有什么东西冲进来了。”

白翌打开灯，地上都是玻璃的碎片。但是那个敲击声居然还存在着。窗户都没了为什么还有敲击声？难道不是鸟？我们感觉什么东西也进到了屋子里，但是房间里却什么都没有。

我被冷风吹得脸非常疼。白翌的头发已经被吹乱了，他冷静的目光捕捉着黑夜中的动静。然而除了狂风之外就没有任何东西闯进我们的屋子，不安的情绪却有增无减。我悄悄地说：“你听见笛声了吗？”

白翌点了点头。他丝毫没有放松警惕，而房间的角落里飞逝过什么东西，它的身上有着和索旺一样的味道。就在此时，六子冲进了房间说：“老白，安子，你们快过来。达瓦发疯了！”

我赶紧披上衣服，跟着白翌和六子冲出了房间。迎面就见到达瓦冲了过来，直接和六子撞在一起。两个人都弹了出去。达瓦的眼睛已经红了，嘴里念叨着什么拼命地往外跑。我和白翌两个人连忙拽住他，他本来就结实，现在更加疯得像头野牛一样。我的右脸也被他的胳膊给狠狠地撞了一下。

白翌快速地冲到他的身后，拗住他的手腕，就听到“咔嚓”一声，达瓦疼得哇哇乱叫。就在达瓦的动作因疼痛迟缓时，白翌不由分说地往他肚子上捶了一下。就见达瓦的眼珠子都要爆出来了。白翌像是拽一头牛一样把达瓦给拖进了房间。

就见围观的群众看得目瞪口呆，我拉着六子赶快往房间里赶。随手就把门给锁上了。

六子被撞得不轻，鼻子已经流血了。他一边骂，一边擦着鼻血说：“发疯了，不知道怎么搞的，这大块头怎么就疯了。”

白翌和我像是捆粽子似的把达瓦给绑在了椅子上。达瓦挣扎着胡乱喊叫。再这样下去，说不定就要引来当地的警卫了。果然，我们马上就听到焦急的敲门声。我赶快开门，招待所的老板说：“你们怎么搞的，隔壁的窗户都已经碎了。”

我连忙从口袋里掏出一百块说：“不好意思，第一次来藏北，心情很激动，我哥们喝多了，发酒疯拉都拉不住。窗户的钱我们会赔偿的。”

老板瞅了达瓦一眼，然后把我拉了出来悄悄地说：“你们是不是见过索旺了？”

我一听他居然知道索旺的事情，意识到达瓦的疯病肯定和索旺有关系。我干脆拉老板进了屋子。但是老板说什么都不肯进去，他只是在门口说：“这钱我不要，窗户钱你们也不用出了。赶快走，找一个法力高的喇嘛，迟了他就没得救了。”

我问道：“这是怎么回事？”

老板说：“索旺的第三个老婆，就和他一样得了疯病，现在人不知道在哪里了，连救的机会都没有。索旺的钱是不能接收的。你们不知道吗？”

我连忙问道：“那是为什么？还有索旺怎么突然当刀登了？”

老板人不错，见我冷得哆嗦就把我带到一间房间里，递给我一杯热酒说：“不知道。不过，他的父亲和哥哥都是刀登，只是他过去不愿意当，后来去拉萨做生意了。”

我问道：“那索旺为什么还要再回来？”

老板欲言又止，他说：“这事我不太清楚，这里没有人敢打听索旺的事。过去对他的事有兴趣的人现在都已经不在了，死的死，跑的跑。听说他其实也疯了，好几次都想过自杀，但是寺里的喇嘛说他自杀就会下地狱。我有一次见他拿着一把刀就往自己的身上刺，但是没刺入要害，他捂着伤口乱叫。那次还是我替他叫来卫生所的人，否则他早就死了。你们打听他的事其实在县城里早就传开了，我们都猜到你们会遇到这种事。”

我感觉背又痒了起来，我抓着后脖子有些为难，虽然和达瓦相处时间不长，但是毕竟他现在变成了这个样子我们也有责任。我问道：“这里比较厉害的喇嘛在哪里？”

老板递给我们一个地址，然后告诉我们：“找这位喇嘛吧。他是我们这里最好、法力最大的喇嘛。”

我回到屋子里，达瓦的情绪稍微恢复了些，但是依然显得非常惊恐。他眼神已经没法集中了，看到我的时候就盯着我的背后，他又开始发疯似的喊道：“空行母，荼吉尼……我错了，我有罪……”

我回头看着我背后，但是依然什么都没有。

白翌问六子：“你们看到了什么？是不是看到了白头雕？”

六子捂着鼻子说：“没，什么都没有看到。我只听到了笛子的声音，然后我想出来找你们，还没走出门口，这家伙就开始发疯了。嘴里一直念叨着几个字，你知道他说的是什么？”

白翌道：“他说的是一种鬼神，能够提前得知别人的死亡。一般指的就是天葬的那些鹰鹫，是神明的使者。”

六子摇头说：“没看到鸟啊，连根羽毛都没见到。”

我递给白翌那张纸条说：“老板说这事和我们打探索旺的事情有关系，让我们天亮之后去找一个叫做达姆多吉的喇嘛。让我们找他帮忙。”

白翌接过纸条说："明天我和安踪去一次，六子你留下来照看达瓦。"

六子说："万一他挣脱绳子呢？你们都走了我一个人控制不住他，他跑了怎么办？"

我想了一下，对白翌说："干脆这样，你和六子留下来，我去找喇嘛，看看能不能把他带到旅馆。"

白翌勉强同意，六子也松了一口气。我们抓紧时间睡了一觉，第二天我匆匆吃了点东西和一些防感冒的药片就出发了。

一个人上路特别吃力，老板给的地址我也有所耳闻，就是举世闻名的茶曲乡的达木寺，是现今唯一一座保留骷髅墙的寺庙。这条路也是出了名的不好走，据说路上死了不少人。

车子开得很慢，司机是一个中年的老司机，当地人，开车的时候精神非常集中。车子行驶过程相当惊悚，整条路就在怒江的边上，而且只能容许一辆车子通过。一不留神那就是尸骨无存，所以来达姆寺真的很玩命，也许我不会再冒险来第二次了。

十几个小时，我连一口水都不敢喝，精神高度集中。一般情况下那么颠簸的车我绝对会晕车，但是紧绷着神经根本没心思呕吐。全神贯注地看着前面的车窗，偶尔侧头看着车窗外就感觉自己是时候写遗书了。

终于，车子像是挪动似的到达了目的地，司机停下了车，所有的人都开始念经的念经，感叹的感叹，而我走下车的时候感觉腿都软了。下车的时候还有一个哥们好心给我递行李。

接着，我终于看到了举世闻名的骷髅墙，真的很不可思议，第一眼给人的感觉是怪诞和恐怖。但看久了之后，发现密密麻麻的骷髅朝着你的时候感觉那是一种对死亡和生存最有力、最直接的启示，活着和死亡的界限实在太微弱了。我感觉这是圣洁的地方，是刺激心灵去思考的地方。这种感觉不是用语言可以形容的。不再是恐怖，而是一种沉思。

我终于找到了一个喇嘛，他是一个年纪很大的老喇嘛，裹着一件已经褪色

了的袈裟。裸露出一只手臂，脸上的皱纹像是刀子刻出来的。手里不停地摇着转经筒，他在念经，我没有前去打扰。等他自己缓缓睁开眼睛，看着我的时候我才上前。他说："扎西得勒，我的年轻人。你的眼睛很特别，很奇怪已经开了天眼，但是里面有很多的东西，很少有你这样的人。"

我愣了一下，下意识地捂着自己的左眼。我友善地朝他笑笑，说："没什么特别的。请问哪里可以知道一位叫作达姆多吉的大师。"

他朝我微笑着说："我就是。"

我告诉他关于我的来意，然后把事情的来龙去脉大致地说了一遍。

他听完之后没有回答，而是用手按在我的肩膀，我发现不知道什么时候我的肩膀上居然飞起一只白头雕，但是我之前居然一点儿也没有感觉。白头雕好像很不高兴，它嗷嗷地叫了几声就飞走了。

他看着我，眼神安详，他低声地说："你带来了恶鬼的怨恨。任何事情都逃不过菩萨的眼睛和自己的心，心中的邪念不是可以掩盖的沙土，留有的罪孽会唤起新的苦难。索旺他没有遵守约定来赎罪，他告诉了别人关于他的秘密，他找来了你们，于是他的厄运就要来了。"

我道："您知道索旺的事？"

他从身边拿出一包东西说："拿去吧孩子，有这些东西就足够了，然后就带着你的朋友离开。索旺的事情不要再打听。"

我还想要说什么，但是却无法继续问下去，我看着达姆多吉的眼睛，他的眼睛透着一种悲悯。不知道他在可怜什么，但是连我都能感觉到一种无奈。

我颔首接过东西，他继续说："这是琴典，既然你能够找到这里来，表示佛爷慈悲，不想让你们继续受难。孩子回去吧。"

我收好东西向他道别，毕竟我已经达到目的了，也不想再惹什么更大的麻烦。达姆多吉又开始念经，声音低沉浑厚，听上去像是高原风的声音。此时，远处传来一股奇怪的烟味，还飘来一股浓重的腥味。达姆多吉告诉我有人在举行天葬。他们在点桑烟，吸引神的使者鹰鹫前来享用贡品，这贡品便是死者身上的人肉。

果然，从远处传来了鸟叫声，天空中慢慢地聚集了许多的黑点，就在我准备转身离开的时候，突然从远处跑来一个小喇嘛，他气喘吁吁地对我们用藏语大喊大叫。达姆多吉突然怔住了，很难想象有什么事情可以让这个看破一切的喇嘛这样吃惊。他悲痛地说："糟了，索旺危险了！"

我没有明白他的意思，他让我和他一起上天葬台。这里周围都是风马旗和经幡，大风把经幡吹得像是疯狂狂舞的神明。我越走近越感觉到空气中浓烈的血腥味，那股味道实在不好受，草地上还能看到血迹。

达姆多吉手里拿着一把金刚杵。嘴里念着咒，我跟着达姆多吉加快步伐，几乎是小跑到山坡。我们发现索旺跪在青石板上，他朝着天空嘶吼着，整个山谷都回荡着他绝望愤怒的吼声。他肚子上都是血，虽然不知道伤势怎么样，但是那些血却非常触目惊心。他一只手捂着自己的肚子，一只手伸向天空，像是在抓什么东西。所有的白头雕都围在他的边上。白头雕不吃活人，只是围在索旺的四周，密密麻麻地盯着他，就像是一群使者看着一个在受刑的罪人。索旺还没有死，他朝着天空不停地咆哮。最后他不再叫喊，直接倒在了青石板上。

达姆多吉连忙把周围的白头雕赶走。索旺浑身在抽搐，我帮着达姆多吉把索旺背在肩上，他的身上都是血迹。我背着他就往山下赶，感觉索旺的手越来越冷。而那种古怪的味道却越来越浓重，我把他背在背上，没有办法看到他的样子。但是却觉得背上的索旺简直就像是一具死尸。他没有了任何的气息，我对着背上的索旺喊道："坚持住啊。"

索旺是自杀的。我不知道他是怎么了，为什么会突然之间发疯自杀？西藏人很忌讳自杀，认为那样下辈子会投胎做畜生。我不能理解他的做法，他刚才的样子像是压抑了很久的狂怒，就像心中的怒火一下子爆发了一样。整个人就像一头愤怒的野兽。

四周的秃鹰都是有灵性的神鸟，它们感觉到了这一切，所以都围在周围，连一声都没有叫。我背着索旺，那些鸟就跟着我们一起下山，被一大群白头雕追赶，我几乎连自己都无法明白为什么会有这样的情况，也不知道该怎么办？

“嘿嘿。”

我隐约听到身后传来了笑声，那笑声乍听之下就是昨天夜里在索旺家听到的声音。那种声音透着一股难以言喻的死气，我舔着嘴唇，心想自己身后幸好有达姆多吉跟着。

又是一声阴冷的笑声，我停住了脚步，突然发现除了我的喘息声外没有听到其他人的声音。我猛地回头一看，发现后面没有一个人。四周空空如也的山丘，除了越来越多的白头雕，后面居然没有人跟上来?

我停下来呼唤着达姆多吉的名字，但是却没有人回应我。我背着一个人早已经累得气喘吁吁，高原上根本无法将体力透支得太过严重，我只觉得吸进去的氧气越来越少，天蓝得几乎要滴下水来。我有一种幻觉，这里真的就是生与死的转折点。周围的石头上堆满了各类的经文，远方的经幡依然在疯狂地舞动。

风声，四周都是风声，而在风声中我又听到了那古怪的笛声。过了很久我才意识到那声音居然就是我身后的索旺所发出的。周围的白头雕的数量已经让人看得有些头皮发麻了。那些白头雕的眼神完全不正常，从它们的眼中我看不到前面所见到的那种神圣，而是一种饥渴，它们想要吃我？它们把我当作尸体了?

不对！我意识到它们的眼神不是在看我，而是我的背后，索旺应该还没断气，难道……我无法继续往下想。

我连忙倒退着往前跑，手里什么防御的东西都没有。白头雕没有直接攻击，它们甚至不叫，但是在这样的环境下，我又能跑到哪里去？就连一个躲避的避难所也没有。索旺的身上散发出一股难以言喻的腐臭，我不知道那是什么东西，对这一切我都太陌生了，我的身上也全都是这种味道。白头雕就是被这种味道吸引的。

突然我听到有人在大喊：“放下他！”

我的大脑像是被猛地抽打了一样，虽然不厚道，但是我直接把手松开，就听到“咚”的一声，索旺重重地摔在了地上。我回头一看的确是索旺，因为疼痛他整个人都蜷曲了起来。我心里非常抱歉，心想这么一摔，索旺不会被我给摔死了吧！我连忙跑过去，想要把索旺重新背在肩膀上，突然我发现索旺的表情居然是在微笑。他看着我的背后在笑，眼神就像那些白头雕在看我一样。

他说道："你来接我了，哥哥。我已经受不了了，让我死吧。"

我突然发现我的背后还有一个东西在趴着。我的肩膀又开始胀痛，好像有什么人抓着我的肩膀。而整个背部都奇痒难耐。索旺被我摔了下来，但是还有一个东西却依然在我的背后。

索旺对着我的背后一阵狂笑，笑得非常凄凉。我从脊椎开始，就像是被冰冻似的。我哆嗦着往身后抹去，发现手上都是血，黑红色的血液散发出恶臭。

索旺开始疯狂地大笑，我连忙喊道："我背后是什么东西？"

索旺没有回答我，只是一个劲地大笑。笑到毫无力气，这才倒在地上不停地抽搐。我不能再迟疑，一咬牙，迅速地把背后的那个东西给甩了出去，让我吃惊的是，我甩出去的竟然是一具只剩下骨骸和头颅的死尸。石灰色的头颅上没有头发，只有一张被风干了的脸，皮像是老牛皮一样。而头颅的嘴巴里居然还塞着一根骨笛。那恶魔般的声音就是从这个笛子里传出来的。但这个死尸只有一根脊椎连在头颅上，骨头上还能看到猩红色的肉块。

那具诡异的尸体像是活了一样，它慢慢地靠近索旺，索旺已经没有力气了。此时，天空上开始聚集起许多的秃鹰，黑压压的一片遮盖了天空，死尸的头颅重新爬到了索旺的身上，脊椎缠在了他的背后。索旺只能挣扎几下，最后便昏死过去。天空中的白头雕则开始不停地落在四周。发出了像是号集一般的叫声，白头雕开始骚动，不停鸣叫，拍动着翅膀。

我一个人根本无法驱赶那么多的白头雕，无论我怎么驱赶，那些白头雕最后都会聚集在我们的身边，数量越来越多，多到我几乎看不见地面。我筋疲力尽地看着周围。

突然，我听到有人喊道："不要吃啊，他还没有死去。他的灵魂还在，不要吃啊。"

回过头，我看到白翌和达姆多吉朝我这奔来，我没想到白翌居然也在这

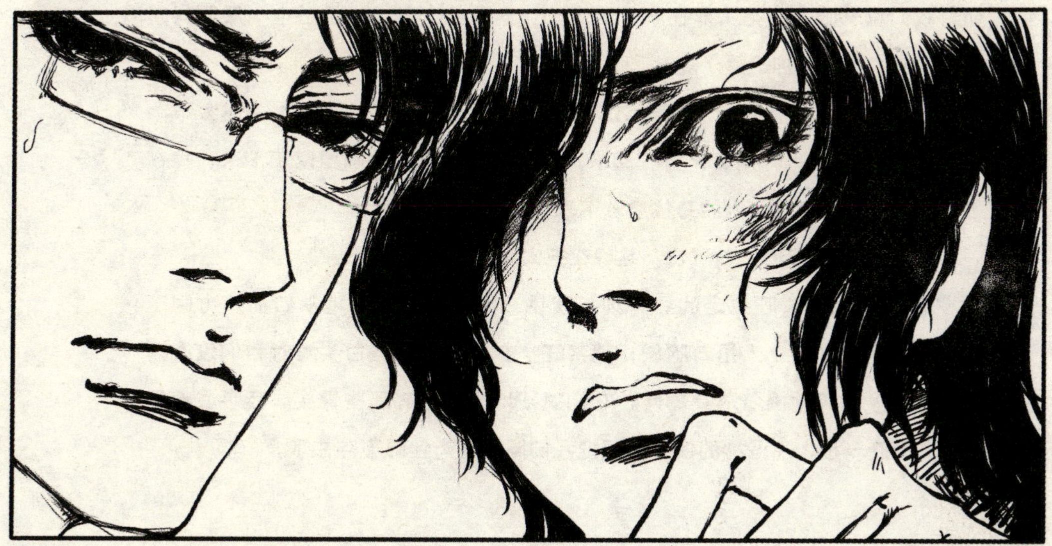

里，难道是六子那里出了什么事?

达姆多吉光着一边的膀子，一只手拿着伏魔杵，一只手拉住索旺的衣服，大声地念着咒。

周围的白头雕开始发出刺耳的叫声，如此多数量的白头雕，那声音几乎可以把我的耳膜给震破。但是即使如此大的声音，却依然无法压制住达姆多吉一个人的声音，好像达姆多吉的声音是来自于大山之中。

鸟叫声开始渐渐地平息，叫声也越来越稀疏，但是那鬼魅般的笛声依然响彻在高原上空，节奏丝毫没有因为达姆多吉的话而有所打断。笛子的声音仿佛是从大地深处传出来的，与达姆多吉的声音形成一种抗衡。

白翌跑到我身旁说："你没事吧？"

我喘着气道："你怎么来了？"

白翌说："达瓦疯言疯语说了半天，我突然明白他的意思就是白头雕要吃活人了，恶鬼来复仇了。所以，我心想你一个人可能有危险，马上就跟来了。"

白翌朝着达姆多吉看，我告诉白翌，他就是我要找的喇嘛达姆多吉。此时，达姆多吉从腰间拿出了佛珠，他盘坐在索旺的面前，开始念起经文，索旺还是昏迷不醒，而他背上的那具骷髅却依然歪着脸，像是在嘲笑他一样。骷髅朝着我们看一眼，它把头靠在索旺的身上，索旺整个身体像是触电一般颤抖起来，腹部的伤口更加严重了。

达姆多吉的声音渐渐地变得高亢起来，念经的速度也越来越快，越来越激烈。

骷髅的脸上也开始变得狰狞起来，突然骨笛从骷髅的嘴里落了下来，掉在了地上。达姆多吉整个人的身体虚软下来，无法坐直。

他虚弱地对我们说："快，趁现在把索旺带走。"

就在我们把索旺拉走的后一刻，就见一大群白头雕猛地从四面八方围了上来，我和白翌两个人捂着脑袋，把索旺挡在身后，那些白头雕对我们没有兴趣，而是一窝蜂地围着那具骷髅，它们疯狂地撕扯啄碎那些骨头。我手心都是汗，如果晚一秒，那些神的使者就要把我们撕得连肉丝都不存在了。

我们把索旺放在安全的地方。我回身去抓达姆多吉，因为太多的白头雕挡住我的视线，我几乎看不到达姆多吉的人影，终于在一大群的黑色之中，我发现了有一小块的红色，那是达姆多吉的袈裟。我连忙冲过去，幸好白头雕并没有攻击他，只是他的头上被擦出了很多的血迹，也许是被飞过的白头雕擦伤的。

我见达姆多吉已经没有意识了，再不拉他一把，可能他挂得比索旺还快。我连忙用手捂着头，闭上眼睛快速地往前冲，我拉起达姆多吉，他的手上还拽着佛珠。我边拉边扯地把达姆多吉背到肩膀上，发现在那些白头雕最集中的地方，那只笛子又响起了诡异的音乐。那些白头雕开始渐渐地散开。

达姆多吉虚弱地说道："快走，不要再听魔鬼的声音。"

我连忙背上达姆多吉往山下跑，白翌已经背上了索旺，没跑多久，就迎上好几个喇嘛和牧民。他们见我们这样，赶快来帮忙，我放下达姆多吉对着那个懂汉语的年轻喇嘛说："快找辆车，他们需要医治！"

年轻的喇嘛没遇到过这种事，他先用藏语对我大吼一通，老子怎么可能听得懂？我冲着他大吼道："我听不懂藏语！"

他被我一吼，终于冷静下来，他焦急地说："这里没有下山的车，必须要走很远的路。"

我听到这句话，眼一黑。再看向白翌，索旺差点就要从他的肩膀上滑下来。索旺比达姆多吉要严重许多，再不救肯定没命了。如果真的下不了山，再待在这里过几个小时，直接给他举行天葬得了。

白翌对着小喇嘛说："先给他们做应急救助，索旺的伤口太大，禁不起颠簸，最近的救助站在哪里？快去叫医生来！"

年轻的喇嘛点了点头，倒是老喇嘛达姆多吉对生死看得一点儿也不重，我们在这里焦头烂额，他居然又开始抖着嘴皮子念经了。真是太牛逼了，这样都可以静下心来。

我们把两个人安置到寺庙里最近的房间。小喇嘛骑上了一匹马就去找医生。没想到寺庙里还有别人布施来得云南白药以及干净的纱布，这真是救命的

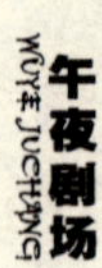

东西。我们把云南白药洒在索旺的身上。

索旺的脸色依然非常吓人，他一直都处于昏迷的状态，即使醒过来也只是无意识地哼两声。达姆多吉包扎好脑袋之后就赶过来，他坐在索旺的身边，摸着索旺的额头，开始继续不停地念经。

我心里有些着急，白翌拦住我说："也许这样对于他们来说是最好的。"

渐渐地，索旺开始安静下来，不再痛苦地呻吟，他慢慢地睁开眼睛，我们觉得他差不多已经处于弥留之际了。他开口问达姆索旺说："我会不会下千年地狱？我犯了很重的罪，如果我现在死了，我是不是自杀？我来世也许会变成一条狗。"

达姆多吉平静地对他说："佛祖在天上，他的眼睛就是太阳，透过云层看着这雪山。我们都在他的心里，最后也都要回到他的心里。"

索旺继续说："我死了以后，我希望我可以平静地升天，但我做过错事，我肯定会下地狱的。我下地狱的话，巴桑也许会原谅我，他可以放下对我的怨恨。我知道，他比我更痛苦。"

达姆多吉没有说话，他只是继续念经，索旺平静地闭上眼睛，再也没有醒来。就在他断气的那瞬间，山顶上传来了疯狂地咆哮，那声音非常疯狂、绝望。鬼魅般的笛声又一次响彻四周，和先前那种阴暗的声音不同，这次是悲鸣地嘶叫。

达姆多吉盘坐在索旺的尸体边上，给他念诵着经文。屋外的怒吼渐渐地沙哑，渐渐地消散在风中。就像是人的灵魂，最后也会化为风飘散而尽。

索旺没有家人，他的尸体停留在寺庙的一间破屋子里，只有一盏酥油灯为他点亮来世的路。小喇嘛都说他是自杀，没有资格天葬，说得土葬，但是达姆多吉对小喇嘛说，索旺是赎罪而死的，他可以天葬，他让小喇嘛去找一个慈悲的天葬师来。

在天葬前，天葬师给索旺的身上涂上了青稞，然后由达姆多吉坐在他的头顶前布道，我们坐在他的身边。这一夜我们开始为索旺守夜。

达姆多吉则开始慢慢向我们叙说索旺的过去……

达姆多吉平静地叙述着："索旺年轻的时候不愿意当刀登。于是他就选择一个人离开这里，去拉萨，在那里他过得也不如意，但是他有一个好哥哥，索旺的父亲死后，他的哥哥巴桑就继承了父亲的工作，当起了一名天葬师。他和索旺不一样，做得很用心，他把每一个死去的人都当做自己来对待，他觉得每一次都是自己被送上天葬台。所以，他会特别虔诚地祈祷，希望他们能够升天。

巴桑供给索旺钱，让他做生意，自己不舍得花钱，又因为他是天葬师，找不到老婆。生活过得很艰辛，没人照顾他。有的时候还得靠朝圣者的布施过日子，只吃一些糌粑和盐粒子。

后来他收养了一个孩子，如果他不收养，那孩子就会冻死。他把孩子当自己亲生的，但是那个孩子的心脏不好，就要死了，要很大一笔钱才可以治他的病。巴桑想到在拉萨的弟弟，弟弟现在过得比过去好很多，他应该可以帮自己。但是索旺那个时候需要有钱来结婚，他的第一个老婆很漂亮，他很喜欢。他觉得那个坏心的小子不是巴桑的亲生儿子，不是他亲生的侄子。

索旺没有给钱，巴桑只有更加拼命地工作，孩子还是死了。他给孩子天葬之后，吹了很久的笛子。后来过了很久，大家经常可以听到巴桑吹笛子的声音，只要他吹笛子，那么就是他想儿子了。

没多久，巴桑也病重了，索旺赶回来，但是巴桑不肯见他。最后巴桑也死了，死的时候我去给他布道，但是那天白头鹰怎么都不肯来吃，即使最后吃了也没有吃干净。我知道巴桑在恨他的弟弟，他没有升天。

后来我听说索旺发达了，很有钱，但是他却不再做生意了。他死了好几个老婆，孩子也死了，死的时候有人说听到了吹笛子的声音。我知道巴桑在报复自己的弟弟。他没有害死索旺，而是给他很多很多的钱，让索旺只能靠着他的钱活下去。别人不能用，用了就会发疯，用多了就会死。最后索旺疯了，他只有来到这里，当一名天葬师。每当给别人割礼的时候，他才能够得到片刻的安宁，他觉得那是在赎罪，所以从来不收别人的钱，但也不给别人钱。他害怕别人提钱这个东西，他觉得就是这个东西害了他。"

达姆多吉断断续续地说了很久，有的时候他会沉默很长时间，有的时候重复着说几句话，仿佛是在说给索旺听一样。而索旺苍白的脸显得非常安静，他像是安静地听着达姆多吉的叙述，只是我看到在他的眼角划过了一丝血泪，达姆多吉便继续给他念经。

白翌看着炉子，我开口问道："既然巴桑没有想要害死他，为什么这次却要让他自杀？"

达姆多吉摇头道："不知道，但是你可以去问问那个叫达瓦的人，他如果没有接受过索旺的什么东西，或者给了索旺什么东西，巴桑的鬼魂不会发狂。"

我们心中抱着疑问，白翌说："这件事，达瓦肯定还有什么地方瞒着我们，他是在很早以前就认识索旺的。"

我说："等回去，我们可以问六子。"

达姆多吉没有和我们再多说什么，而是专心地念经，偶尔会喝一口茶。不知道是不是我的幻觉，我觉得在门口又听到了那古怪的笛声，只是这次透着一种诀别的凄凉。笛声中已经没有丝毫的怨气。

最后达姆多吉没有再念经，我们守着索旺的尸体，听着那样的笛声，发现那其实是一曲很悠扬的牧歌。直到最后太阳照到了这山冈之上，笛声才消失在白雾之中。

等一切都结束之后，我和白翌回到了山下，达姆多吉对我们的帮助表示感谢，他说我们都是开了天眼的人，有着很高的慧根，我的慧根是"悟"，而白翌的是"慧"。我和白翌合起来，正好是"误会"的谐音，我说出来的时候，白翌愣了一下，然后哈哈大笑。达姆多吉也和我们一起大笑。我把身边的钱都留给了这里，达姆多吉没有接收，而是小喇嘛接过钱，他说了声"谢谢"，说这些钱会留给那些需要它的人。

小喇嘛意味深长地看了我们一眼，最后说："谢谢你们，你们了却了达姆多吉多年的心愿。他不希望看到任何人受苦，他是一个有大慈悲的上师。"

我们朝着他们行了一个礼，然后便坐上回比如县的汽车，我看着山顶上的白头雕，觉得也许它们已经把索旺和巴桑的灵魂带走了。只是上车的时候，我再一次不舍地回头，看到为我们送行的小喇嘛已经回去了，而达姆多吉还在原地，但他身边还有两个人，他们苍白着脸，就像是风干了的蜡像。他们守在达姆多吉的身边，低着头，看着自己的脚。就在那一瞬间，我发现达姆多吉的脸也变成了那种风干了的样子，没有眼珠，只有苍白的面孔。他们三个站在原地，变得越来越小，随后消失在那山冈之上。

我连忙转过头，白翌在我的边上，我问："你看到了吗？"

他冷静地说："招待所老板叫我来找你，他说达姆多吉在去年就已经死了。他给你的那张纸条上写的是另一个活佛的名字。"

我呆若木鸡地看着他，终于憋出一句话："那你怎么不早点儿告诉我，都过了好几天了！"

白翌说："他最后还是救了你，不是吗？"

我问道："什么意思？"

白翌说："最后是你背着索旺赶下山，我没有看到达姆多吉，但是当你回过头看着我背后的时候，我才发现到他。他在为索旺赎罪和救你的选择中，他选择救你这个无辜的人。"

我想到白头雕最后还是不肯吃索旺的肉，最后达姆多吉亲自用嘴尝了一口之后，那些神的使者才被感动。想到那一幕我就不禁攥紧了拳头，我道："他是一个大慈悲的上师。"

白翌继续说："也许他就是那些白头雕吧，谁知道呢？他是为了解救巴桑和索旺的灵魂而留在人间的。选择解救别人，而放弃自我升华。也许这就是那些白头雕的真谛。"

我没有再说话。

回到比如县，六子雇了好几个当地人来守着达瓦，只要他一发疯就一群人一起上，直接压着他，那还真的是插翅也难飞。

我对六子说："遇到很多事情，索旺死了，总之有太多的事情一下子没办法说清楚。对了，六子，这是给达瓦的药，你去给他弄。”

六子见到有东西可以救达瓦，连忙给达瓦灌下去，达瓦终于清醒过来，他直勾勾地看着我们，一句话都不说就开始号啕大哭。

达瓦哭诉着说：“我和他认识了十多年，知道他哥哥的事情，我说只要他肯帮商兄弟你，就有人可以帮助他驱除巴桑的鬼魂。他很矛盾，我说只要没了巴桑的鬼魂，他就可以不用再痛苦了，可以重新开始生活。索旺心动了。”

我说道：“巴桑本来想要用钱来惩罚自己的弟弟，但是弟弟却想着用钱要消灭巴桑最后的灵魂，本来不想要杀他的巴桑，在最后也发疯了。他发疯的原因是感受到索旺的绝情，你害了他。”

达瓦悲伤地说：“因为商兄弟曾经和我说起过你们两个有驱鬼的能力，是很厉害的人。所以我才想要帮索旺摆脱巴桑的鬼魂，没想到……”

我看着六子说：“下次你再把我和白翌当卖点来显摆，我就拆伙不干了。”

六子无奈地说：“我真的不知道达瓦打这个主意，当初和他说你们的事情时真的只是开玩笑，朋友之间没有隐瞒啊。”

达瓦叹气摇头道：“这都是命，包括你居然遇到了达姆多吉也是，他是巴桑的老师，巴桑当天葬师，由达姆多吉来布道，在他们手上有多少人安然升天。哎，我也有罪。我接下来的日子要出家修行，来赎回我所犯的过错。”

我们仨人在西藏待了没多久就急着回去了，回去的路上达瓦真的像他所说的那样跑到寺里去剃度了，进去的是达瓦，随后我们见到的就是一个光着脑袋的喇嘛。不过达瓦说这样对他来说是最好的，我们也相信那是最好的。

回到上海，我们又开始过正常的都市人生活，再看看天空，发现原来天离我们还是很远的。至少和西藏一比，这里的天空真的很遥远。

没想到过了好几个月，我们居然收到了一封达瓦的来信。他说他现在藏北朝圣，在另一个天葬台上看到了一个很像索旺的身影，他喊了他的名字，但是那个人没有转过身，就像不认识他一样。但是，他可以肯定那个人是索旺，只是那个人一直都背着一个布袋，里面像是还有一个人…… 悬疑志

编辑会客厅
BIANJI HUIKETING

星罗盘

大家一起"聊下斋"

角色扮演！妖里鬼外进行时！

鱼悠若

职　　称：《悬疑志》主编

昵　　称：主编、小鱼儿

点　　评：最是那回眸的一笑，挂满让人颤抖的鬼气！

角色扮演：聂小倩

角色分析：聂（虐）小倩！我有与生俱来的虐人功底——小雅！你栏目做好了没有？傲天月！校对怎么这么慢！别易！去把样刊都寄了！老板！赶快小跑过来看新一期杂志封面！什么？你说这个颜色不协调？怎么会不协调！我协调了很久很久！这种意境这种感觉这种搭配怎么会不协调你说！啊？什么？你说越看越协调了？（此刻，BOSS已趴在桌上呈休克状了，不晓得今晚会不会做恶梦……）

拉票宣言：我是主编！就这样，谢谢。

别易

职　　称：《悬疑志》失踪人士

昵　　称：小别

点　　评：这，就是一个悲剧啊！

角色扮演：黑山老妖

角色分析：我抗议！

拉票宣言：谁支持我，我跟谁走。

小雅

职　　称：《悬疑志》小编

昵　　称：小雅姐姐、花痴

点　　评：妖若有情妖非孽，人若无情怎为人！

角色扮演：花姑子

角色分析：如果再给我一次重新选择的机会，我一定不会为了一个穷书生自毁前程，特别是还丢了性命！书生与女妖的爱恋太让人伤感了，甭管是鲤鱼精还是獐子精，到最后都免不得悲剧收场。还是做一个局外人好，就比如做《悬疑志》编辑吧，每日阅稿无数，一样可以尝遍人情冷暖，何乐而不为捏？再说，天下那么多帅哥要我鉴赏，我哪里有美国时间上演一旷世绝恋？

拉票宣言：支持我的邮购《悬疑志》全年有优惠……

傲天月

职称：《悬疑志》小编

昵称：潇洒

点评：这货实在是潇洒到无法无天了。

角色扮演：画皮

角色分析：画皮，顾名思义，一个人可以拥有大于一的脸皮，不但能每日保持新鲜面孔，还能扮演成各种各样的人。这简直就是简易版的咸蛋超人！让生活不再乏味，让青春得以永驻，让保鲜膜套在脸上也能拥有一片蓝天！（要么说这货潇洒，这货都快成精了！）

拉票宣言：蒲松龄是我姥爷！我姥爷！！怎么？不支持我？要不要我姥爷当面跟你说？！

编读往来

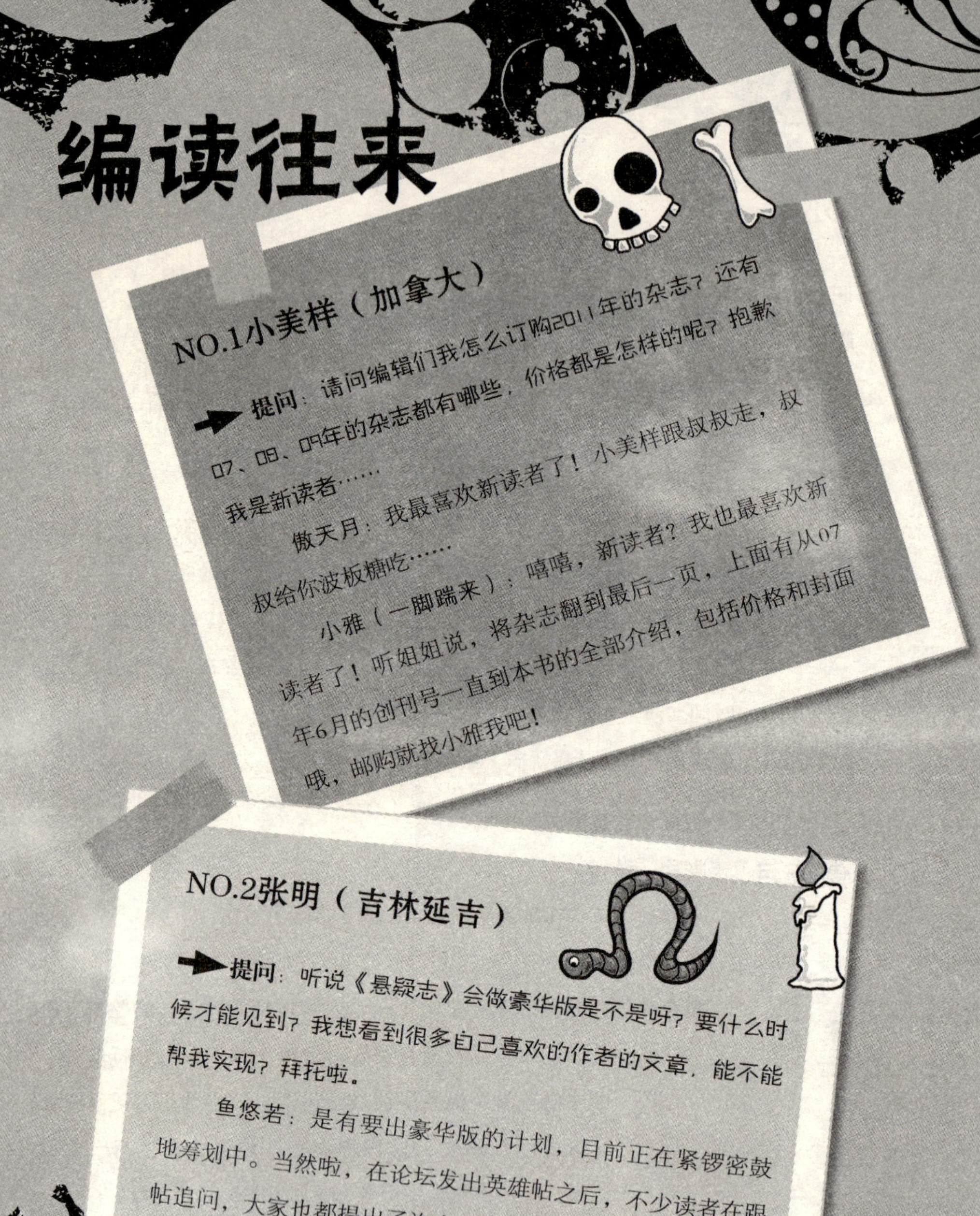

NO.1小美样（加拿大）

➡提问：请问编辑们我怎么订购2011年的杂志？还有07、08、09年的杂志都有哪些，价格都是怎样的呢？抱歉我是新读者……

傲天月：我最喜欢新读者了！小美样跟叔叔走，叔叔给你波板糖吃……

小雅（一脚踹来）：嘻嘻，新读者？我也最喜欢新读者了！听姐姐说，将杂志翻到最后一页，上面有从07年6月的创刊号一直到本书的全部介绍，包括价格和封面哦，邮购就找小雅我吧！

NO.2张明（吉林延吉）

➡提问：听说《悬疑志》会做豪华版是不是呀？要什么时候才能见到？我想看到很多自己喜欢的作者的文章，能不能帮我实现？拜托啦。

鱼悠若：是有要出豪华版的计划，目前正在紧锣密鼓地筹划中。当然啦，在论坛发出英雄帖之后，不少读者在跟帖追问，大家也都提出了许多宝贵的建议。我们收集好会根据读者的意见和喜好来制作，张明同学有空也去论坛交流下吧。地址：www.xuanyizhi.net

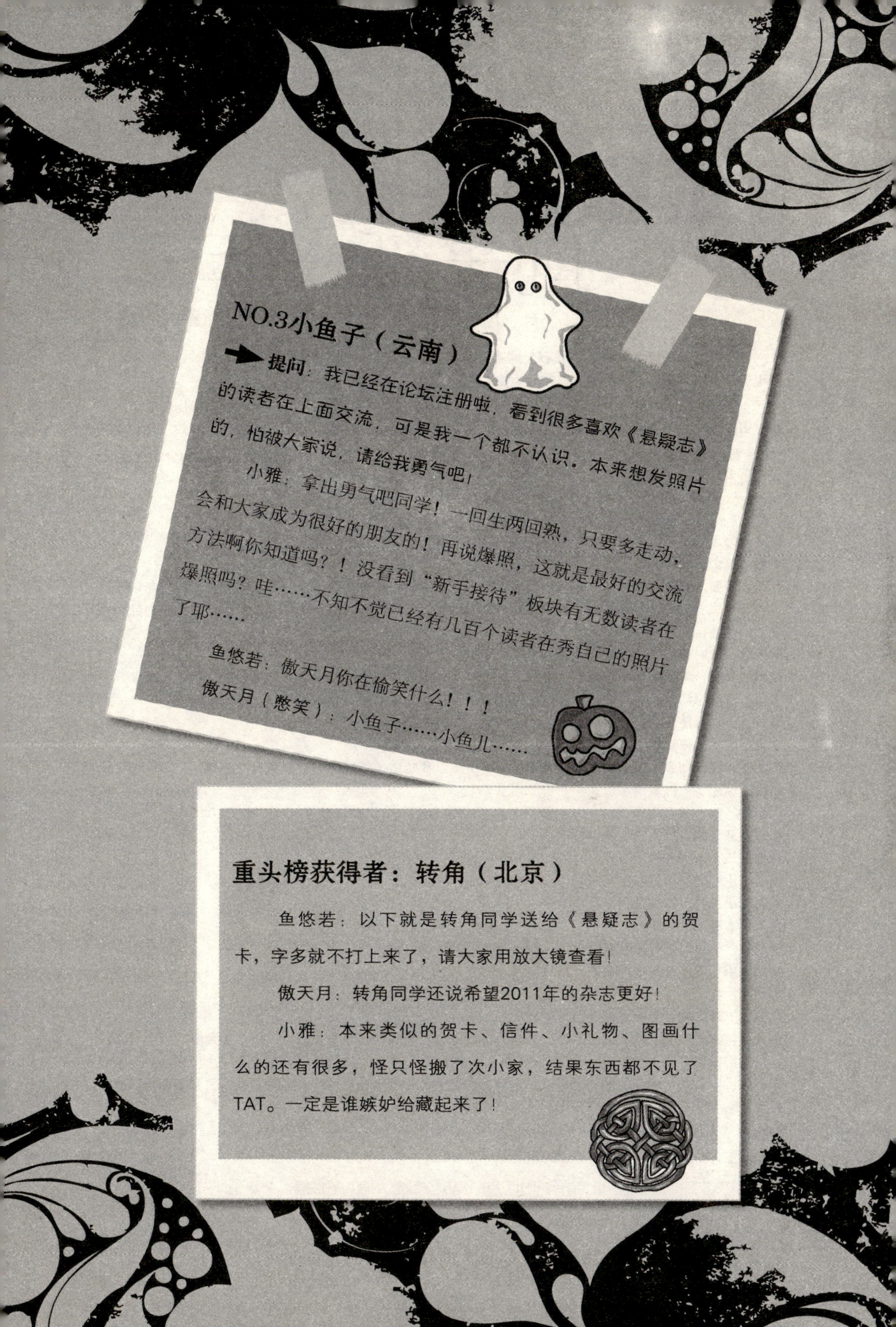

NO.3小鱼子（云南）

➡**提问**：我已经在论坛注册啦，看到很多喜欢《悬疑志》的读者在上面交流，可是我一个都不认识。本来想发照片的，怕被大家说，请给我勇气吧！

小雅：拿出勇气吧同学！一回生两回熟，只要多走动，会和大家成为很好的朋友的！再说爆照，这就是最好的交流方法啊你知道吗？！没看到"新手接待"板块有无数读者在爆照吗？哇……不知不觉已经有几百个读者在秀自己的照片了耶……

鱼悠若：傲天月你在偷笑什么！！！

傲天月（憋笑）：小鱼子……小鱼儿……

重头榜获得者：转角（北京）

鱼悠若：以下就是转角同学送给《悬疑志》的贺卡，字多就不打上来了，请大家用放大镜查看！

傲天月：转角同学还说希望2011年的杂志更好！

小雅：本来类似的贺卡、信件、小礼物、图画什么的还有很多，怪只怪搬了次小家，结果东西都不见了TAT。一定是谁嫉妒给藏起来了！

刨根问底之刨来新一年

大家好，各位亲爱的《悬疑志》读者朋友们好！“刨根问底”栏目组正式开“拍”已有差不多一年了，我依旧是那个潇洒不减当初的主持人“拦不住”。

感谢各位读者朋友一年来的关照，这么不懈努力地“踩”我们《悬疑志》的编辑/作者/画手/读者，为此我表示很欣慰！（鱼悠若：你到底还是有受虐倾向啊！）

好啦，废话不多说，继续我们新一年的“刨根问底”吧！2011，让挖墙脚运动成为全民大众茶余饭后不可缺少的最强娱乐互动吧！

小雅：其实这个话题是在10年风靡到今年的，那就是——

米：作为《悬疑志》的忠实读者，我不得不再问一次青丘大人是男是女?

小雅：这个问题，这个问题……这个问题！！

青丘：不要为难了，我来正面回答！很多人见到我的时候……也搞不太清楚我的性别，所以多年以来我一直都不去搞这个复杂的学术问题。记得当年玩诛仙，半路被一个高等级的鬼王砍死，我问为什么杀我，他说呸，死人妖……

傲天月：这叫哪门子的正面回答……太悬疑了吧！

拦不住：哎，考薇同学举手要刨什么?

考薇：我是想问傲天月哥哥为什么做悬疑呢？记得哥哥说以前是做青春的啊。

傲天月：这就是最大的悬疑！

小雅：回答得依然很不正经啊。

拦不住：事到如今，我压箱底的秘密不得不爆出了！我知道《悬疑志》有个私密内部群叫“澡堂子”！

小雅（惊恐）：被发现了！

拦不住：唉，其实我不想爆的，可不爆又对不住读者们，话说事情是这样的。公元2010年某月某日的某时，某小编兴致勃勃地冒泡打招呼……

舍得：三百六十度围观小月月！

精品快乐：哟！小月月出现了！

未央：小月月！真的是小月月！

金天：本尊现身！

小月月：小月月在哪里？我怎么没见到？在我们群吗？

精品快乐：浑然不知被围观的小月月……

小月月：虾米?

舍得：（这时截了下刚才说话的图……）

小月月：我去！谁给我改的名字！！是谁！自首无罪！（眼神扫射群中众人……）混蛋啊！小心我去论坛扣你们威望！！

拦不住：以上就是混乱的某一天的真实记录，大家一定要相信这是真的。顺便，你们猜到名字被改成小月月的某小编是谁了吗？快快来信参与互动吧啊哈哈！！

鱼悠若：亲爱的读者们，本期“刨根问底”栏目到此结束，大家要想“踩”谁and“刨”谁，就给我们来信，新的一年积攒期待等你光临。

地址：北京市朝阳区京顺路5号曙光大厦A座11层《悬疑志》杂志（收）

邮编：100028

二、汇款地址

北京市朝阳区京顺路5号曙光大厦A座11层《悬疑志》 收款人：曹向莉

邮编：100028.

公司总机：010-84409971

三、咨询电话：010-84409971转855

QQ：382401952（悬疑志小雅）

说明事项

1、随时可以放心参加邮购，只要你在邮局汇款单的“汇款人电话”栏留下你的联系电话，编辑会打电话咨询你，需要从哪期开始购买。

2、请在汇款单上将您的地址、联系电话写的清楚完整，这样编辑才可以确保你能收到每期的杂志。并且一定要保存好你的汇款单据，以备查询。

3、杂志定价每本15元，目前每年出6本，所以邮购全年的价格是90元！

4、《悬疑志》双月25号出刊，用挂号信邮寄，杂志出刊后编辑会寄出您订购的刊物，超过两个星期没有收到您的杂志，请打电话或者加编辑QQ查询。

5、如果因您的地址更换等原因造成的征订损失，不会补寄丢失的刊物。所以，请各位在征订期间地址发生变更的读者，迅速联系编辑，并及时更新联系方式与地址。

公告板

《悬疑志》读者粉丝群成立啦，如果你喜欢《悬疑志》，欢迎加入我们，可以在QQ群里提意见，做活动，和编辑进行互动，知道杂志、图书出版的最新消息，并且可以参与杂志栏目哦！

目前已有城市读者群公布如下：

北京QQ群	51705384	上海QQ群	24692588	天津QQ群	91752292
沈阳QQ群	65283433	湖南QQ群	62365321	江苏QQ群	7632343
广东QQ群	103333536	重庆QQ群	52094419	杭州QQ群	91600779
武汉QQ群	107015216	江西QQ群	87151676	福州QQ群	107519183
辽宁QQ群	107728068	西安QQ群	107728131	河南QQ群	39761222
新疆QQ群	112957807	内蒙古QQ群	107621655		